MICHAEL CONNELLY

# LA PROVA

*Traduzione di*
ALFREDO COLITTO

PIEMME

Questo romanzo è un'opera di fantasia. Personaggi e situazioni sono invenzioni dell'autore e hanno lo scopo di conferire veridicità alla narrazione e sono quindi utilizzati in modo fittizio. Qualsiasi analogia con fatti, eventi, luoghi e persone, vive o scomparse, è puramente casuale.

Pubblicato per

PIEMME

da Mondadori Libri S.p.A.


ISBN 979-12-238-0085-0

I Edizione ottobre 2025

Anno 2025-2026-2027 - Edizione 1 2 3 4 5 6 7 8 9 10

*Per Callie*

# 1

La foschia era densa come ovatta e aveva formato un muro di trecento metri che avvolgeva l'ingresso del porto. L'*Adjourned* era in ritardo e Stilwell la aspettava a bordo del suo John Deere Gator presso il molo dietro il casinò. Il porto era quasi vuoto, file di boe rosse e arancioni galleggiavano libere sulla superficie liscia come vetro. Stilwell sapeva che, non appena si fosse diradata la nebbia, sarebbero cominciati ad arrivare i turisti del fine settimana. La capitaneria aveva riferito che il porto si sarebbe riempito al massimo della capacità, per il primo weekend estivo. E lui era pronto.

Sentì un golf cart fermarsi alle sue spalle. Poco dopo Lionel McKey si sedette sul sedile di fianco al suo.

«Buongiorno, sergente» disse. «Immaginavo di trovarla qui. Sta aspettando l'*Adjourned*?»

«Cosa posso fare per lei?» chiese Stilwell.

«Ha delle novità sulle mutilazioni nella riserva? Tra circa quattro ore devo mandare in stampa il mio articolo.»

«Mutilazione, non mutilazioni. È solo una. È ancora in corso un'indagine e al momento non ho nulla di nuovo da riferire. Quando ce l'avrò, sarà il primo a saperlo.»

«Promesso?»

«Promesso.»

La sua risposta fu sottolineata da una sirena che si fece largo tra la nebbia. Stilwell capì dal suono che si trattava del Catalina Express, che stava per attraversare quel muro biancastro per raggiungere il porto. Avrebbe voluto essere lì a osservare gli arrivi, come faceva quasi sempre nelle mattine libere, contando il numero di turisti che arrivavano pronti a giocare d'azzardo al casinò per poi scoprire che in realtà l'edificio ospitava soltanto una sala da ballo e un cinema. Ma oggi aspettare l'*Adjourned* era più importante che tenere d'occhio gli sbarchi.

«Allora, che cosa scriverà sul giornale?» chiese.

«Non molto» rispose McKey. «Non voglio fare la figura dell'idiota.»

«Saggia idea.»

«Perché, c'è forse qualcosa che non mi ha detto?»

«No, ma basta usare il buon senso, Lionel. Pensa davvero che si sia trattato di un incontro ravvicinato con gli omini verdi?»

«No, in realtà no.»

«Visto? A che ora è la scadenza per la consegna dell'articolo?»

«Alle due.»

«Se prima di allora cambierà qualcosa, l'avviso.»

«Va bene, grazie. Mi trova al *Call*.»

«Ho i suoi numeri.»

«Buon fine settimana.»

«Lo spero, sarò molto impegnato.»

«Ci credo.»

McKey scese dal Gator e tornò al suo golf cart. Mentre si allontanava, Stilwell vide il logo del quotidiano dell'isola, il *Catalina Call*, con le «C» intrecciate, dipinto sul lato della vettura.

Pochi secondi dopo, la prua dell'Express fece capolino

attraverso lo strato di nebbia e si diresse al molo dei traghetti sull'altro lato del porto.

E lì dietro, a una cinquantina di metri di distanza, stava arrivando l'*Adjourned.* Era stata una mossa intelligente usare la nave più grande come guida nella foschia, invece di andare avanti alla cieca. L'Express disponeva dei più moderni strumenti di navigazione. L'*Adjourned* era un Viking 35 di quarant'anni. Il giudice Harrell se ne prendeva cura. Era una barca bianca, con le caratteristiche finiture blu e tendine dello stesso colore sugli oblò. Stilwell la guardò imboccare la prima corsia di ormeggio, superare il molo galleggiante dietro il Black Marlin Club e arrivare all'ultima boa arancione. Harrell spense i motori e usò un gancio per tirare su la cima sotto la boa. Indossava una muta, il che fece capire a Stilwell che non avrebbe avuto bisogno di un gommone per arrivare a riva. Il giudice ormeggiò rapidamente la barca, poi salì sul rotondo di poppa e si tuffò nell'acqua fredda.

Stilwell scese dal veicolo e aprì il vano sul retro che fungeva da bagagliaio. Prese due asciugamani a strisce verdi e bianche e ne stese uno sul sedile del passeggero. Aveva appena finito quando Harrell salì la scala a pioli issandosi sul molo.

Stilwell gli lanciò l'altro asciugamano.

«Nebbia spessa là fuori, giudice» disse.

«Mi sono attaccato alla coda dell'Express» rispose Harrell. Prima di salire sul Gator, si asciugò la muta e poi si drappeggiò l'asciugamano sulla testa.

«Ho visto» disse Stilwell. «Bella mossa.»

«Comunque, scusi il ritardo» disse Harrell. «Ho chiamato Mercy, ha già preparato tutto.»

Si accomodò sul sedile del passeggero.

«Benissimo, giudice» disse Stilwell. «Abbiamo solo

qualche caso di ubriachezza molesta e un'altra situazione più spinosa.»

«Me ne parli.»

Stilwell girò intorno al casinò e si diresse verso il centro giudiziario della città.

«Be', tecnicamente si tratta di un furto con scasso in un'abitazione» spiegò Stilwell. «Ma l'abitazione è occupata dall'ex fidanzata del sospettato, il quale sostiene di essersi solo ripreso la sua Glock, per evitare che la donna potesse farsi del male.»

«Che animo nobile» commentò Harrell. «Conosce quest'uomo?»

«Kermit Henderson, nato e cresciuto qui. Lavora al campo da golf e si occupa di falciatura dei prati e manutenzione generale. La ragazza è Becki Trower, anche lei del posto. Pensavo che magari potrebbe proporgli un accordo simile a quello concesso a Sean Quinlan e fargli fare un po' di lavoretti di manutenzione. Anche perché Sean ha quasi finito di scontare la sua pena.»

«Va bene, parlerò con lui. Se non c'è altro, magari vado un po' a pescare, più tardi.»

«Ci sarebbe anche questo.»

Stilwell si chinò in avanti, frugò nella tasca posteriore e tirò fuori il documento che aveva stampato la mattina. Lo porse al giudice, che lo aprì e iniziò a leggere.

«Mandato di perquisizione» borbottò Harrell.

Tacque mentre leggeva il sommario e le motivazioni della richiesta. Poi scosse la testa, non perché non fosse d'accordo con ciò che aveva letto, ma perché era irritato.

«Ha una penna?» chiese.

Stilwell prese quella che teneva nel taschino della camicia e gliela porse. Il giudice scarabocchiò la sua firma e gli restituì penna e modulo.

«Ho rinunciato molto tempo fa a cercare di capire perché le persone fanno certe cose» disse. «Ma la crudeltà verso gli animali mi colpisce ancora. Se questo tizio ha fatto ciò di cui è sospettato, sarà meglio che si trovi un buon avvocato e speri che il suo caso non venga affidato a me.»

«La capisco» commentò Stilwell.

Pochi minuti dopo arrivarono al complesso giudiziario, in Sumner Avenue. Stilwell e Harrell entrarono nella sottostazione del Dipartimento dello sceriffo, dove il giudice teneva i suoi vestiti e la toga nera. Stilwell aprì le celle di custodia, in modo che Harrell potesse farsi una doccia e vestirsi per il tribunale. In una delle celle c'era Kermit Henderson, che non era riuscito a pagare la cauzione. Guardò il giudice lasciare impronte bagnate sul linoleum grigio.

Non c'era traccia di Sean Quinlan. Stilwell gli mandò un messaggio per dirgli di passare a pulire la prigione. Sarebbe stato l'ultimo compito di Quinlan, poiché il giudice era pronto a rimetterlo in libertà.

Stilwell entrò nell'aula del tribunale e vide che Monika Juarez era già al suo posto al tavolo dell'accusa. Mercy Chapa era al banco del cancelliere per ricoprire il ruolo che le toccava soltanto una mattina a settimana. Per il resto del tempo fungeva da direttrice, centralinista e coordinatrice generale della sottostazione, oltre a essere il braccio destro di Stilwell.

Juarez era una donna piccola dalla carnagione scura. I boccoli neri le incorniciavano il viso stretto, senza però nascondere del tutto la cicatrice biancastra che correva lungo il lato sinistro della mandibola. Stilwell non le aveva mai chiesto nulla al riguardo, ma pensava che, comunque se la fosse procurata, dovesse avere qualcosa a che fare con il motivo per cui era diventata sostituto procuratrice. Aveva circa trent'anni ed era stata assegnata alla corte superiore di Long Beach. Come il giudice Harrell, veniva a Catalina una volta alla settimana per occuparsi dei casi dell'isola, ma preferiva arrivare la sera prima con l'Express, alloggiare allo Zane Grey a spese della contea e poi andare direttamente in tribunale la mattina.

«Il giudice si sta preparando» le disse Stilwell. «Probabilmente inizierà con Henderson. Poi ci saranno i reati minori. Avrai bisogno di me per quelli?»

«No, sembra tutta roba di routine» rispose Juarez.

«Quando sono andato a prendere il giudice gli ho parlato di Henderson. Credo che gli offrirà la libertà vigilata se si occuperà della manutenzione di questo posto per qualche mese.»

«Ha un'accusa per possesso di arma da fuoco.»

«Tecnicamente sì. Ma la pistola l'ha presa sul posto, non l'ha portata con sé per la rapina. Pistola che tra l'altro era sua...»

«E tu gli credi?»

«Sì, perché la vittima – la sua ex – ha ammesso in un colloquio che aveva la pistola di Henderson e non voleva restituirgliela dopo averlo buttato fuori di casa. La dichiarazione è nel fascicolo.»

«Non l'ho ancora letta.»

Quindi non si era preparata, la sera prima in albergo.

«Be', fa' con comodo. Ti lascio leggere e vado a vedere come se la sta cavando il giudice.» Quello che voleva fare davvero era eseguire il mandato di perquisizione firmato da Harrell. Tornò alla sua postazione e vide Ralph Lampley che mangiava un muffin ai mirtilli, seduto alla scrivania che condivideva con gli altri agenti. Lampley lavorava da molto tempo alla sottostazione di Catalina, perché il Dipartimento dello sceriffo non lo voleva sulla terraferma, considerandolo un soggetto problematico. Aveva solo ventotto anni, ma era già stato coinvolto in due sparatorie nella contea di Los Angeles, finite ciascuna con un morto. Erano stati aperti due procedimenti per omicidio colposo, entrambi ancora in corso, che avrebbero potuto comportare un esborso di milioni di dollari. Il dipartimento lo aveva scagionato nelle indagini interne perché altrimenti non avrebbe potuto appoggiarne la difesa nel corso dei procedimenti, così Lampley aveva mantenuto il distintivo ma era stato trasferito a Catalina, dove si pensava che avrebbe probabilmente tenuto l'arma nella fondina. Si diceva che, non appena le cause si fossero concluse, sarebbe stato licenziato.

«Lamp, come mai non sei in giro?» chiese Stilwell.

«Perché quel maledetto Fernando non si è preoccupato di ricaricare l'UTV» rispose Lampley. «Quindi sto aspettando che la batteria sia carica almeno a metà, prima di uscire in strada.»

Stava parlando del veicolo elettrico che condivideva con l'agente del turno di notte. Normalmente, Stilwell si sarebbe arrabbiato con Angel Fernando per non aver messo sotto carica il veicolo dopo aver finito il turno, quella mattina. Era la terza volta in un mese. Fernando era l'ultimo arrivato dalla terraferma, dove non si pattugliava con i golf cart, e chiaramente non aveva ancora acquisito l'automatismo. Quel giorno, invece di scrollare la testa di fronte alla scarsa professionalità di Fernando, Stilwell decise di approfittare dell'opportunità per uscire dall'ufficio.

«Capisco. Allora puoi occuparti tu del tribunale, stamattina?» chiese. «Io devo andare a eseguire una perquisizione e ho bisogno di qualcuno che accompagni Kermit in aula quando il giudice sarà pronto.»

Lampley parlò con la bocca piena di muffin. «Sì, ci penso io» disse. «Quel mandato è per il caso della mutilazione?»

«Sì» rispose Stilwell. «Ma tienilo per te.»

«Certo. Vada pure, sergente. Al tribunale ci penso io.»

«Non dovrebbe volerci molto. Quando avrai una percentuale di carica decente, chiedi al giudice se vuole un passaggio per tornare alla sua barca, dopo il tribunale.»

«Va bene.»

Stilwell uscì, annotandosi mentalmente di fare una nuova predica a Fernando a proposito dei veicoli di pattuglia. In qualità di sergente della sottostazione di Avalon, Stilwell era l'ufficiale di comando sull'isola. Il che comportava una serie di mansioni amministrative e di gestione che accettava con riluttanza. Dover ricordare a un agente veterano di mettere in carica il suo mezzo di trasporto alla fine del turno non era tra i suoi preferiti.

# 2

Stilwell si diresse verso la zona industriale a sud della città. Accanto all'impianto di desalinizzazione c'era un labirinto di magazzini, tra cui la rimessa di veicoli elettrici utilizzata dalla Island Mystery Tours. La porta principale del garage era aperta e Stilwell parcheggiò il Gator proprio davanti, in modo che nessun mezzo potesse uscire. Un uomo con una tuta blu unta uscì dall'ombra e Stilwell intuì che probabilmente aveva dormito lì dentro. I suoi capelli erano schiacciati da un lato. Sembrava che non si rasasse da una settimana e gli occhi iniettati di sangue dietro le lenti indicavano che aveva i postumi di una sbornia.

«Ehi, che succede?» chiese.

«Sono il sergente Stilwell del Dipartimento dello sceriffo. Ho un mandato di perquisizione per questi locali.»

«Mandato di perquisizione? Ma che cazzo...»

«Lei come si chiama?»

L'uomo indicò una toppa ovale sul lato sinistro della sua tuta. «Henry.»

«Henry come?»

«Gaston.»

«Bene, ecco il mandato. Ora ho bisogno che lei si faccia da parte e mi lasci entrare.»

Gli consegnò il documento firmato dal giudice. Gaston tenne il foglio a distanza per leggerlo, nonostante gli occhiali.

«Dice che si tratta di cercare sangue animale» disse. «È assurdo. Non c'è sangue, qui.»

«In ogni caso, devo cercarlo» spiegò Stilwell. «Il giudice ha firmato e autorizzato la perquisizione stamattina.»

«Lei è quello nuovo che hanno messo a capo della stazione, eh?»

«Se per "nuovo" intende che sono qui da un anno, allora ha azzeccato.»

«Sa che dovrò chiamare Baby Head, vero?»

Stilwell si spostò sul retro del Gator e aprì il vano portaoggetti. Tirò fuori un paio di guanti monouso, una torcia elettrica e il flacone di Bluespray che teneva nel kit che aveva messo insieme quando lavorava alla Omicidi sulla terraferma.

«Chiami chi vuole» disse. «Ma io intanto condurrò la ricerca ordinata dal tribunale.»

Chiuse il vano e andò dritto verso Gaston, anche se c'era tutto lo spazio per girargli intorno. Intimorito dalla mossa, l'uomo fece un passo indietro e si tolse di mezzo. Tirò fuori di tasca un cellulare e si preparò a telefonare.

Stilwell entrò nel garage e vide che sul lato sinistro c'era una serie di vani di ricarica vuoti. Tutti i cart erano in uso o al porto, pronti per l'arrivo dei turisti. Il lato destro del garage era quello in cui venivano riparati o smembrati per ottenere pezzi di ricambio. C'erano due veicoli a sei posti in varie fasi di smontaggio. Uno era su un elevatore, l'altro aveva bisogno di una riparazione della carrozzeria, poiché la parte anteriore in vetroresina era scheggiata: sembrava che avesse sbattuto contro qualcosa.

In fondo a destra c'era un banco da lavoro a forma di L con gli attrezzi appesi a un pannello forato sul muro che attirò la sua attenzione. Girò intorno ai due veicoli danneggiati per dare un'occhiata. Gaston lo aveva seguito e parlava con qualcuno al telefono.

«Ha un mandato di perquisizione» disse. «Non potevo impedirglielo.» Stilwell scrutò il pannello finché i suoi occhi non si posarono su una sega a mano con una lunga lama e un manico di plastica blu.

«In questo momento è nel retro, vicino agli attrezzi» disse Gaston. «Hai intenzione di venire?»

Stilwell prese il suo smartphone e scattò una foto della sega appesa al pannello. Poi indossò i guanti e la tirò giù. Sotto il fascio della torcia elettrica, studiò attentamente la lama. Non gli ci volle molto per stabilire che era nuova. Non c'erano graffi sulla superficie in acciaio inossidabile, né corrosione dovuta all'aria salmastra, e i denti erano immacolati, senza alcun segno di aver tagliato nemmeno un panetto di burro.

L'impugnatura in plastica, tuttavia, era vecchia e segnata dal tempo e dall'uso. Solo la lama era nuova.

«È una sega per tubi» disse Gaston. «La usiamo soprattutto su fibra di vetro e PVC.» Si trovava alle sue spalle e non era più al telefono.

«Ci tagliate anche qualcos'altro?» chiese Stilwell.

«A volte la usiamo per fare modifiche ai golf cart. Li personalizziamo. Ci capita per esempio di tagliarli a metà e trasformare due veicoli a quattro posti in uno a otto, o a sei.»

«Non sembra che abbiate tagliato qualcosa con questa, di recente. La lama è nuova di zecca. L'ha cambiata da poco, magari?»

«Ehm, no.»

«Sicuro?»

«Certo.»

«Mi faccia un favore, chiuda il garage e spenga tutte le luci.»

«Perché?»

«Perché se non lo fa lei lo farò io e potrei premere l'interruttore sbagliato.»

«Va bene.»

Stilwell guardò di nuovo la sega. La lama era lunga circa quarantacinque centimetri e aveva denti molto piccoli, adatti indubbiamente a tagliare vetroresina e tubi in PVC. Era fissata al manico da due dadi a farfalla. Con pollice e indice girò i dadi e staccò la lama. Gaston nel frattempo tirò una catena attaccata a una carrucola in cima alla porta del garage e questa iniziò a scendere.

Una volta staccata la lama, Stilwell pose il manico sul banco da lavoro e studiò un lato e poi l'altro sotto il fascio chiaro della sua torcia. Le luci sul soffitto si spensero e il garage cadde nell'oscurità, tranne che per la torcia elettrica e qualche debole raggio che filtrava da sotto il tetto in lamiera ondulata.

Stilwell spruzzò su un lato del manico della sega un prodotto chimico che emetteva un bagliore bluastro in presenza di emoglobina. Poi spense la torcia e aspettò.

«Che sta facendo?» chiese Gaston, dal buio.

«Un test presuntivo per la presenza di sangue» rispose Stilwell. Dallo spazio in cui si trovava Gaston giunse solo silenzio.

Passò un minuto e non accadde nulla. Stilwell accese la torcia, girò il manico della sega e spruzzò l'altro lato con il prodotto chimico. Fece scorrere il fascio di luce nel garage per individuare Gaston; si era allontanato dalla porta e ora si trovava tre metri dietro di lui, intento a spiare quel che stava facendo.

«Non si avvicini, Henry» gli disse.

«Ehi» protestò Gaston. «Io lavoro qui. Ho il diritto di stare dove voglio.»

«Ho bisogno di sapere dove si trova quando le luci

sono spente. Non mi prenda per il culo. Non le conviene.»

«E va bene, come vuole. Resto qui.»

«Grazie.»

Stilwell spense la torcia e guardò il banco da lavoro. I fori nel manico della sega, dove era stata fissata la lama, si erano riempiti di una luce fosforescente blu pallido. Significava che molto probabilmente il sangue era penetrato nei fori e non era stato lavato via durante la pulizia.

«Può riaccendere le luci, Henry» disse.

Gaston tornò all'interruttore e le luci sul soffitto si accesero. Stilwell si avvicinò alla porta del garage tenendo il manico della sega in una mano guantata.

«Apra.»

Gaston tirò la catena e la porta del garage cominciò a sollevarsi. «Che cos'è un test presuntuoso?» chiese.

«Presuntivo» lo corresse Stilwell. «Si presume che su questo manico ci sia del sangue, ma è il laboratorio che dovrà confermarlo.»

«Quindi lo porta via?»

«Il mandato di perquisizione me lo consente. Con chi parlava al telefono?»

«Ho chiamato Baby Head. Sta arrivando.»

«Non mi importa quello che dirà. Me lo porto via in ogni caso.»

Stilwell si avvicinò al suo veicolo e prese un sacchetto per le prove dal vano portaoggetti. Vi inserì il manico della sega, lo sigillò e con un pennarello rosso scrisse data, ora e il numero del mandato di perquisizione. Ripose la borsa nel vano e lo chiuse a chiave.

Poi prese il portablocco dal ripiano sotto il cruscotto. Gaston lo osservava dalla soglia del garage.

«Le scrivo una ricevuta per il manico che ho requisito» disse.

«A cosa serve?»

«Documenta la catena delle prove.»

«Catena delle prove?»

«Il registro di chi ha maneggiato le prove e dove le ha messe.»

«Prove di che?»

«Sa una cosa, Henry? Non credo che Baby Head sia andato a fare a pezzi quel bufalo personalmente. È troppo intelligente. Immagino che abbia commissionato la cosa a qualcun altro. Manderò il manico di questa sega al laboratorio sulla terraferma. Se il sangue che c'è sopra corrisponde a quello del bufalo mutilato, tornerò. Sono animali protetti e ucciderne uno è reato. Avremo un fine settimana affollato e probabilmente mi farò un gran culo con tutti gli ubriachi che ci saranno in giro. Sto pensando di prendermi un giorno di riposo martedì e poi mercoledì o giovedì porterò questo manico al laboratorio. Immagino che a quel punto ci vorrà qualche settimana prima che loro se ne occupino. Gli omicidi hanno la priorità. Ma, una volta che l'avrò consegnato, non si potrà più tornare indietro. Quindi le darò tempo fino ad allora, mercoledì, per venire in ufficio a parlare con me e trovare una soluzione. Dopo di che, la questione sarà fuori dal mio controllo.»

Prese la ricevuta dalla cartellina, staccò la copia gialla e la porse a Gaston.

«Mercoledì, Henry» disse.

Era tutto un bluff. Il laboratorio ci avrebbe messo un'eternità a elaborare quell'analisi del dna. Sarebbe stato fortunato se avesse ottenuto i risultati prima della fine dell'anno.

«Baby Head non permetterà che lei proceda con queste stronzate» disse Gaston. «Conosce persone importanti.»

«Anch'io» ribatté Stilwell.

Salì sul John Deere, girò la chiave e fece marcia indietro. Una volta in strada, stava per partire quando un altro cart gli si parò davanti. Era un sei posti della Island Mystery Tours, con un alieno verde di cartapesta sdraiato a pancia in giù sul tettuccio, le mani a tre dita aggrappate ai lati come per tenersi in equilibrio.

Oscar Terranova, detto Baby Head, il proprietario e gestore della compagnia, saltò giù e si avvicinò.

«Che diavolo sta facendo, Stilwell?» chiese, con rabbia.

«Sono abbastanza sicuro che Henry gliel'abbia già detto al telefono» rispose Stilwell. «Gli ho lasciato una copia del mandato di perquisizione e della ricevuta. È scritto tutto lì.»

Sul cranio liscio e rasato di Baby Head si stava formando una pellicola di sudore. Aveva un anello con un diamante tatuato sul collo, sotto l'orecchio sinistro, e una manica di tatuaggi sul braccio destro che raffiguravano teschi, fiori e un numero a tre cifre che Stilwell non riconobbe, ma che probabilmente era il prefisso del suo luogo di origine.

«Sta prendendo un granchio, amico» disse.

«Può darsi» ribatté Stilwell. «Non sarebbe la prima volta e non sarà l'ultima.»

«So tutto di lei. Non c'è un'anima qui che non sappia di lei. Camminava già sul ghiaccio sottile quando è arrivato, e ora sta per cadere in acqua. Spero che abbia indossato le pinne.»

«Può spostare il suo veicolo ora? Devo tornare in ufficio.»

«Ma vaffanculo.»

Terranova risalì a bordo e schiacciò il pedale. Il golf cart entrò nella rimessa, costringendo Gaston a spostarsi in fretta per non essere investito.

Stilwell tornò in città, fermandosi brevemente in cima

al monte Ada per ammirare la bellezza delle montagne e del porto sottostante, a forma di mezzaluna. Il casinò sembrava un cupcake con la glassa rossa.

Erano già arrivate diverse barche da quando era andato a prendere il giudice.

Arrivato alla stazione di polizia, vide Lampley che stava per uscire con il veicolo di pattuglia appena caricato. Si accostò a lui.

«Com'è andata?» chiese Lampley.

«Ho trovato tracce di sangue sul manico di una sega» rispose Stilwell. «Lo manderò in laboratorio e vediamo cosa ci dicono.»

«Si prepari a una lunga attesa.»

«Lo so. Hai gestito la situazione in tribunale?»

«Sì, è stata una cosa veloce.»

«Cos'è successo con Kermit?»

«Harrell gli ha dato tre mesi di lavori socialmente utili. E gli ha detto di smaltirli facendo manutenzione qui da noi.»

«Perfetto. Preparo una lista di cose da fare e la metto in bacheca. Tutti possono aggiungere qualcosa.»

«Bene.»

«Dove stai andando adesso?»

«Il solito giro. Non abbiamo ancora ricevuto nessuna chiamata. La calma prima della tempesta.»

«Già.»

Stilwell gli fece un finto saluto militare e parcheggiò nel posto assegnato. Prima di arrivare alla porta dell'ufficio, ricevette una chiamata dalla capitaneria di porto.

«Sono Tash. Abbiamo bisogno di te qui al molo degli skiff.»

Tash Dano era l'assistente della capitaneria di porto. Stilwell l'aveva conosciuta quando era stato assegnato all'isola. Aveva incontrato tutti coloro che occupavano una posizione di potere o di autorità nella piccola comunità, dal sindaco di Avalon fino all'assistente della capitaneria. La maggior parte di loro era scostante, perché i poliziotti assegnati a Catalina tendevano a cambiare spesso: in pratica, se ne andavano non appena venivano riabilitati agli occhi del personale di comando sulla terraferma. L'isola era nota per essere una stazione di passaggio per teste di cazzo e casinisti di dipartimenti più importanti e quindi per i residenti non valeva la pena investire il loro tempo per conoscere i poliziotti. Tash era diversa. Lo aveva invitato a pranzo e gli aveva anche fatto fare un tour dell'isola. Aveva vissuto lì tutta la vita e non aveva intenzione di andarsene. A Stilwell era piaciuta subito.

«Cos'è successo?» chiese.

«Conosci Abbott, quello che raschia gli scafi delle barche?»

«So chi è. Denzel Abbott, giusto?»

«Proprio lui. Ha appena chiamato e ha detto che c'è un cadavere in acqua, sotto l'*Aurora*. Ha detto che ha una catena d'ancora avvolta intorno. Non è riuscito a capire se è un uomo o una donna.»

Stilwell impiegò qualche istante per capire cosa stesse dicendo Tash. Veniva regolarmente aggiornato sulle imbarcazioni ormeggiate nel porto. Ricordò che l'*Aurora* era uno yacht d'altura proveniente dal Venezuela. Era entrato in porto due giorni prima e aveva attraccato sulla quarta linea di boe, riservata alle grandi imbarcazioni.

«Va bene, arrivo» rispose. «Di' ad Abbott di aspettarmi al molo degli skiff.»

«Bene.»

«E Tash... fino a quando resta l'*Aurora*?»

«Salpa oggi.»

«A che ora?»

«Qualsiasi momento è buono. Hanno pagato l'ormeggio fino alle sedici, ma possono andarsene quando vogliono.»

«Dobbiamo fare qualcosa al riguardo. Probabilmente dovrò trattenerli in porto, se quello che Abbott dice di aver visto è vero.»

«Vuoi che chiami la guardia costiera? Loro possono fermarli.»

«Voglio confermare che c'è un cadavere, prima di chiamare le truppe.»

«E come pensi di fare?»

«Chiederò ad Abbott di portarmi a vedere.»

«Oh.»

«È un problema?»

«No. Ma sta' attento.»

«Ricevuto.»

Stilwell entrò in commissariato per prendere la muta.

# 3

L'acqua era fredda. Sembrava che il ghiaccio gli penetrasse nelle orecchie mentre scendeva. La maggior parte del corpo era isolata dalla muta, che aveva conservato dai tempi in cui faceva parte della squadra subacquea dello sceriffo, ma i piedi, il cuoio capelluto e le orecchie erano esposti al gelo.

Stilwell provò un senso di *déjà vu*. Il freddo. Il suono del suo respiro misurato dentro la maschera. I movimenti lenti e il silenzio sott'acqua.

Seguì Denzel Abbott, entrambi legati ai tubi flessibili collegati al compressore sul ponte dello skiff dell'uomo. L'aria convogliata attraverso il tubo flessibile era viziata, stantia e oleosa nella bocca e nei polmoni. Stilwell lottava contro la nausea mentre affondava, con l'aiuto della cintura piombata presa in prestito da Abbott.

Il sole aveva sciolto la nebbia, quando era tornato al porto dopo la chiamata di Tash Dano. Abbott gli aveva detto che stava raschiando via i cirripedi dall'*Aurora* quando un luccichio metallico aveva attratto la sua attenzione, a circa venticinque metri di distanza. Si era spinto più in basso per indagare e aveva visto qualcosa di repellente. Era abbastanza sicuro che si trattasse di un corpo umano, avvolto in qualcosa di nero e ancorato sul fondo, ma non si era avvicinato per scoprire ulteriori dettagli.

Si erano immersi a una decina di metri dalla poppa dell'*Aurora*. Raggi di luce attraversavano la foresta di alghe che s'innalzava dal fondale, filamenti di un verde ultraterreno che si protendevano verso la luce del sole e ondeggiavano nella corrente come file di ballerini in sincronia. Stilwell ora poteva vedere il riflesso di un'ancora di metallo lucido.

Si mossero nell'ombra dello scafo dell'*Aurora*, scendendo sempre più a fondo. Il cadavere, se di questo si trattava, era una decina di metri più in basso. Era come l'aveva descritto Abbott: una figura umana gonfia che spuntava dall'apertura di quello che sembrava un grosso sacco nero, avvolto da una corda di ancoraggio e da una pesante catena zincata. La catena si estendeva per un altro metro fino a un'ancora agganciata a un banco di coralli. Lunghi capelli scuri uscivano dall'apertura nella plastica nera e galleggiavano liberi nella corrente. Erano attaccati a un cuoio capelluto bianco. Avvicinandosi, Stilwell si rese conto che sembrava una macabra composizione di palloncini, sballottati dalla corrente di fondo del porto.

Indossava i guanti da sub che aveva recuperato insieme alla muta dal suo armadietto alla stazione. Con un dito allargò l'apertura del sacco nero fino a quando non riuscì a vedere un volto. Era cereo e deforme per il gonfiore causato dai gas di decomposizione. Non sembrava quasi più un essere umano, ma Stilwell sapeva che lo era.

Notò una ciocca viola tra i capelli scuri e intuì di trovarsi di fronte ai resti di una donna. Sul viso c'erano delle fenditure che potevano essere state causate dalla decomposizione, o da animali marini, o magari da una ferita subita prima della morte. L'immagine gli riportò alla memoria le vittime che aveva visto quando recuperava cadaveri come sommozzatore, un orrore che pensava di essersi lasciato alle spalle. In gergo, venivano chiamati «galleggianti» o «piombi», a seconda delle circostanze, parole usate per disumanizzare e tenere a distanza ciò che si trovavano di fronte laggiù. Ma Stilwell non poteva dimenticarli. La ragazza sul fondo del lago Piru, con gli occhi rivolti verso la luce, verso un Dio che non l'aveva salvata. L'uomo in giacca e cravatta, gli occhiali da sole ancora al loro posto, con dei blocchi di cemento legati ai piedi, in fondo al Bouquet Reservoir. Il bambino sul sedile posteriore dell'auto spinta intenzionalmente giù da uno scivolo per barche nel lago Castaic. Tutti rinvenuti nelle profondità di un mondo blu, calmo e tranquillo, eppure mortale.

Si vedeva che il cadavere era in acqua da un pezzo. Qualche giorno, come minimo. Smise di guardare gli occhi spenti della donna e osservò la catena fino all'ancora che aveva impedito al corpo di tornare in superficie. Era un'ancora a vomere, molto efficace su fondali sabbiosi, meno salda su terreni a tratti rocciosi come quello. Al momento si era agganciata a una sporgenza del corallo.

Stilwell conosceva le fasi di decomposizione in acqua fredda. Il corpo era stato appesantito e sommerso. Era rimasto sul fondo fino a quando i microrganismi nell'intestino non avevano iniziato a creare gas, gonfiandolo e sollevandolo, nonostante il peso dell'ancora e della catena. Chiunque avesse gettato la donna in acqua non aveva previsto i cambiamenti che sarebbero sopraggiunti.

Il corpo e la catena in breve avrebbero iniziato a muoversi con le correnti, spostandosi attraverso i banchi di corallo e di alghe fino a risalire verso la superficie, a meno che non si fossero impigliati in qualcosa che li trattenesse sul fondo. Stilwell una volta aveva recuperato dal lago Apollo un corpo che era rimasto agganciato a una vecchia lavatrice scaricata da una barca. In questo caso, poi, l'ancora stessa non era saldamente aggrappata al fondale; l'incastro contro la sporgenza corallina non era destinato a durare. Forse si sarebbe allentato già con il cambio di corrente della prossima marea.

Notò che l'ancora non proveniva da un'imbarcazione grande come l'*Aurora*. Ne stimò il peso in cinque o sei chili. L'acciaio inossidabile che aveva inizialmente attirato l'attenzione di Abbott era solo un'apparenza. Non si trattava di una superficie galvanizzata contro la corrosione, e l'oggetto in sé non sembrava essere stato tenuto al riparo nel vano di una barca, pronto all'uso al momento del bisogno. Probabilmente quest'ancora era stata in bella mostra sullo scafo di un'imbarcazione da diporto, forse una barca a vela, di certo non un mezzo da lavoro. Doveva provenire dal tipo di imbarcazione che riempiva il porto ogni fine settimana.

Aveva visto abbastanza. Doveva risalire in superficie per eliminare le esalazioni gassose dai polmoni e chiamare la squadra subacquea, la Omicidi e l'ufficio del medico legale. Quel caso non sarebbe stato affidato a lui e ne era felice.

Si voltò e vide Abbott sul fondo, a diversi metri di distanza dal cadavere. Aveva gli occhi spalancati e impauriti dietro la maschera da sub. Si tolse la cintura zavorrata e si avvicinò al corpo. Avvolse la cintura intorno all'ancora, sperando di evitare che il cadavere venisse portato via dalla corrente se l'ormeggio si fosse staccato. Quella mattina non aveva controllato la carta delle maree e non era sicuro di quando la corrente avrebbe cambiato direzione. Voleva assicurarsi che la vittima non affiorasse nel porto il primo giorno del weekend del Memorial Day.

I polmoni di Stilwell bruciavano a causa dell'aria contaminata dal carburante. Indicò verso l'alto e Abbott annuì cominciando la risalita. Lo seguì e raggiunsero la superficie ai lati dello skiff. Stilwell si aggrappò alla fiancata e si tolse la maschera. Inspirò aria pulita e guardò Abbott, dall'altra parte della barca.

«C'è una perdita nel compressore» disse.

«Lo so» rispose Abbott. «Non pensavo fosse così grave.»

«Lo è. Mi verrà un mal di testa tremendo.»

«Mi dispiace, amico. Io credo ormai di essermici abituato.»

«Non c'è problema.»

«Allora, cosa succede adesso? Ha intenzione di lasciarlo dov'è?»

«Per ora. Chiamerò la squadra di recupero non appena metterò le mani sul telefono.»

Abbott si sollevò, scavalcò la fiancata e salì sullo skiff, facendolo oscillare violentemente. Stilwell fu quasi colpito al mento dal bordo del parapetto. Aspettò che la barca si stabilizzasse, poi si tirò su e scavalcò anche lui la fiancata.

«Guarda un po' chi ci sta aspettando» disse Abbott.

Stilwell si voltò verso il molo e vide Tash Dano in piedi accanto a Lionel McKey. Con loro c'era Doug Allen, sindaco di Avalon per quattro mandati.

«Le voci corrono» disse Abbott.

Stilwell annuì. «Ci siamo» sussurrò tra sé.

# 4

Il sindaco li aspettava con le mani sui fianchi. Abbott portò la prua verso l'ormeggio e Stilwell scese, con un asciugamano bianco e verde sulle spalle.

«C'è ancora bisogno di me?» chiese Abbott.

«I detective della terraferma probabilmente vorranno una dichiarazione» gli disse Stilwell. «Nel caso, la chiameremo. Ha intenzione di tornare a casa, adesso, o di nuovo in acqua?»

«A casa. Niente lavoro, dopo quello che ho visto.»

Stilwell annuì. Lo capiva. Si voltò e Tash gli venne incontro, allontanandosi dal giornalista.

«Tratteniamo l'*Aurora*?» chiese a bassa voce. «Vogliono partire.»

«Possono andare. Quel cadavere è in acqua da prima che arrivassero qui. Ricorda loro di tenere il motore al minimo finché non saranno fuori dal porto. Non voglio smuovere il fondo.»

«Va bene.»

McKey si avvicinò. «C'è un cadavere?» chiese. Prima che Stilwell potesse rispondere, intervenne il sindaco Allen.

«Un momento, un momento» esclamò. «È meglio non dire ancora nulla di ufficiale. Sergente Stilwell, ho bisogno di parlare con lei in privato, prima che venga fatta qualsiasi dichiarazione pubblica.»

«Okay» rispose Stilwell. «Per ora.»

«Si allontani» disse Allen a McKey.

«Questo è un molo pubblico, sindaco» ribatté McKey. «Ho diritto come lei di restare.»

«Come vuole. Sergente, può venire qui?»

Stilwell e Allen si diressero verso il lato opposto del molo galleggiante, fuori portata d'orecchio del giornalista.

«Mi conferma che c'è un cadavere là sotto?» sussurrò il sindaco, in tono urgente.

«Sì.»

«E adesso cosa succede? Non voglio che quella cosa si sollevi in superficie davanti all'Express. Cosa pensa di fare?»

«Chiamerò la squadra Omicidi e quella subacquea. Non verrà in superficie finché non lo porteremo su.»

«Un momento... Sta dicendo che si tratta di un omicidio?»

«Il corpo è in un sacco chiuso da un cordoncino e appesantito con un'ancora e una catena. A me sembra un omicidio.»

Allen si avvicinò a Stilwell e aumentò l'urgenza del tono: «Senta, deve capire una cosa. I traghetti sono pieni e tutte le boe di ormeggio del porto sono prenotate. Questo è il secondo weekend più importante dell'anno per noi dopo quello del 4 luglio, e non voglio che il porto si trasformi in un circo di poliziotti e giornalisti.»

«La capisco, sindaco. Ma dobbiamo condurre le indagini del caso. Faremo del nostro meglio per evitare che il recupero del cadavere avvenga sotto gli occhi del pubblico. Non è impossibile. Ma se sta suggerendo di lasciarlo laggiù fino a lunedì, io penso che...»

«Naturalmente non intendevo questo. Sto solo dicendo che un omicidio è negativo per gli affari. Siate discreti. E non dica nulla a quel giornalista, per il momento. Può pubblicarlo anche la prossima settimana, il suo articolo, per quello che me ne importa. Ma non domani.»

«Farò quello che posso. Ora devo proprio andare» Stilwell si allontanò e si diresse verso la passerella del molo.

«Ah, sergente?»

Si voltò.

«Sì?» chiese con impazienza.

«Ho ricevuto un reclamo a suo carico» disse Allen. «Da un imprenditore locale. Oscar Terranova.»

«Ah sì? Be', è stato veloce.»

«Ha perquisito la sua rimessa?»

«Avevo un mandato firmato dal giudice Harrell. Era tutto perfettamente legale.»

«Terranova dice che ci è andato pesante.»

«Non so cosa intenda. Avevo un mandato e ho perquisito il locale. Baby Head è arrivato dopo che avevo finito e di certo non era contento. Ma non è successo altro.»

«Ho capito. Posso chiedere di cosa si tratta?»

«No, non può, sindaco. È un'indagine in corso. Non posso parlarne.»

«Sono nato e cresciuto su quest'isola, sergente. Sono sindaco da sedici anni. Probabilmente lei andrà via, come tutti i poliziotti che l'hanno preceduta. Ma io resterò qui. Amo questo posto e voglio proteggerlo. Non mi piacciono le sorprese, soprattutto quando possono influire negativamente sulla reputazione di questo bellissimo luogo.»

Fece un gesto verso l'acqua, in direzione del punto in cui si trovava il cadavere.

«La capisco» disse Stilwell.

«Bene. Allora siamo sulla stessa lunghezza d'onda.»

Stilwell annuì e si voltò, senza commentare oltre le parole del sindaco. Vide che McKey era ancora sulla banchina, mentre Tash aveva raggiunto il molo e stava tornando all'ufficio della capitaneria di porto.

«Non posso ancora parlare con lei» disse Stilwell, passando accanto al giornalista, nel tentativo di liquidarlo.

«Cosa significa?» obiettò McKey. «C'è un corpo là sotto, sì o no?»

«Non posso dire nulla, per il momento. Parli con Abbott. Lui può riferirle cos'ha visto, io no.»

«Lascia che sia il sindaco a dirle quello che deve fare?»

«No. La presenza del sindaco non cambia le cose. Sto seguendo la procedura del Dipartimento dello sceriffo e lei lo sa.»

Lasciò McKey e salì sulla passerella verso il molo. Diverse persone lo stavano osservando dal parapetto. La maggior parte era gente del posto che lavorava nelle bancarelle di souvenir al porto. Si era sparsa rapidamente la voce che c'era qualcosa in mare.

Attraversò Crescent e risalì Sumner fino alla stazione di polizia. Andò direttamente nello spogliatoio, si tolse la muta, fece una doccia veloce e poi indossò di nuovo gli abiti da lavoro e la sua arma. Il suo ufficio senza finestre, grande come una cabina armadio, si trovava accanto all'open space; si accomodò alla scrivania e fece le sue telefonate, cominciando da quella alla Omicidi. Era un numero che conosceva a memoria. Non riconobbe la voce che rispose e chiese di parlare con il capitano.

«Corum.»

«Capitano, sono Stil. Abbiamo un omicidio, qui. Un cadavere nel porto. Sembra una donna.»

«Un galleggiante?»

«È a dieci metri di profondità, tenuta ferma da un'ancora.»

«È un'informazione confermata?»

«Mi sono immerso e ho visto il corpo di persona. Probabilmente è in acqua da qualche giorno, a giudicare dalla decomposizione. È difficile dirlo, però, con la temperatura dell'acqua intorno ai diciassette gradi. Deve far venire sommozzatori e detective.»

«Gesù Cristo. Di venerdì.»

«Sì, ho già il sindaco che mi sta addosso perché questo posto oggi si riempirà come un uovo. Gli omicidi fanno male agli affari.»

«Va bene, ascolta. Devo mandare Ahearn e Sampedro, perché sono di turno. Sarai gentile con loro?»

«Ho scelta?»

«No, non ce l'hai.»

«Allora li mandi pure. Posso anche tenerli per mano, se devo.»

Quella risposta provocò un lungo silenzio da parte di Corum. Stilwell pensò all'ultima volta che aveva incontrato Rex Ahearn. Era stato quando era andato alla Omicidi una domenica mattina per sgombrare la sua scrivania. Era stato sorpreso di trovare lì Ahearn e la situazione era degenerata rapidamente, fino a trasformarsi in uno scontro fisico.

«No, Stil, non c'è bisogno che tu gli tenga la mano» disse Corum. «Indica loro la direzione giusta e lascia che facciano il loro lavoro.»

«Be', il loro compito è quello di risolvere il caso, capitano. Se pensa che possano farlo, buona fortuna.»

«Non ho intenzione di parlarne con te, sergente.» Il tono di Corum si era fatto perentorio, e Stilwell comprese di aver passato il segno. Cercò di recuperare.

«Capitano, i suoi uomini penseranno alla squadra di recupero e al medico legale, o vuole che me ne occupi io?»

«No, non preoccuparti. Il tuo compito ora è proteggere

la scena del crimine come meglio puoi. Al resto ci pensiamo noi.»

«Ricevuto.»

Corum riattaccò senza dire altro. Stilwell si pentì di aver accennato ai suoi problemi con Ahearn e Sampedro. Accantonò il pensiero e uscì dal suo ufficio. Mercy Chapa era ora alla sua scrivania. Sulla cinquantina, i capelli grigi che non si preoccupava di tingere, aveva una funzione quasi materna all'interno della stazione. Non si occupava di applicare direttamente la legge, ma in pratica supervisionava tutto il resto.

«Mercy, puoi contattare Lampley via radio e dirgli di venirmi incontro al molo degli skiff?»

«Certo. Credo che abbia appena accompagnato Kermit al campo da golf.»

«Be', digli di andare al molo. E che ci vediamo lì.»

«Subito.»

Stilwell tirò fuori una radio dalla stazione di ricarica sulla parete accanto alla scrivania di Mercy.

«Ci sono state denunce di persone scomparse di cui non sono stato informato?» domandò.

«No» rispose Mercy. «Ricevi tutte le segnalazioni.»

«Capisco. Per caso conosci qualcuno in città con i capelli scuri attraversati da una ciocca viola?»

«Ah, no. C'è davvero un cadavere, in acqua?»

«Sì. Ma non devi parlarne con nessuno.»

«Non parlo mai con nessuno del lavoro. È una ragazza?»

«Un individuo di sesso femminile, di questo sono abbastanza sicuro. Non hai sentito parlare di qualcuno che non si è presentato al lavoro o a scuola o cose del genere? Magari una persona che è andata sulla terraferma ma non è tornata nei tempi previsti?»

La famiglia di Mercy viveva da sempre sull'isola e Stilwell

aveva imparato presto che c'era poco che non sapesse sulla comunità locale.

«No, non ho sentito nulla.»

«Va bene. Se senti qualcosa informami subito.»

«Naturalmente.»

«Vado al porto ad aspettare la Omicidi.»

# 5

La squadra di recupero era arrivata in barca, accompagnata da un investigatore del coroner. I sommozzatori erano già in acqua quando l'elicottero dello sceriffo arrivò dalla terraferma, girò intorno al porto e atterrò vicino al casinò. Stilwell mandò Lampley a prendere Ahearn e Sampedro, così da passare meno tempo possibile con loro.

Era tardi e il porto era ormai quasi al completo, con barche di varie dimensioni ormeggiate una accanto all'altra lungo tre file di boe. Tash Dano era riuscita a tenere libera la quarta fila. Aveva chiamato Stilwell e gli aveva detto che avrebbe trattenuto al largo le ultime barche con una prenotazione fino a quando lui non avesse dato il via libera. Lui le aveva detto che l'indagine si sarebbe spostata dal porto entro il tramonto.

Fu sorpreso di vedere solo Ahearn insieme a Lampley lungo la passerella del molo degli skiff. Sampedro era apparentemente rimasto sulla terraferma. Ahearn era in giacca e cravatta, e attirò l'attenzione di molti turisti sul molo.

La marea stava scendendo e il livello dell'acqua era calato di circa un metro da quella mattina. Il molo degli skiff era galleggiante, e il dislivello di un metro faceva sì che la passerella fosse inclinata verso il basso. Ahearn era bianco e robusto, con spalle larghe e un grosso collo che sosteneva una testa rotonda. Scese con uno slancio eccessivo e rischioso. Non volendo essere d'ostacolo, Stilwell fece un passo indietro.

La passerella era dotata di costolature in gomma antiscivolo, ma il ponte del molo era stato sostituito di recente con pannelli di fibra ed era viscido per l'umidità dovuta allo sciabordio dell'acqua. Nel momento in cui le scarpe con la suola rigida di Ahearn toccarono il ponte, lo fecero slittare. I piedi schizzarono in alto, Ahearn agitò le braccia e atterrò sulla schiena. Il suo completo di seta facilitò lo scivolamento sugli altri sei metri di ponte finché l'uomo non si ritrovò in acqua tra due gommoni Zodiac.

«Merda!» urlò Lampley mentre scendeva dalla passerella dietro di lui.

Stilwell si spostò rapidamente sul bordo del molo, pronto a soccorrere Ahearn, il quale però spuntò tra le due imbarcazioni, reagendo immediatamente alle fredde acque del Pacifico.

«Porca puttana!»

Stilwell si chinò, offrendogli la mano e Lampley fece lo stesso, ma Ahearn era troppo arrabbiato e imbarazzato per accettare aiuto. Allontanò le loro mani con uno schiaffo.

«Lasciatemi stare!»

Stilwell e Lampley fecero un passo indietro a mani alzate e guardarono quell'uomo corpulento che si sollevava oltre il bordo del ponte. Il vestito scuro e i capelli bagnati lo rendevano simile a una delle foche che spesso prendevano il sole sul ponte al mattino. Si trascinò fuori dall'acqua e rotolò sulla schiena, apparentemente esausto per lo sforzo.

«Maledizione!» urlò. «Scommetto che questa scena ti ha divertito, Stillborn.»

«In realtà no» disse Stilwell, sorvolando su quell'odiosa

storpiatura del suo cognome. «Perché ora dobbiamo preoccuparci di trovarti dei vestiti asciutti, invece di lavorare al caso.»

«Vaffanculo.»

«Se lo dici tu.»

Stilwell si voltò verso Lampley, che aveva gli occhi spalancati per quello che aveva appena visto.

«Quando si alza, portalo in ufficio» disse. «Fagli fare una doccia calda e dagli dei vestiti presi dall'armadio del tribunale, se trovi qualcosa della sua taglia. Io resto qui. Chiamami quando è pronto; vi raggiungo non appena la squadra di recupero avrà finito.»

Ahearn tirò fuori di tasca un portafoglio bagnato. «Gesù Cristo» disse. «Avresti potuto avvertirmi, Stillborn.»

«Ti riferisci al fatto di non indossare delle scarpe da fighetto su un pontile?» replicò Stilwell. «Sì, forse avrei dovuto.»

Ahearn iniziò ad alzarsi lentamente, con l'acqua che gocciolava da ogni singolo filo del suo completo. Scivolò di nuovo e ricadde in ginocchio.

«Maledizione, aiutatemi!»

Lampley gli porse una mano, Ahearn l'afferrò e cercò intenzionalmente di tirarlo a terra, ma il giovane vicesceriffo riuscì a resistere. Ahearn lasciò la presa e si alzò da solo. Guardò la banchina e vide diversi turisti che puntavano i loro telefoni verso il molo.

«Ottimo» disse. «Proprio quello che mi serviva. Voglio che tutti quei telefoni vengano confiscati e che i video siano cancellati.»

«Non succederà» disse Stilwell. «Vai alla stazione, fatti una doccia e indossa dei vestiti asciutti. Poi parleremo.» Guardò Lampley e fece un cenno verso la passerella. «Accompagnalo.»

Lampley tese la mano per aiutare Ahearn a raggiungere

la passerella, ma il detective la respinse con gesto seccato e attraversò il ponte a piccoli passi, come se stesse imparando a pattinare sul ghiaccio. Una volta al sicuro sul pavimento di gomma antiscivolo, si voltò e guardò Stilwell come se volesse dire qualcosa, ma ci ripensò e si avviò lungo la rampa. Con una mano si aggrappò alla ringhiera e con l'altra mostrò il dito medio a quelli che stavano riprendendo l'imbarazzante scenetta.

Stilwell lo guardò allontanarsi, poi il suo telefono iniziò a vibrare. Era Tash Dano. Aveva visto la scivolata di Ahearn dalla torre di controllo del porto.

«Wow, che figura» disse. «È il tizio della Omicidi?»

«Sì» rispose Stilwell. «Non poteva succedere a una persona migliore. Che c'è, Tash?»

«Il tuffo di quel tizio ritarda le cose? Tra quanto tempo potrò far entrare le ultime barche in attesa? Presto sarà buio e si stanno incazzando ad aspettare al largo.»

«Aspetta un attimo.»

Stilwell mise il telefono nel taschino della camicia e prese la radio dalla cintura per parlare con Gary Saunders, che conosceva da anni.

«Gary, quanto tempo ci vuole da ora?»

Attese la risposta.

«La stanno portando su. L'hanno già messa in un sacco e abbiamo alzato la tenda, quindi non preoccuparti dei curiosi. La portiamo qui e poi abbiamo finito. Chuck ha già fatto una ricerca sul fondo. Non c'è niente. È stata gettata in acqua ma non sappiamo esattamente da dove, l'ancora probabilmente non si era agganciata saldamente sul fondale, così la marea l'ha trascinata qui.»

«Capisco. Come pensavo.»

«La cintura piombata è tua?»

«No, l'ho presa in prestito.»

«Bene, te la riportiamo noi.»

«Grazie.»

«Ehi, era A-hole quello che ho visto cadere in acqua?»

A-hole, ossia stronzo, era uno dei soprannomi di Rex Ahearn. L'altro non era che un rafforzativo del precedente: King A-hole.

«Proprio lui.»

«Non poteva succedere a una persona migliore» commentò Saunders.

«L'ho detto anch'io.»

«Diventerà virale. Un sacco di gente l'ha ripreso con lo smartphone.»

«Ho visto.»

«Bene, finiamo qui e siamo da te in venti minuti.»

«Ricevuto. Chiudo.»

Stilwell prese il telefono e comunicò l'informazione a Tash.

«Se potessi affrettare le cose te ne sarei davvero grata» disse lei.

«Devono tornare sulla terraferma con il cadavere» spiegò Stilwell. «Di certo vogliono arrivare prima che faccia buio.»

«Va bene.»

«Senti, Tash, già che ci sono, hai mai visto da queste parti qualcuno con i capelli lunghi e scuri con una ciocca viola? Una donna?»

Tash rimase in silenzio per un lungo momento, prima di rispondere. «Forse, ma non riesco ad associare questo dettaglio a un viso... Comunque non è nessuno del posto. Però in effetti mi sembra di aver visto da qualche parte una ragazza con i capelli così.»

«Una ragazza?»

«Una donna. Giovane ma non un'adolescente, ecco.»

«Se dovessi ricordare qualsiasi altra cosa, fammelo sapere.»

«È la persona nell'acqua?»
«Sì. Età ignota, al momento.»
«Capisco. Che tristezza.»
«Già.»
Riattaccarono. Stilwell si sedette su una cassa in vetroresina all'estremità del molo e osservò da lontano l'operazione di recupero. Saunders aveva montato una tenda sul ponte posteriore della barca. Avrebbero sistemato lì il corpo per il viaggio di ritorno attraverso la baia.
I sommozzatori riemersero e sollevarono un sacco per cadaveri impermeabile sulla prua della barca. Saunders e un investigatore del coroner che Stilwell non conosceva afferrarono le cinghie del sacco e lo trascinarono attraverso la porta che si apriva nella murata sul ponte di poppa. Poi i sommozzatori portarono su la corda intrecciata, la catena e l'ancora, seguite dalla cintura piombata che Stilwell aveva avvolto intorno a quest'ultima.
Si arrampicarono sulla scaletta e salirono a bordo. La scaletta fu ritirata e subito Stilwell sentì accendersi i due motori da centocinquanta cavalli. Saunders andò a prua e tirò su l'ancora, poi l'imbarcazione iniziò a muoversi a velocità minima verso il molo.
Stilwell chiamò la capitaneria di porto.
«Tash, puoi iniziare a far entrare le barche.»
«Perfetto. Saranno contenti.»
«Hai detto loro il motivo del ritardo?»
«No.»
«Hai fatto bene. Ora devo andare.»
Riattaccò, afferrò il parapetto della barca dei sommozzatori mentre si avvicinava al molo e la portò delicatamente a fermarsi.
Saunders si fece avanti con la cintura piombata di Abbott e gliela porse.
«Fammi un favore, Gary» disse Stilwell. «Lasciami dare

un'occhiata all'ancora e alla catena.»

«Prego.»

Saunders fece un passo indietro per permettergli di salire sulla barca. Andarono a poppa, dove si trovavano l'ancora, la catena e la corda, accanto al sacco giallo che conteneva il cadavere. Stilwell prese il cellulare e scattò foto a ciascun oggetto.

«Possiamo girarla per vedere se c'è il marchio del produttore?» chiese.

Con una mano guantata, Saunders girò l'ancora sul ponte per mostrarne l'altro lato. Sul metallo lucido era impresso un marchio.

«È una Hold Fast» disse. «Ne producono a migliaia.»

Stilwell stava guardando il sacco per cadaveri. Anche se gonfio, il corpo al suo interno sembrava piccolo.

«Vuoi dare un'occhiata?» chiese Saunders.

«No, l'ho già visto là sotto. È stato sufficiente.»

«Sì, la decomposizione è avanzata.»

«Bene, voi ragazzi potete andare. Ahearn vi contatterà presto.»

«D'accordo.»

Stilwell tornò sui suoi passi fino al molo degli skiff, poi con un piede spinse via la prua della barca. Per poco non scivolò anche lui. Mentre la barca si dirigeva verso l'imboccatura del porto, il suo telefono iniziò a suonare. Era Lampley.

«Sergente, ce la fa a tornare adesso in ufficio?» chiese. «Il detective Ahearn si sta vestendo.»

«Sì, qui abbiamo finito» rispose Stilwell. «Arrivo.»

# 6

Alla stazione di polizia, Ahearn stava in piedi vestito con una camicia hawaiana aderente e pantaloni kaki troppo corti, il tutto completato da un paio di ciabatte da doccia. Era il meglio che Lampley era riuscito a fare, frugando tra gli abiti che tenevano lì per i detenuti arrestati con pochi (o nessun) indumento addosso. Vedendo entrare Stilwell, Ahearn sollevò il cellulare di Lampley.

«Guarda che roba» disse. «È già su Instagram. Sono fottuto.»

«Ti hanno identificato?» chiese Stilwell.

«Non ancora.»

«Allora non tutto è perduto. Senti, vuoi parlare del caso o dei social?»

Ahearn restituì lo smartphone a Lampley. Il suo ovviamente era finito in acqua con lui.

«Voglio parlare del caso. Qual è la situazione, là fuori?»

«Il cadavere è sulla barca, diretto a Long Beach.»

«Bene, allora posso andarmene da questo posto del cazzo. Cristo, sei finito in una vera e propria discarica, Stillborn, lo sai? Voglio dire, è pieno di farabutti, fattoni e falliti.»

«Bella l'allitterazione, ma a me questo posto piace. Sei sicuro di non voler parlare con il tizio che ha trovato il corpo, con la capitaneria di porto o con qualcun altro, prima di andartene?»

«Con questo abbigliamento, preferisco di no. Aspetterò il tuo rapporto. Fammelo avere, diciamo, entro domattina alle otto.»

«Non c'è problema.»

Stilwell non intendeva lasciarsi irritare da Ahearn. Aveva imparato molto, da quella domenica mattina in sala detective, alla Omicidi. Guardò Lampley, seduto alla sua scrivania, che fingeva di guardare qualcosa sul computer. Mercy stava facendo la stessa cosa alla sua postazione.

Riportò lo sguardo su Ahearn. «Dov'è il tuo partner?»

«In attesa al porto di Long Beach, ma non devi preoccupartene. Questo caso non è tuo, Stillborn. Lo sai, vero?»

«Una volta identificato il corpo, ammesso che ci riusciate, avrete bisogno di occhi e orecchie qui. Non c'è ragione di serbare rancore, Ahearn. Hai vinto tu. Hai mantenuto il tuo lavoro mentre io sono stato spedito in questo posto. Lasciamoci tutto alle spalle e lavoriamo.»

«Col cazzo. Il tuo reclamo mi ha segnato la carriera. Ce l'avrò sempre addosso; grazie a te mi sono giocato la promozione. Non avrò mai una squadra mia. E tutto perché ti sei fissato su un caso di cui non è mai fregato niente a nessuno.»

«Tranne che a me.»

«Ecco, bravo. Vaffanculo. Me ne vado e, te lo dico subito, non farti strane idee. Se scopro che stai lavorando al mio caso, questa volta non te la caverai con un trasferimento. Sarai licenziato. Sayonara, baby.»

Stilwell alzò le mani, i palmi rivolti verso l'esterno, in un gesto di resa. «Non lavoro più alla Omicidi» disse.

«Proprio così» replicò Ahearn. «Sei lo sceriffo di questa città di merda e lo resterai per molto tempo.»

«Quando avrai bisogno di qualcosa da qui, preferirei

che fosse Sampedro a chiamare. Sarà meglio per entrambi.»

«Con piacere.»

Sollevò da un tavolo un sacchetto di plastica per la spazzatura. Stilwell suppose che contenesse i suoi vestiti e le scarpe.

«Come pensi di tornare?»

«L'elicottero sta arrivando» rispose Ahearn. «Forse puoi chiedere a Lampshade qui di portarmi laggiù con uno dei vostri ridicoli go-kart.»

«Noi li chiamiamo UTV, che sta per Utility Task Vehicle.»

«E io li chiamo patetici.»

«Lampley, portalo dove vuole.»

Lampley si alzò dalla scrivania pronto a eseguire. Stilwell non disse nulla mentre Ahearn si dirigeva verso la porta.

«Vaffanculo con tutto il cuore, Stillborn» disse il detective, senza voltarsi.

Quando fu uscito, Stilwell guardò Mercy, che era rimasta immobile e in silenzio seduta alla sua scrivania.

«Cosa ne pensi, Mercy?» chiese.

«È uno stronzo. È lui che è patetico.»

«Si vede che le capisci, le persone.»

«Cos'è successo tra voi?»

«È una lunga storia. Abbiamo avuto una divergenza di opinioni su un caso e non è finita bene.»

«Peccato.»

«Be', mi ha portato qui, no? A volte il posto in cui non avresti mai voluto trovarti si rivela quello giusto.»

«Sono d'accordo. Io da qui non vorrei mai andarmene.»

«Sto cominciando a pensarla nello stesso modo.»

«Ottimo.»

«Vado alla capitaneria di porto. Se hai bisogno di me, cercami lì.»

«Benissimo.»

Stilwell uscì nel parcheggio e la prima cosa che vide fu il vano aperto sul retro del suo John Deere. Osservò la serratura a buon mercato e vide che il comparto era stato forzato. Controllò all'interno, ma sembrava che non mancasse nulla. Con le mani riuscì a piegare la linguetta metallica in modo da poterlo richiudere.

Salì sul veicolo e si avviò verso il molo. Durante il tragitto chiamò Mercy e le chiese se avesse il numero di Henry Gaston tra i suoi contatti. Nel corso degli anni di lavoro presso la stazione, Mercy aveva accumulato quattro scatole di schede con i contatti dei residenti dell'isola che avevano avuto rapporti con il Dipartimento dello sceriffo, sia per aver denunciato che per aver commesso un crimine. Stilwell supponeva che Gaston fosse in una delle scatole per il secondo motivo.

Quando parcheggiò sulla banchina, trovò ad attenderlo un messaggio di Mercy con il numero di cellulare di Gaston. Lo chiamò prima di scendere dall'auto.

«Pronto?»

«Bel tentativo, Henry.»

«Chi parla?»

«Stilwell.»

«Stilwell? A cosa si riferisce?»

«Lo sa benissimo. Mi ha visto mettere il manico della sega nella cassetta portaoggetti della mia macchina. E ha cercato di riprenderselo.»

«Non so di cosa parla.»

«Ma è arrivato troppo tardi. L'avevo già messo nella cassaforte delle prove in ufficio.»

«Le ripeto che non so di cosa parla.»

«Ha ancora tempo fino a mercoledì per venire da me.

Dopo di che, sarà tutto finito. Dovrà assumere un buon avvocato sulla terraferma.»

Quelle parole furono accolte dal silenzio.

«È ancora lì, Henry?» chiese Stilwell.

«Ora riattacco.»

«Spero di vederla.»

«Senta, io non faccio la spia. Se lei ne dovesse parlare in giro, potrebbe farmi uccidere.»

Stilwell sorrise. «Un motivo in più per venire da me, non crede?» disse.

«Non succederà» ribatté Gaston, prima di riattaccare.

Stilwell chiamò Mercy. «Mercy, Gaston era nel tuo fascicolo?»

«Già: un paio di fermi per ubriachezza molesta» disse lei. «Poi anche guida in stato di ebbrezza, e nel 2015 è stato imputato per ricettazione.»

«Condannato?»

«Con la condizionale.»

«Buono a sapersi. Grazie.» Stilwell riattaccò e pensò a Gaston. La condanna riportata sulla sua fedina penale era troppo vecchia per avere conseguenze, ma sapeva che poteva in qualche modo servirsene per trattare con lui la settimana successiva, quando probabilmente si sarebbe presentato per stringere un accordo.

Camminò lungo la banchina, osservando il porto. Tutte e quattro le corsie di ormeggio erano ormai al completo. Vide diverse festicciole già in corso sui ponti delle barche più piccole e nei saloni degli yacht. Il fine settimana festivo era iniziato.

La torre della capitaneria di porto si trovava all'estremità del molo, e le finestre del piano superiore erano illuminate. Stilwell riuscì a vedere Tash alla sua postazione. Arrivò alla porta, digitò il codice della serratura elettronica ed entrò.

Salì una rampa di scale fino alla sala di controllo, che era ottagonale, con finestre tutt'intorno che garantivano una visuale completa sulle corsie di ormeggio e gli scivoli, ma anche sul molo e le montagne che circondavano il porto. Tash era in piedi e teneva un radiomicrofono vicino alla bocca.

«Mi dispiace, *Delilah*, siamo al completo» disse. «Tutti gli ormeggi a noleggio e quelli privati sono già occupati. Posso offrirvi un attracco a Descanso o a Hamilton finché non si libera qualcosa qui.»

Stilwell sapeva che la capacità del porto interno era di trecentosessanta barche di varie dimensioni. Quando i posti erano tutti occupati, la cittadina era piena e trafficata. Negozianti, ristoratori e albergatori erano soddisfatti, il sindaco Allen era contento e tutto andava bene.

In teoria.

Attese mentre Tash dava istruzioni alla motovedetta del porto di condurre la *Delilah* a un ormeggio al largo di Descanso Beach. Quando ebbe finito, Stilwell si avvicinò alla scrivania.

«Tash.»

«Ciao. Novità sul cadavere?»

Sussurrò la parola «cadavere» come se pronunciarla più forte potesse creare il panico nel porto.

«Ancora niente. Ti è venuto in mente qualcosa di più sulla donna con la ciocca di capelli viola?»

«No, non ancora.»

«So che siete molto impegnati, ma quanto tempo ci vorrebbe per mettere insieme una lista delle barche che hanno soggiornato in porto dallo scorso fine settimana fino a martedì?»

«Perché?»

«Credo che il cadavere sia rimasto in acqua per quattro o cinque giorni. Questo ci riporta allo scorso fine settimana. Vorrei sapere chi c'era in porto in quel periodo e nei giorni immediatamente successivi.»

«Pensavo che le indagini fossero gestite dal Dipartimento dello sceriffo della terraferma.»

«È così, ma avranno bisogno di tutto l'aiuto possibile. Vuoi che parli con Dennis per ottenere i registri?»

Dennis Lafferty era il capitano di porto, e quindi il suo capo. Probabilmente era nel suo ufficio sotto la sala di controllo.

«No, posso pensarci io. Solo che oggi c'è molto da fare. Magari domattina sul presto?»

«Benissimo. Grazie.»

«Farò del mio meglio per avere tutto il materiale. Mi dispiace moltissimo per quella ragazza. È una cosa orribile.»

«Già.»

«Li ho visti da quassù quando l'hanno tirata fuori. Era già in un sacco per cadaveri.»

«Sì, lo fanno quando il recupero avviene in un luogo pubblico.»

«Ti è mai capitato?»

«Quando ero nella squadra sommozzatori? Sì. Diverse volte. Non ne ho un brutto ricordo. C'è qualcosa di pacifico, nello stare sott'acqua, sai?»

Tash non commentò e Stilwell si domandò se avesse detto qualcosa di strano. Lei non sapeva molto del suo periodo nella squadra subacquea. In genere non ne parlava volentieri.

«Va bene» tagliò corto Stilwell. «Ti lascio tornare al tuo lavoro.»

«No, è che... mi sembra impossibile» disse Tash. «Il fatto che sia rimasta lì sotto per... quanto tempo, hai detto?»

«Non lo so con precisione, ma direi sui tre o quattro giorni... Forse di più. La marea l'ha trascinata in porto.

Non sappiamo bene dove sia stata uccisa e buttata in acqua, forse anche lontano da qui.»

«Quindi in realtà non sai se la donna con la ciocca viola bazzicava l'isola, o sbaglio?»

«Già. Per il momento si tratta solo di supposizioni. È che fare domande è nel mio dna, credo. Ma devo ritirarmi dal caso. Lasciamo che se ne occupi A-hole dalla terraferma.»

«A-hole?»

«È il soprannome di Ahearn.»

«Mi chiedo se tu abbia avuto qualcosa a che fare con l'invenzione di questo soprannome.»

«Può darsi. Ci sentiamo dopo, Tash.»

«Okay.»

Stilwell annuì, esitò, poi si diresse verso le scale.

# 7

Stilwell si svegliò il sabato mattina con un mal di testa allucinante. Non sapeva se dare la colpa ai fumi inalati durante l'immersione o alle due dita di whisky che aveva bevuto dopo aver finalmente smesso di lavorare la sera prima.

Andò in cucina e mise su il caffè, poi si diresse alla porta d'ingresso. Erano le sette del mattino e durante la notte non aveva ricevuto chiamate dalla stazione. Lo considerò un buon segno: era tutto tranquillo.

Il *Catalina Call* era sul pavimento del portico. Stilwell lo raccolse e si accomodò su una sedia da giardino a sfogliarlo. La foto della barca dello sceriffo con il ponte posteriore coperto da tende era l'immagine centrale in prima pagina. Il titolo era grande e in grassetto: OMICIDIO NEL PORTO: RECUPERATO UN CORPO. Stilwell sorrise, pensando al sindaco Allen che apriva il giornale e vedeva la stessa immagine e le stesse parole. Il direttore del *Call* proprio non aveva recepito il messaggio che gli omicidi erano negativi per gli affari.

L'articolo portava la firma di Lionel N. McKey e la maggior parte dei dettagli derivavano da un'intervista a Denzel Abbott.

L'ufficio dello sceriffo aveva ufficialmente rifiutato di

rilasciare commenti, cosa che Stilwell credeva lo avrebbe messo in salvo dalle ire del sindaco.

Il *Call* era un tabloid, e la foto e il pezzo sull'omicidio al porto lasciavano spazio solo ad altri due articoli in prima pagina. Uno si concentrava sui progetti per la costruzione di una ruota panoramica gigante nella zona del porto, illuminata al neon e visibile di notte dalla terraferma. Sebbene fosse presentato come un piano per incrementare il turismo sull'isola, si trattava di una proposta controversa. Un sondaggio condotto dal giornale rivelava una notevole opposizione da parte dei residenti di Avalon. Era diventato comune vedere cartelli nei giardini delle case e alle finestre che dicevano ABBASSO LA RUOTA! E questo prima ancora che fosse stato proposto un progetto vero e proprio.

L'ultimo articolo in prima pagina era un altro pezzo di McKey sul mistero che circondava la mutilazione del bufalo nella riserva in montagna, tre notti prima. L'animale era stato decapitato di netto e la testa non era ancora stata ritrovata. Il mistero si intrecciava a teorie relative a presunti avvistamenti di UFO sull'isola. Senza aggiornamenti ufficiali da parte di Stilwell, McKey si era rivolto a un coro di sedicenti esperti di extraterrestri che non vedevano l'ora di diffondere l'idea di un'azione aliena nella riserva. «Guarda, loro vengono a Catalina da sempre» spiegava Jack Sprague, del Center for the Study of Unidentified Submersible Objects. «Sono nell'aria e nell'acqua. Questo evento non mi sorprende affatto.»

Erano citati anche altri cosiddetti esperti di alieni, ma nessuno offriva un'opinione, scientifica o meno, sul perché quelle creature avrebbero dovuto volere la testa di un bufalo.

Stilwell stava per passare alla continuazione dell'articolo all'interno del giornale, quando sentì la porta d'ingresso aprirsi alle sue spalle.

«Il caffè dovrebbe essere pronto» disse.

«Me ne devo andare» replicò Tash Dano. «Lo prenderò alla torre.»

«Sicura?»

«Sicura. Novità sul cadavere?»

Stilwell si alzò per mostrarle la prima pagina.

«Il sindaco non ha spiegato a Denzel Abbott che doveva stare zitto» disse. «E lui ha spiattellato tutto a McKey.»

«Oh, cavolo. Sua eccellenza non ne sarà felice.»

«Be', comunque in prima pagina c'è anche una storia sugli alieni. Dovrebbe essere sufficiente per convincere una o due barche piene di impallinati a venire qui a spendere i loro soldi.»

«Gli alieni vincono sugli omicidi. Fantastico. C'è già qualche extraterrestre indiziato?»

«Ho dei sospetti. Ma sono più di tipo terrestre.»

«Mmm, peccato.»

Tash era vestita da lavoro, con pantaloni cargo color kaki e una polo nera con il distintivo della capitaneria di porto ricamato sul petto. Era una bellezza, secondo Stilwell. Una ragazza di Catalina magra e abbronzata, con i capelli e gli occhi scuri, che non aveva bisogno di altro che quei trentacinque chilometri di isola in cui era nata. La loro relazione era iniziata subito dopo l'arrivo di Stilwell e il loro primo incontro a pranzo. All'epoca, Stilwell stava affrontando un divorzio e lei aveva appena rotto con un tizio del posto.

Era otto anni più giovane di lui, e questo all'inizio lo aveva preoccupato. Temeva che non fossero sulla stessa lunghezza d'onda quanto a musica, film e politica. Ma ben presto la questione si rivelò di poca importanza. Tash amava la vita all'aria aperta, le barche, la pesca e il campeggio, e anche lui. Avevano trovato un terreno comune, una maniera di lasciarsi il mondo alle spalle. All'inizio avevano deciso di tenere nascosta la loro relazione, aspettando di vedere come andava, ma ora non gli importava più molto di mantenere il segreto.

«Ti accompagno al molo con l'UTV?» chiese Stilwell.

«No, è tutto in discesa. Una passeggiata.»

«Come vuoi. Fa' la brava.»

«E tu sta' attento.»

Si salutarono con un bacio e Stilwell la guardò camminare lungo Eucalyptus verso il porto. Pensò a come si stava evolvendo il loro rapporto. Era iniziato senza troppe pretese. Entrambi si stavano riprendendo dalle loro precedenti relazioni e avevano bisogno di muoversi con cautela. Con il passare dei mesi, però, il legame si era approfondito e Tash aveva iniziato a fermarsi a casa sua la maggior parte delle notti. Stilwell non andava più sulla terraferma nei giorni liberi e aveva messo in vendita l'appartamento che aveva comprato dopo il divorzio. Tash aveva tenuto il proprio, perché le dava sicurezza. Rappresentava un rifugio, se le cose con Stilwell non avessero funzionato. Ma entrambi sapevano che quella era la mossa successiva: se lei avesse rinunciato alla casa, avrebbe significato un vero impegno, una relazione a lungo termine.

Stilwell sentì vibrare il cellulare in tasca. Era Mercy.

«Sergente, abbiamo un problema con un visitatore dalla terraferma.»

«Che succede?»

«Sembra un'intossicazione da alcolici al Crescent Hotel. Un'ambulanza è già sul posto e i paramedici hanno chiesto un trasporto d'emergenza.»

Stilwell guardò l'orologio. Erano solo le 7.10 ma la giornata si preannunciava difficile.

«Va bene, Mercy, ci vado subito.»

# 8

Martedì Stilwell arrivò in anticipo alla stazione, in modo da poter lavorare sui rapporti su crimini e arresti che si erano accumulati durante il fine settimana festivo. Doveva preparare le sintesi dei casi da sottoporre a Monika Juarez sulla terraferma per decidere se procedere con le incriminazioni. In quei tre giorni erano stati effettuati ventisei arresti. La maggior parte erano casi di ubriachezza molesta, anche se tre di essi erano sfociati in aggressioni quando erano arrivati gli agenti dello sceriffo. C'erano stati anche alcuni arresti per reati contro la proprietà e guida in stato di ebbrezza. Secondo la legge californiana, la guida in stato di ebbrezza comportava le stesse sanzioni sia che ci si trovasse a bordo di un'automobile che di un golf cart.

Le celle di custodia ospitavano quattro uomini, tre dei quali accusati di aggressione e uno di furto aggravato: sabato sera era uscito da un bar, era salito su un golf cart che apparteneva a qualcun altro e si era allontanato. L'auto era stata ritrovata il giorno dopo al belvedere di Hermit Gulch, con l'uomo addormentato al posto di guida.

Stilwell sapeva che Monika Juarez avrebbe respinto la maggior parte dei casi. Alcuni sarebbero stati accettati ma poi respinti prima di arrivare in tribunale. Il compito di

Juarez era quello di eliminare i casi irrilevanti che non valevano il tempo e il denaro di un processo. Il sistema carcerario della contea era già sovraffollato e sotto supervisione federale. I procuratori dovevano selezionare con cura chi volevano mandare in prigione.

Da quell'isola a trentacinque chilometri dalla costa, Stilwell osservava un sistema non ancora al collasso, ma quasi. Dal carcere si entrava e usciva come se ci avessero installato una porta girevole, e accettare questo significava accelerare il crollo del sistema.

Sapendo che fine avrebbero fatto i casi del fine settimana, Stilwell dedicò la maggior parte dei suoi sforzi alla stesura del sommario delle accuse contro Merris Spivak. Era stato arrestato sabato sera per aver aggredito un poliziotto. Aveva rotto una bottiglia sulla testa dell'agente Tom Dunne in un bar sulla Crescent. Dunne stava aiutando il vicesceriffo Eduardo Esquivel, che era entrato nel bar dopo una chiamata per una lite tra due persone che si stavano contendendo il palco del karaoke. Spivak era arrivato alle spalle di Dunne e lo aveva colpito alla testa con una bottiglia di vino vuota che aveva preso dal tavolo di un altro cliente. Dunne aveva riportato una commozione cerebrale, nove punti di sutura e aveva passato una notte in ambulatorio, prima di essere trasferito in un ospedale del continente. E Stilwell era rimasto con un agente in meno per il resto di quell'intenso weekend festivo.

L'aggressione a Dunne era stata ripresa dalla telecamera di sicurezza del bar e il video costituiva la prova chiave contro Spivak. Stilwell allegò il link al suo rapporto, poi decise di guardarlo di nuovo. La prima volta si era arrabbiato così tanto che aveva pensato di aggiungere alcuni dettagli al rapporto riassuntivo, per assicurarsi che Juarez non respingesse le accuse.

Il link fornito dal bar portava a un video che iniziava trenta secondi prima del fatto. Mostrava chiaramente che l'aggressione non era stata provocata. Spivak entrava nell'inquadratura alle spalle di Dunne e lo colpiva in testa con la bottiglia. Dunne cadeva a terra, tramortito dall'impatto. Esquivel aveva altro a cui pensare e non si era accorto del collega ferito. Spivak, non sapendo di essere ripreso, si era girato ed era tornato al bar, sedendosi su uno sgabello come se niente fosse. Quella parte del video era bizzarra. Stilwell guardò tutto altre due volte, finché la stranezza delle azioni di Spivak cominciò a far breccia nella sua rabbia. Si alzò dalla scrivania, uscì dall'ufficio e attraversò la sala principale fino alla prigione.

Nel commissariato c'erano due celle di custodia con quattro brande ciascuna. Erano affiancate e divise da un muro di cemento. I detenuti in una cella non potevano vedere nell'altra. Stilwell aveva messo Spivak nella cella uno da solo, mentre gli altri tre fermati erano nella due. Li aveva separati perché l'aggressione di Spivak a un poliziotto era più grave dei presunti reati degli altri. Si avvicinò alle sbarre della prima cella e vide Spivak addormentato su una delle cuccette inferiori. Era lì da due giorni.

«Spivak» chiamò. L'uomo non si mosse. Stilwell infilò un piede tra le sbarre e diede un calcio al telaio della branda. Spivak si svegliò di colpo.

«Ma che cazzo?» disse.

«Sta' a sentire, ho una domanda» gli si rivolse Stilwell.

«Mi sta rilasciando?»

«No, ho una domanda per te.»

«Mi porta al carcere della contea?»

«Ti tengo qui fino all'arrivo del giudice. Di solito viene il venerdì ma, se è molto occupato sulla terraferma, potrebbe non arrivare prima di lunedì prossimo.»

«Ah, cazzo. Non può farlo.»
«Invece posso e lo sto facendo. Conoscevi il vicesceriffo Dunne?»
Spivak rimase in silenzio. Stilwell andò alla parete di fronte alle celle e accese le luci. Anche se sulla branda inferiore Spivak era parzialmente in ombra, riuscì a vedere i suoi occhi, quando si avvicinò di nuovo alle sbarre. L'uomo aveva la testa rasata e appuntita come un proiettile, con una serie di tatuaggi che spuntavano dal colletto e dalle maniche della tuta e una cicatrice a forma di mezzaluna sotto l'occhio sinistro.
«Lo conoscevi?» chiese di nuovo Stilwell.
«Chi cazzo è l'agente Dunne?»
«Il vicesceriffo che hai colpito con la bottiglia di vino e mandato all'ospedale. Lo conoscevi? Lo avevi già incontrato prima?»
Spivak tacque di nuovo, il che faceva pensare che nascondesse qualcosa. «Parla, Spivak» disse Stilwell. «Lo conoscevi, vero?»
«Non dovrebbe leggermi i miei diritti o qualcosa di simile, prima di interrogarmi?»
«I diritti te li abbiamo già letti al momento dell'arresto.»
«Allora non ho nulla da dichiarare. Voglio il mio avvocato.»
«Hai già chiamato il tuo avvocato, con la telefonata a cui avevi diritto. Se ora parli con me, magari te ne lascio fare un'altra.»
Stilwell gli concesse del tempo per riflettere e tornò nel suo ufficio. Sul computer cercò il nome di Spivak nel registro dei reati. Aveva quarantaquattro anni e una storia di arresti nella contea di Los Angeles per aggressione e altri crimini violenti, la maggior parte dei quali nella zona di Long Beach. Questo rafforzava la convinzione di Stilwell

che ci fosse un legame tra Spivak e Dunne. Fece qualche ricerca sugli arresti precedenti e non vide il nome di Dunne in nessuno dei rapporti. L'anno prima, Spivak aveva trascorso trecento giorni nel centro di detenzione di Pitchess, dopo essersi dichiarato colpevole di un'aggressione aggravata. Pitchess faceva parte del sistema carcerario della contea; una condanna inferiore a un anno veniva scontata in una struttura locale, mentre qualunque condanna più lunga comportava il trasferimento nella prigione di Stato.

Stilwell prese il telefono, trovò Dunne tra i suoi contatti e lo chiamò. Scattò subito la segreteria.

«Tom, sono Stil. Volevo solo sapere come stai. Fammi uno squillo quando senti questo messaggio. Ciao, a presto.»

Riattaccò e pensò a Dunne. Era stato trasferito alla sottostazione di Catalina sette mesi prima. Gli avevano detto che proveniva dalla divisione carceraria, ma non sapeva dove avesse lavorato, era un settore enorme. Non gli era stato detto nemmeno quale trasgressione avesse causato il suo trasferimento.

Tornò al lavoro e un'ora dopo inviò via email l'intero pacchetto di casi a Juarez. Non si aspettava di sentirla prima del tardo pomeriggio. Aveva un programma da rispettare presso il tribunale di Long Beach e quella sarebbe stata la sua priorità. Catalina non era in cima alla lista delle cose da fare per nessun abitante della terraferma.

Iniziò poi a rivedere i rapporti sui reati commessi nel fine settimana. Era stato troppo impegnato a fare pattugliamenti extra o a schedare persone arrestate per guardarli. Erano sedici, nessuno dei quali comportava l'arresto: lui, però, in quanto unico investigatore dell'isola, doveva seguirli tutti.

Catalina aveva la forma di un otto sbilenco, o di un simbolo dell'infinito, come preferivano dire molti abitanti dell'isola. Avalon era costruita sopra un porto naturale sulla costa sud ed era di gran lunga il più grande centro abitato. Two Harbors era una piccola città sull'istmo tra le due metà dell'otto. A una trentina di chilometri di macchina da Avalon (ma in barca si faceva prima), era un luogo i cui residenti volevano avere il meno possibile a che fare con il turismo e la civiltà, e men che meno con le forze dell'ordine. Il resto dell'isola era in gran parte non edificato, tranne che per piccoli insediamenti nomadi di persone che stavano tutte scappando da qualcosa o da qualcuno.

Tre delle denunce di reato provenivano da Two Harbors: un motore fuoribordo rubato, un golf cart vandalizzato e delle trappole per granchi depredate. Non si trattava di crimini gravi – anche se la faccenda delle trappole era la terza in un mese – e li mise da parte per riguardarli in seguito. Si recava di tanto in tanto a Two Harbors per seguire dei casi o semplicemente per far vedere che la polizia era presente, ma di solito aspettava che si accumulassero diversi rapporti, prima di andare. Pensò di farci un giro entro la fine della settimana.

I casi rimanenti erano un misto di vandalismo, piccoli furti e frodi ai danni di turisti che avevano fatto prenotazioni online di alberghi, charter di pesca o servizi dell'isola che si erano rivelate false. I depositi versati erano scomparsi nell'etere digitale e all'arrivo non c'era nessun hotel, tour o barca da pesca ad attenderli. La maggior parte delle segnalazioni erano state fatte di persona e le aveva gestite Mercy, che aveva consolato le vittime e poi aveva chiesto in giro per trovare loro una stanza d'albergo o almeno un posto su un traghetto di ritorno sulla terraferma.

Stilwell sfogliò i rapporti finché uno attirò la sua attenzione. Si trattava di una denuncia di furto presentata dal direttore del Black Marlin Club. Il BMC era un club privato che esisteva da più di un secolo. I membri appartenevano tutti a famiglie benestanti della terraferma, e arrivavano con i loro yacht da Newport Beach, Santa Barbara, Marina del Rey e altre ricche enclavi lungo la costa californiana. Il club prendeva il nome da quello che un tempo era considerato dai pescatori sportivi della zona come il pesce più pregiato, e i suoi membri sembravano assomigliare a quella nobile specie: eleganti, veloci e non molto comuni, in California. Erano anche pericolosi, i membri del club, per via dei loro contatti con soggetti molto ricchi e potenti. Stilwell era stato avvertito, al momento del suo trasferimento a Catalina, di tenersi alla larga dai soci del Black Marlin.

La denuncia fatta dal direttore Charles Crane riguardava il furto di una piccola scultura di giada nera raffigurante un marlin che emergeva dalla superficie dell'oceano. La scultura era esposta su un piedistallo nell'atrio del club da quasi cent'anni. Il piedistallo si trovava accanto a una teca di vetro contenente altri oggetti storici del club.

Il vicesceriffo Tom Dunne aveva ricevuto la denuncia del furto sabato, poche ore prima di essere aggredito. Secondo il suo rapporto, non si sapeva quando la scultura fosse stata rubata, perché il piedistallo si trovava nel corridoio anteriore, che non veniva usato abitualmente né dai soci, né dai dipendenti. I soci del club di solito entravano e uscivano dai locali attraverso le porte che davano verso i moli che si trovavano su un lato e sul retro dell'edificio. I dipendenti non potevano usare l'ingresso principale e utilizzavano una porta di servizio.

La scomparsa della scultura era stata denunciata da una donna delle pulizie incaricata di spolverarla una volta alla settimana che aveva trovato il piedistallo vuoto. Crane descriveva la statuetta come alta circa venticinque centimetri e pesante un chilo e mezzo o due. Le attribuiva un valore inestimabile per via dell'antichità, della qualità della giada e del legame con uno dei fondatori del club. La cosa che attirò l'attenzione di Stilwell, tuttavia, non fu l'oggetto o il suo valore, ma l'indiziata segnalata da Crane.

Il direttore aveva detto a Dunne che la settimana precedente alla scomparsa della scultura aveva licenziato una dipendente di nome Leigh-Anne Moss per comportamento sconveniente. Moss era una cameriera part-time che lavorava nel club e aveva violato la regola che vietava di socializzare con i membri iscritti. Crane sospettava che Moss avesse preso il marlin di giada mentre andava via dopo la discussione che si era conclusa con il suo licenziamento.

Aveva anche fornito all'agente età e indirizzo dell'impiegata, nonché una sua descrizione. Leigh-Anne Moss aveva capelli neri, lunghi fino alle spalle, con una ciocca viola lungo il lato sinistro.

# 9

Stilwell entrò nell'archivio della motorizzazione e cliccò sul fascicolo di Leigh-Anne Moss. Osservò la foto della patente di guida. Non c'era nessuna ciocca viola nei capelli, ma la patente era stata rilasciata due anni prima. A causa dello stato di decomposizione del corpo ripescato dalle acque del porto, era impossibile effettuare un'identificazione visiva. Tuttavia, il suo istinto gli diceva che stava guardando la donna uccisa. Alzò il telefono fisso e chiamò il centralino della squadra Omicidi dello sceriffo. Chiese all'impiegato di passargli Frank Sampedro.

Mezzo minuto dopo una voce disse: «Detective Ahearn, come posso aiutarla?»

Stilwell fu sul punto di riattaccare, ma decise che era meglio non tardare nel riferire la nuova informazione.

«Avevo chiesto di passarmi Sampedro.»

«Non è dispon... Ehi, sei tu, Stillborn?»

«Avete già identificato la donna ripescata?»

«Non è il tuo caso, perché t'interessa?»

«Perché se non l'avete identificata ho una pista solida per voi.»

«Stillborn, ti ho già detto di starne fuori. Vuoi che vada...»

«Ho un indizio utile, è venuto fuori mentre lavoravo a

un altro caso, Ahearn. Vuoi che ti dica quello che ho trovato o preferisci continuare a combattere la tua piccola guerra? Posso aspettare che Sampedro mi richiami. Decidi tu.»

Ci fu un attimo di silenzio, poi Ahearn disse, con voce falsamente allegra: «Va bene, dammi quello che hai, vediamo cos'hai trovato».

«Controlla Leigh-Anne Moss. Credo che sia la tua vittima.»

Fece lo spelling di nome e cognome e poi fornì ad Ahearn la data di nascita e l'indirizzo trovati sui registri della motorizzazione, che corrispondevano a quelli riportati sulla domanda di lavoro della Moss al BMC.

«Il suo nome è emerso sabato in una denuncia per furto al Black Marlin Club» spiegò. «È stata indicata come sospettata e descritta come una donna con una ciocca di capelli viola.»

«Ho una notizia per te, intelligentone. Sabato la vittima era già morta.»

«Non ho detto che ha commesso il furto sabato. Ho detto che quel giorno è stata sporta denuncia. Era stata licenziata la settimana prima, ed è ad allora che può risalire il furto. Quindi i tempi possono ancora coincidere.»

«Cosa avrebbe rubato?»

«Una piccola scultura di un marlin. Era di giada nera, alta venticinque centimetri e pesante un chilo e mezzo o due. Ti inoltro il rapporto.»

«Giada nera per il marlin nero.»

«È già stata fatta l'autopsia?»

«Sai che non parlerò con te del caso, Stillborn. Perché chiedere?»

«È successo nel mio territorio, Ahearn. Secondo la procedura, devo essere tenuto al corrente. E posso anche...»

«Quello che puoi fare è andare affanculo.»

Ahearn riattaccò.

Stilwell rimase seduto immobile e in silenzio finché non gli passò la rabbia.

Alla fine smise di pensare ad Ahearn, chiamò l'ufficio del coroner e chiese di un investigatore di nome Monty West.

Lui e West avevano lavorato insieme a molti omicidi, prima che Stilwell fosse trasferito sull'isola.

«Stil, vecchio mio» disse West. Era il suo solito saluto.

«Monty, da quanto tempo» rispose Stilwell.

«Come va, fratello?»

«Bene. Faccio sempre le stesse cose, solo che ora le faccio su un'isola. Tu come stai?»

«Finché arrivano cadaveri, continuo ad avere lavoro.»

«A questo proposito, non è che potresti controllare un caso sul tuo computer?»

«Hai un caso?»

«Tecnicamente no. Ma è successo nel mio territorio e voglio solo sapere se è stata stabilita la causa della morte.»

«Sei fortunato. Sono alla mia scrivania e posso controllare mentre parliamo. Nome?»

«Niente nome, è una sconosciuta. Ripescata sul fondo del porto di Avalon. Il coroner deve aver ricevuto il corpo venerdì sera.»

«Ah, sì, ne ho sentito parlare. Resta in linea, provo a cercarlo.»

Stilwell sentì il rumore della tastiera del computer di West, poi il silenzio mentre l'investigatore leggeva ciò che era apparso sullo schermo.

«Non c'è ancora una causa di morte» disse infine West. «L'autopsia è prevista oggi alle tre.»

«Capito. È stata identificata?»

«Sembra di no. Secondo il rapporto preliminare, la decomposizione cutanea ha reso impossibile rilevare le impronte digitali. Stiamo aspettando che i detective riescano a identificarla con altri mezzi.»

«Non contarci troppo.»

«Già, leggo qui che il caso è di competenza di A-hole. Immagino che si starà facendo il culo per risolverlo.»

A Stilwell non sfuggì il sarcasmo. La reputazione di Ahearn era nota in lungo e in largo.

«Hai delle foto lì?» chiese.

«Sì, l'esame preliminare è stato eseguito questa mattina» rispose West. «Cosa stai cercando?»

«L'ho vista in acqua, quindi i suoi capelli erano un po' ovunque. Sto pensando alla ciocca viola che ho visto. È nelle foto?»

«Sì, ne ho una qui.»

«Puoi mandarmela?»

«A condizione che tu non dica a nessuno come l'hai avuta.»

«Sarò muto come un pesce. L'alleghi a un messaggio?»

«Certo.»

«Grazie, Monty. Ti devo un favore.»

«Magari vengo laggiù a riscuoterlo. Potresti mostrarmi dove si nascondono tutti gli alieni di cui ho sentito parlare.»

«Non credere a tutto ciò che leggi.»

Si salutarono e Stilwell attese l'arrivo del messaggio. Il suo telefono impiegò un minuto per scaricare il file e poi vide una foto della donna, il cui volto quasi non sembrava più umano e non corrispondeva affatto alla foto della Motorizzazione. Ma qualcuno nell'ufficio del coroner le aveva scostato i capelli dal viso. Stilwell riuscì a vedere la ciocca viola. Iniziava dall'attaccatura dei capelli, sul lato sinistro di una riga centrale e scendeva fino alle punte. Stilwell era sicuro di trovarsi di fronte a una foto di Leigh-Anne Moss.

Notò un'abrasione sul lato destro della fronte che scompariva sotto i capelli. Non c'erano tracce di sangue. L'abrasione poteva essere una ferita *post mortem* subita mentre il corpo veniva trascinato dalle correnti sottomarine. Oppure poteva essere stata causata dal colpo che l'aveva uccisa.

Allegò la foto a un'email e la inviò a sé stesso. Poi esaminò tutto ciò che sapeva su Moss. Né lui né il direttore del Black Marlin avevano il suo indirizzo a Catalina. Quelli presenti sulla patente di guida e sulla domanda di assunzione presso il BMC indicavano una strada del quartiere di Belmont Shore a Long Beach. Stilwell conosceva bene la zona, dove in passato aveva posseduto un appartamento. Si chiese se avesse mai incrociato Leigh-Anne per strada, sulla spiaggia, da Joe Jost o in qualche altro ristorante. Si chiese se il motivo per cui era finita in acqua con una catena d'ancora avvolta intorno al corpo fosse da ricercarsi sulla terraferma o lì sull'isola.

Spense il computer e lasciò l'ufficio. Mercy era alla sua scrivania nella sala riunioni.

«Mercy, ci sono novità su Tom Dunne?» le chiese.

«Non ho sentito nulla» rispose lei.

«Gli ho lasciato un messaggio, ma se si fa vivo con te, digli che ho bisogno di parlargli il prima possibile. Non si tratta di quello che gli è successo, ma di qualcos'altro.»

«Va bene.»

«E quando hai tempo, puoi fare un giro sui social e vedere se riesci a trovare una donna di nome Leigh-Anne Moss? Sai, Facebook, Instagram, i soliti posti.» Le fece lo spelling del nome.

«È quella che era in fondo al mare?»

«Forse» rispose Stilwell. «Non è confermato.»

Prese una radio dall'unità di ricarica sulla parete.

«Esci?» chiese Mercy.

«Sì, vado al Black Marlin.»
«Cosa sta succedendo lì?»
«Sto solo seguendo la denuncia di furto che Dunne ha ricevuto sabato, prima di essere messo al tappeto al bar. È di questo che voglio parlargli.»
«Spero che si ricordi tutto. Probabilmente è ancora un po' confuso.»
«È possibile. Conosci qualcuno che è socio del club?»
«Del Black Marlin? No, sono tutti della terraferma. Non hanno mai permesso a quelli del posto di iscriversi.»
«Pensavo che il sindaco fosse socio. Si comporta come se lo fosse.»
«È un gesto di cortesia. Può andare al club, bere un liquore, mangiare lì, ma non gli daranno mai una tessera permanente. Non appena smette di essere sindaco, se ne va anche dal club. È sempre stato così.»
«Interessante. Torno tra un po'.»
«Mi troverai qui.»

# 10

Il Black Marlin aveva sede in una costruzione a due piani in legno che si trovava su un molo privato dalle parti di St. Catherine Way, sul lato nord del porto. L'edificio ospitava il club da più di cent'anni ed era considerato un luogo di interesse storico nella contea. Stilwell ci arrivò a piedi. La porta d'ingresso era chiusa a chiave e, ricordando ciò che era stato annotato nella denuncia per furto, si diresse verso una delle porte di servizio. Premette un pulsante su un citofono. Subito rispose una voce.

«Come posso aiutarla?»

«Sergente Stilwell, detective del Dipartimento dello sceriffo. Sono qui per seguire una denuncia di reato presentata nel fine settimana.»

«Sì, certo. Rimanga in attesa e qualcuno la farà entrare a breve.»

«Grazie.»

I minuti di attesa si rivelarono lunghi. Mentre aspettava, Stilwell tirò fuori il cellulare e inviò un messaggio a Henry Gaston. C'era scritto *24 ore*. Sapeva che Gaston avrebbe saputo interpretarlo. Non aveva ancora ricevuto risposta quando la porta si aprì e un uomo in camicia e cravatta gli sorrise.

«Sergente Stilwell?» disse. «Charles Crane, direttore del club. Prego, si accomodi.»

Gli tese la mano e Stilwell la strinse.

Crane aveva un'aria autorevole che andava oltre il fatto di essere uno dei pochi uomini dell'isola che portava la cravatta al lavoro. Camminava e parlava in fretta, mentre faceva strada nel club.

«Andiamo nel mio ufficio» disse. «Lì possiamo parlare in privato. Era mai stato qui?»

«No» rispose Stilwell. «Prima di andare in ufficio, può mostrarmi il corridoio dove è avvenuto il furto della statua?»

«Oh, naturalmente. Venga.»

Attraversarono un salotto con pareti rivestite di pannelli scuri e vecchie poltrone in pelle. C'era un lieve odore di sigari. E di soldi. Da lì si spostarono nell'atrio, dove si trovava la porta d'ingresso principale. Crane girò in un ampio corridoio, anch'esso rivestito in legno scuro. Sul lato sinistro c'erano diverse foto incorniciate, la maggior parte in bianco e nero o seppiate, di uomini del secolo precedente, in piedi accanto ai marlin che avevano pescato. Sopra la fila di cornici c'era un marlin imbalsamato lungo almeno due metri e mezzo, con la spina dorsale nera contorta, bloccato in una lotta persa tanto tempo fa. Una targa sotto di esso diceva

MARLIN NERO DA 446 CHILI PESCATO IL 14 SETTEMBRE 1931
DALLA *MARY MAC* DI HORACE GRANT, MEMBRO DEL BMC

«Impressionante, eh?» disse Crane.

«Certo. Per un appassionato di pesca, almeno.»

Sul lato destro del corridoio si trovavano tre teche di vetro da museo. Erano per lo più piene di esche che erano state usate nel corso degli anni per andare a pescare i marlin. C'erano anche conchiglie e pezzi di corallo insoliti, denti di squalo e altre cianfrusaglie. Crane indicò un piedistallo vuoto in fondo alla fila.

«La scultura era proprio qui» disse. «Da più di un secolo. Donata da uno dei primi presidenti del club, Noah Rossmore.»

Stilwell osservò il piedistallo di marmo. «Non aveva un sistema di sicurezza?» chiese.

«Questo è un club per gentiluomini, detective» disse Crane. «Non chiudiamo le cose a chiave e non ci aspettiamo che vengano rubate.»

Stilwell annuì.

«Quindi la statuetta può essere stata presa senza che sia stato sfiorato il piedistallo?» chiese. «Non c'era niente a fissarla che rendesse difficile staccarla da lì?»

«Niente.»

Stilwell pose delle domande di cui conosceva già la risposta, ma era una buona pratica: a volte venivano fuori nuove informazioni.

«Com'è stato scoperto che era scomparsa?»

«È stata una donna delle pulizie ad accorgersene. La signora Landry. Uno dei suoi compiti è quello di mantenere questo corridoio e il suo contenuto in condizioni immacolate. Stava spolverando e ha visto il piedistallo vuoto. Mi ha avvisato e ho chiamato immediatamente la polizia.»

«È una zona frequentata del club?»

«Be', è il nostro corridoio d'ingresso, ma la maggior parte dei soci arriva in barca ed entra dai moli sul lato destro o posteriore dell'edificio. Di conseguenza, questo corridoio è usato molto di rado.»

«Il che rende difficile stabilire quando la statua sia stata presa.»

«Esatto.»

«Lei ha suggerito all'agente Dunne che potrebbe essere stata Leigh-Anne Moss a rubarla, vero?»

«L'agente che ha risposto alla mia chiamata mi ha chiesto se avessi dei sospetti su chi potesse aver preso il pezzo, e ho detto che una settimana prima avevo licenziato la signora Moss e lei non l'aveva presa affatto bene. Ma non l'ho accusata direttamente di nulla. Spero che la signora non pensi questo.»

«Non ho ancora potuto incontrarla. Ora andiamo nel suo ufficio così ne parliamo meglio.»

«Certo. Venga pure.»

L'ufficio di Crane era al piano superiore, sul retro dell'edificio. La sua scrivania era di fronte a una finestra che dava sul porto e ricordava a Stilwell la vista dalla torre della capitaneria di porto.

«Bel posto» disse.

«Mi permette di vedere quando arrivano i soci e i loro ospiti» rispose Crane.

Invece di sedersi davanti alla scrivania, Stilwell si avvicinò alla finestra e guardò giù. Dietro il club c'era un molo, con una passerella che si collegava a un pontile galleggiante. Lì i soci potevano legare gli skiff con cui arrivavano dai loro yacht ormeggiati. Al momento, una piccola barca a vela e altri tre skiff e barche da lavoro erano legati alle gallocce del pontile galleggiante. Sul lato nord dell'edificio, il molo era coperto da una tettoia in lamiera ondulata, che proteggeva i soci dalla pioggia e dal sole cocente e consentiva loro di accedere alla porta di servizio del club.

«Scommetto che avete avuto un fine settimana impegnativo» disse. I suoi occhi scrutavano il porto. Vide le file di boe da ormeggio arancioni. Il porto si era in gran parte svuotato dopo il weekend.

«Sì, sono venuti molti soci» rispose Crane. «È stato un fine settimana molto affollato.»

«Qui avete un ristorante e un bar, giusto?»
«Sì. Siamo aperti tutti i giorni a pranzo e per cena dal giovedì alla domenica.»
«E le camere? I soci possono alloggiare qui o devono rimanere sulle loro barche?»
«Abbiamo quattro camere a disposizione dei membri e dei loro ospiti, in base all'ordine di arrivo. Ma, come può immaginare, i nostri soci possiedono comodi yacht e di solito preferiscono dormire a bordo.»
«Sì, capisco.»
Stilwell aveva una visuale del punto in cui era stato trovato il corpo, a dieci metri di profondità.
«Da qui immagino che abbia avuto occasione di vedere il recupero del corpo, venerdì, giusto?»
«È così. Davvero terribile. Ha scoperto cosa è successo? Ho sentito dire che si tratta di una ragazza.»
«Una donna. Non l'hanno ancora identificata. Ma il caso non è di mia competenza, mentre il furto della sua statuetta lo è.»
«Be', non è mia. È del club.»
Stilwell si allontanò dalla finestra e si sedette di fronte alla scrivania.
«Mi parli di Leigh-Anne» disse. «Perché l'ha licenziata?»
«Detesto questa parola» rispose Crane. «"Licenziare" ha un suono troppo duro. Ma ho dovuto lasciarla a casa. Era diventata... un problema.»
«In che senso?»
«Abbiamo regole severe sulla socializzazione tra il personale e i membri. Lei conosceva le regole ma ha scelto di infrangerle. Ripetutamente.»
«In che modo?»
«Flirtava apertamente con i soci e la cosa è stata portata alla mia attenzione. L'ho avvertita una volta ma ho continuato a ricevere segnalazioni e ho dovuto agire.»

«Cosa significa di preciso che flirtava apertamente?»

«Per usare un'espressione arcaica, era una cacciatrice di dote, sergente. Ha tentato più volte di convincere dei soci a incontrarsi con lei fuori dal club. Era chiaramente alla ricerca di qualcuno da sposare o eventualmente da ricattare.»

«È un'accusa piuttosto forte. Qualcuno di questi incontri è mai avvenuto?»

«Non lo so. So solo che gli inviti ci sono stati e quindi abbiamo agito per proteggere i nostri membri.»

«Ha detto che il comportamento della Moss è stato portato alla sua attenzione. Da chi?»

«Dal gestore del bar, per esempio, e anche alcuni soci si sono lamentati.»

«Chi sono questi soci?»

«Temo che sia un'informazione riservata, detective. E non vedo come possa aiutarla a capire se la signora Moss abbia preso il marlin di giada.»

«Mi dica cos'è successo quando l'ha licenziata.»

«Be', qui non abbiamo un ufficio del personale. Con uno staff ridotto, sono io il responsabile delle risorse umane. L'ho semplicemente convocata in ufficio, dicendole che era stata richiamata più volte, che aveva ignorato gli avvertimenti e che era ora che si trovasse un altro posto di lavoro.»

«E questo quando è successo, esattamente?»

«Sabato mattina, il 17.»

«A che ora, grosso modo?»

«Il Marlin Room apre per il pranzo alle undici, il che significa che lei doveva arrivare alle dieci, per aiutare a sistemare la sala. Ho lasciato detto in cucina che doveva passare da me al suo arrivo. Quindi direi che la nostra conversazione è avvenuta poco dopo le dieci di quella mattina.»

«E come l'ha presa?»

«Non bene, come le ho detto. Era arrabbiata e se n'è andata in preda alla furia.»

«E mentre andava via, ha rubato la scultura.»

«Non possiamo dire con certezza che l'abbia presa lei. Ma, una settimana dopo, la donna delle pulizie ha notato che non c'era più.»

«La signora Landry.»

«Esatto. E mi ha avvisato.»

«La signora Landry è qui oggi?»

«No, in genere viene nei fine settimana, quando abbiamo molti soci in visita. Ma posso chiamarla, se ha bisogno di parlare con lei.»

«Per il momento possiamo soprassedere. Può dirmi qual è il nome battesimo della signora? Devo scriverlo sul rapporto.»

«Judith.»

«E da quanto tempo lavora qui?»

«Devo controllare, ma posso dirle che è qui da molto più tempo di me.»

«E lei da quanto tempo lavora al club?»

«Questo è il mio diciottesimo anno alle dipendenze del club, ma è da otto che ne sono il direttore. Prima di essere promosso ero vicedirettore.»

«Torniamo un momento a Leigh-Anne. C'erano molti soci al club quando l'ha licenziata e lei se n'è andata infuriata? Hanno visto o sentito qualcosa?»

«In realtà il club era quasi vuoto. Non serviamo la colazione e il pranzo inizia alle undici. I locali si riempiono solo da mezzogiorno in poi. Ho scelto quell'ora proprio perché sapevo che sarebbe stato un momento di calma.»

«Immaginava che lei si sarebbe infuriata.»

«Sospettavo che si sarebbe infuriata e che avrebbe fatto...»

«Una scenata?»
«Le sue rimostranze.»
«Prima l'ha definito un club per gentiluomini. Non ci sono donne, tra i soci?»
«Errore mio. Abbiamo anche membri di sesso femminile.»
«Quanti?»
«Solo due, ma bisogna ricordare che il regolamento del club prevede un tetto massimo di cento soci, e che si tratta di una questione generazionale. L'appartenenza è ereditaria. Abbiamo soci che sono i pronipoti dei nostri fondatori. Nuovi soci vengono ammessi solo se un socio esistente si dimette o se non ci sono eredi che si facciano avanti alla sua morte. La transizione quindi è lenta. Da quando lavoro qui, si sono resi disponibili solo tre posti, e due di essi sono andati a delle donne.»
«Posso avere un elenco dei soci?»
«Vede, sergente, questo è un club privato. È mio compito proteggere la privacy dei nostri membri.»
«È un no?»
«Penso che dovrà tornare con un mandato, se proprio lo vuole. Se dovessi consegnarglielo dietro una semplice richiesta mi troverei in una posizione difficile. Sono certo che mi capisce.»
«Certo. Se avrò bisogno di quell'elenco tornerò con un mandato. Ha i moduli che Leigh-Anne Moss ha compilato quando ha fatto domanda di lavoro qui?»
«Sì, e sabato li ho mostrati all'agente Dunne.»
Crane aprì un cassetto della scrivania e tirò fuori un documento di una sola pagina che si trovava in cima a una pila. Lo passò a Stilwell, il quale lo scrutò a lungo.
«Ha mai chiamato qualcuna delle referenze che la signora Moss ha elencato?» chiese infine.
«No, non l'ho fatto» rispose Crane. «So che avrei do-

vuto. Ma di solito i candidati non danno mai i nomi di persone che potrebbero dire qualcosa di negativo su di loro.»

«È vero. Di questo posso averne una copia?»

«Certo.»

Stilwell gli restituì il documento. Senza alzarsi, Crane spostò la sedia girevole verso una fotocopiatrice alla sua destra. Inserì il foglio e fece una copia, che passò a Stilwell.

«Cos'altro posso fare per lei, sergente?»

«Per caso ha una foto della scultura rubata?»

«Sì. Me l'ha chiesta anche il suo agente, sabato, e non ne avevo una a disposizione, ma poi in archivio ho trovato una fotografia della presentazione della scultura al club nel 1916. Ce l'ho qui.»

Aprì un altro cassetto e tirò fuori un fascicolo. Ne estrasse una foto ingiallita di due uomini in piedi, l'uno accanto all'altro. Uno dei due passava all'altro la scultura del marlin nero. Incollata sul retro c'era una didascalia dattiloscritta.

*Donato oggi, 4 aprile 1916, da Noah Rossmore*
*al presidente del BMC Padgett Smith.*

«Può farmi una copia anche di questa?» chiese Stilwell.

«Con piacere.»

Crane si avvicinò di nuovo alla fotocopiatrice.

«Che altro?» chiese infine.

Stilwell notò una nota di impazienza nella sua voce e capì di aver esaurito il tempo a sua disposizione, ma fece finta di niente.

«Dal curriculum risulta che Moss ha fornito un indirizzo sulla terraferma» disse. «Sa se aveva una casa anche sull'isola?»

«Non lo so» rispose Crane. «Lavorava qui nei fine settimana, che è il periodo in cui siamo più attivi. È così per molti dei nostri dipendenti. Vivono sulla terraferma e fanno avanti e indietro con il traghetto, oppure alloggiano a casa di amici. Non so come facesse Leigh-Anne.»

«Ha mai dormito in una delle stanze che avete al club?»

«No, certo che no. Quelle sono a uso esclusivo dei soci.»

«Pensavo che fosse così, ma dovevo chiederlo. E le telecamere di sicurezza? Ce ne sono nell'edificio?»

«No, non ci sono. Come ho già detto, siamo un club antico e proteggiamo la privacy dei nostri soci. Non c'erano telecamere quando il club è stato fondato. Non ci sono telecamere nemmeno adesso.»

Stilwell annuì.

«Un'ultima cosa» disse. «Prima ha detto che anche il suo barista si è lamentato del fatto che Moss infrangeva le regole riguardo alla socializzazione con i membri del club. Come si chiama?»

«Il mio barista è Buddy Callahan» rispose Crane. «È qui da quasi trent'anni.»

«Vorrei parlargli. È qui adesso?»

«Credo di sì. Ma preferirei che lo incontrasse fuori dall'orario di lavoro.»

«Signor Crane, questa è un'indagine penale. È partita da quando lei ha denunciato il furto di un oggetto di valore inestimabile. L'indagine segue un proprio corso. Ho bisogno di vedere il gestore del bar.»

«Molto bene.»

Crane prese il telefono sulla scrivania e digitò tre numeri. Diede istruzioni a chi rispose di mandare immediatamente Buddy Callahan nel suo ufficio, poi riappese.

«Arriva subito» disse.

«Grazie. E voglio parlare con lui da solo.»

«Credo che dovrei monitorare la conversazione. Nel caso in cui qualcosa necessiti di un chiarimento.»

«È la procedura. Devo parlargli senza che nessuno ascolti, e vale anche per il direttore del club. C'è una...»

«Non c'è problema. Usi pure il mio ufficio. Io ho delle cose da fare al pianterreno. Devo comunque avvisarla che Buddy è un po' supponente e molto protettivo nei confronti del club e dei suoi membri.»

«Cosa intende dire?»

Crane si alzò in piedi. «Che prima spara, poi fa le domande. E dice sempre quello che pensa. Gli vado incontro.»

Uscì da dietro la scrivania e lasciò l'ufficio.

# 11

Buddy Callahan indossava una camicia bianca con papillon nero e gilet abbinato, pronto per una serata di lavoro al bar del BMC. Stilwell lo aspettava seduto alla scrivania, in una posizione di autorità. Il barista entrò nell'ufficio e si bloccò vedendolo al posto di Crane.

«Chiuda la porta, Buddy, e venga a sedersi.»

Callahan fece come gli era stato detto. Sembrava aver vissuto sessant'anni difficili, e il naso rosso da bevitore e il ventre gonfio ne erano la prova.

Stilwell lasciò che si accomodasse e attese qualche sua domanda sul perché di quel colloquio, ma l'uomo rimase in silenzio: probabilmente Crane lo aveva già informato.

«Sono il detective Stilwell del Dipartimento dello sceriffo» esordì. «Sto indagando sul furto di un oggetto di valore in questo club. Sa di cosa sto parlando?»

«Sì» rispose Callahan. «Quella scultura era già qui quando sono arrivato.»

«Una trentina d'anni fa, mi è stato detto.»

«Ventotto, per l'esattezza. Più a lungo di chiunque altro, tranne alcuni soci.»

«Immagino che Buddy sia un diminutivo. Ho bisogno del nome completo per...»

«No, mi chiamo proprio Buddy, è il nome riportato sul

certificato di nascita. Mia madre era una grande fan di Buddy Guy. Probabilmente lei non l'ha mai sentito nominare.»

«Lo conosco invece. L'autore di *Damn Right, I've Got the Blues*.»

«Esatto. E senta questa: il mio nome completo è Buddy Guy Callahan.»

«Bello.» Stilwell sorrise e proseguì. «Parliamo di Leigh-Anne Moss. Cosa può dirmi di lei?»

«Era in cerca di soldi, quella. Avevo detto a Crane fin dall'inizio che era un cattivo soggetto.»

«Cosa intende, di preciso, con "un cattivo soggetto?"»

«Fin dal primo giorno ha cercato di abbordare i soci. Cercava qualcuno che la mantenesse.»

«Lavorava per lei al bar?»

«Veniva nei fine settimana. Faceva il turno del pranzo al ristorante e poi si spostava da me al bar la sera. Per questo ho capito subito il suo gioco. Non riusciva a posare un drink su un tavolo senza toccare una spalla o un braccio. Era sfacciata. Le ho detto di smetterla. Non mi ha ascoltato.»

«Quindi ne ha parlato con il signor Crane?»

«Non sono l'unico. Alcuni membri non hanno gradito i suoi approcci e si sono lamentati.»

«Questo significa che altri soci, invece, li hanno graditi?»

«Non saprei dirlo.»

«Non sa o non vuole?»

«Non ho resistito ventotto anni in questo club sparlando dei membri, e comunque non ha nulla a che fare con quello su cui lei sta indagando.»

Stilwell annuì.

«E lei, Buddy? Leigh-Anne le ha mai stretto una spalla o toccato un braccio?»

«Non avevo un conto in banca abbastanza importante.»

«Questo le dava fastidio?»

Callahan rise forte. Un po' troppo forte. Stilwell pensò di aver toccato un nervo scoperto.

«No, niente affatto» rispose. «Ne ho viste tante come lei, nel corso degli anni, e sono sempre riuscito a tenere il cazzo nei pantaloni, se è questo che vuol sapere.»

«È sposato, Buddy?»

«Non più. Ho provato e non ha funzionato. Ma non pesco dal molo della ditta.»

«Il signor Crane pensa che Leigh-Anne abbia rubato la statuetta mentre andava via. L'ha vista, il suo ultimo giorno di lavoro?»

«Sì. Sono stato io a dirle che il capo voleva vederla.»

«Quando è successo?»

«Appena è arrivata. Era in ritardo, come al solito, quindi forse alle dieci e un quarto o giù di lì.»

«Come mai era qui così presto? A quell'ora il bar è chiuso.»

«Di solito è così. Ma il sabato, durante l'alta stagione, c'è molto lavoro. Quindi il bar segue gli stessi orari d'apertura del ristorante.»

«Quali sono esattamente i suoi compiti al bar?»

«Sono poco più di un semplice barista. Mi occupo dell'inventario e della gestione generale, ma sto anche dietro il bancone, cinque sere a settimana.»

«Scommetto che una donna come Leigh-Anne, con il suo modo di fare, tirava su un sacco di mance. Qualcuno era invidioso? Lei lo era?»

Callahan rise di nuovo, ma arrossì e il naso diventò di una tonalità più intensa, quasi viola.

«Voi poliziotti non dovreste informarvi prima degli interrogatori?» disse. «Le mance non esistono, in questo club. I soci non possono darne. C'è una maggiorazione del dodici per cento su ogni ordinazione. Va a finire in un fondo cassa che a fine mese viene diviso equamente tra tutti i membri del personale. Leigh-Anne si lamentava dei soldi, l'esatto contrario di quello a cui lei vuole alludere, detective.»

Pronunciò l'ultima parola con una doppia dose di sarcasmo. Stilwell lasciò correre e passò a un'altra domanda.

«Perché si lamentava, se il fondo viene diviso in parti uguali?»

«Perché i soldi sono divisi in base al numero di turni di lavoro effettuati. Lei faceva solo quattro, a volte tre, turni alla settimana. Questo significa che i lavoratori a tempo pieno ricevevano di più, alla fine del mese.»

Stilwell annuì e cambiò di nuovo argomento, sperando che i continui cambiamenti di direzione mettessero Callahan a disagio.

«Cosa le ha detto quel giorno, dopo che Crane l'ha licenziata?»

«Niente. Non l'ho vista quando è andata via. Probabilmente non voleva che qualcuno di noi la vedesse. Per questo è uscita dalla porta principale.»

«Come fa a saperlo?»

«Perché se fosse uscita dalla cucina o dal ristorante, noi l'avremmo vista.»

«Noi?»

«Noi tutti sapevamo che sarebbe stata licenziata. Non c'era altro motivo per una convocazione dal capo.»

«Chi erano i membri a cui non piaceva? Chi si è lamentato di lei?»

«Le lamentele, se ci sono state, sono state rivolte al signor Crane. Deve chiederlo a lui.»

«Dove viveva Leigh-Anne Moss sull'isola?»

«Non ne ho idea.»

«Era amica di qualcuno dello staff? Qualcuno con cui

avrebbe potuto condividere una stanza o un appartamento?»

Callahan scosse la testa, come se avesse a che fare con un bambino. «Non capisce. Qui non piaceva a nessuno. Non riuscivamo a capire perché fosse stata assunta, a parte il fatto che era una bella donna. Ma nessuno di noi avrebbe condiviso un appartamento con lei. Niente da fare. Ora dovrei tornare di sotto. Ho delle consegne in arrivo. È stato un weekend molto affollato.»

Si alzò in piedi.

«Si sieda, signor Callahan» disse Stilwell. «Non abbiamo finito.»

Il barista si rimise lentamente a sedere, con un lampo di rabbia sul viso. Non gli piaceva che gli si dessero ordini. Stilwell aveva terminato il colloquio, ma non voleva lasciarsi imporre nulla. Tornò ad assumere un tono più cordiale, per indurlo a parlare ancora.

«Grazie della collaborazione» disse. «Ho solo un paio di domande e poi potrà dedicarsi al suo lavoro. Cosa pensa che abbia fatto Leigh-Anne con la statuetta del marlin nero?»

«Come cazzo faccio a saperlo?» rispose Callahan. «Probabilmente ora è in un banco dei pegni a Long Beach. Ma le dico una cosa: non l'ha rubata per venderla, ma come un vaffanculo finale al club.»

Stilwell annuì, come se avesse fatto un'osservazione importante.

«Ultima domanda» disse. «Dove pensa che si trovi Leigh-Anne in questo momento?»

Osservò gli occhi di Callahan alla ricerca di un segno di esitazione o dissimulazione.

«Stessa risposta» esclamò Callahan. «Come cazzo faccio a saperlo?»

Stilwell non disse nulla per un lungo momento, sperando che il barista aggiungesse qualcosa. Ma Callahan sostenne il suo sguardo e rimase in silenzio.

«Bene, signor Callahan, abbiamo finito» disse Stilwell. «È libero di andare.»

«Era ora.»

Callahan si alzò e si avvicinò alla finestra per dare un'occhiata al porto. Poi si voltò e fissò Stilwell con occhi spenti prima di uscire da lì.

Stilwell restò ad attendere e pochi minuti dopo Crane tornò in ufficio.

«Com'è andata con Buddy, sergente?» domandò.

Stilwell si alzò per restituire il posto al suo legittimo proprietario.

«È stato di aiuto» commentò.

Estrasse dalla tasca un biglietto da visita e lo posò sulla scrivania.

«Penso di avere abbastanza informazioni, per ora» disse. «Se le viene in mente qualcos'altro che potrebbe essere utile, sul biglietto ci sono i miei numeri. Conosco la strada.»

«L'accompagno» si offrì Crane.

«Non si disturbi. Grazie della collaborazione.»

«Grazie a lei, sergente. Spero che recuperi la statuetta. Il suo posto è qui.»

Stilwell si fermò davanti alla porta dell'ufficio, colpito da un pensiero. Si voltò di nuovo verso Crane.

«Ha detto che quando ha licenziato Leigh-Anne, ha scelto un momento di calma nel club, nel caso in cui avesse fatto una scenata.»

«Sì, è così.»

«Allora perché non l'ha accompagnata fuori? Per assicurarsi che non facesse la famosa scenata o si comportasse in modo sconveniente?»

«Ovviamente l'avrei fatto, ma ho ricevuto una telefonata da uno dei soci e ho dovuto rispondere.»

«Era una chiamata così importante?»

«Sergente, qui ogni chiamata di un socio è importante.»

«Capisco. Grazie.»

Stilwell percorse il corridoio dove si trovavano le quattro camere degli ospiti, due su ciascun lato. La porta di una di esse era aperta. Guardò dentro e vide una donna in uniforme da cameriera intenta a rifare un letto. La stanza sembrava arredata in modo spartano ed essenziale. Non era difficile capire perché i soci preferissero le cabine dei loro yacht.

Scese le scale ed entrò nella sala da pranzo. Persone in gilet rossi, camicie bianche e papillon neri stavano preparando i tavoli per il pranzo, con argenteria e bicchieri. In fondo alla sala c'era il bar. Era tutto in legno scuro e lampade da banco in vetro verde erano posizionate sopra scaffali pieni di bottiglie con liquori chiari o ambrati. Mentre si trovava lì, vide Callahan entrare da una porta che doveva essere quella della cucina e recarsi dietro il bancone. Era seguito da un giovane che trasportava qualcosa di pesante, con le braccia dritte e le mani invisibili sotto il piano del bar. Si girò, alzò le braccia e vuotò una vaschetta piena di ghiaccio in un contenitore dietro il bancone. Perse la presa, cercò di correggere il movimento, ma una cascata di cubetti di ghiaccio si riversò sul bancone e sul pavimento davanti.

«Maledizione!» urlò Callahan. «Stupido idiota, pulisci subito! Stiamo per aprire.»

Il ragazzo sembrava mortificato, come se non fosse la prima volta che si beccava una lavata di testa dal suo capo. Si voltò e tornò di corsa in cucina. Callahan lanciò un'occhiata verso la sala da pranzo e vide che Stilwell aveva assistito alla sua reazione all'incidente. Annuì con orgoglio, come se cercasse l'approvazione del sergente.

Stilwell girò sui tacchi e uscì dal club.

# 12

Prima di tornare in ufficio, si recò al negozio di ferramenta e forniture marittime su Marilla. Il gestore di lunga data era Ned Browning e Stilwell lo conosceva da quando si era occupato di alcuni furti nel negozio. Browning era nel retrobottega a fare l'inventario dei cuscini coprisedili per barche.

«Detective Stil, ciao, come va?»

«Non male, Ned, e tu?»

«Quel cadavere in acqua. Una roba brutta. Terribile.»

«Già.»

«Sei qui per vedere i miei registri riguardo alle ancore che ho venduto di recente?»

Stilwell fu colto di sorpresa.

«Come mai lo pensi?»

«Perché Denzel Abbott è passato stamattina» rispose Browning. «Per ordinare nuovi tubi e filtri per l'aria. Mi ha raccontato della ragazza avvolta nella catena e dell'ancora.»

«Fammi un favore, tienitelo per te.»

«Non c'è problema.»

«Allora, hai venduto ancore, di recente?»

«Ti piacerebbe, eh?»

«Molto.»

«Be', mi dispiace. Non vendo molte ancore. Quasi tutte le barche arrivano qui già attrezzate.»

«Immaginavo che fosse improbabile.»

«Per tua informazione, oggi qualcuno mi ha già fatto la stessa domanda.»

«Chi?»

«Ha chiamato un detective dalla terraferma, un certo Ahearn. Gli ho detto la stessa cosa. Abbiamo delle ancore, ma non ne vendiamo molte.»

Stilwell era sorpreso che Ahearn avesse preso una tale iniziativa così presto.

«Ti ha chiesto altro?»

«No» rispose Browning. «Solo delle ancore.»

«Non è che ti ha detto di avvertirlo nel caso in cui qualcuno venga a comprare un'ancora a vomere Hold Fast da sei chili?»

«No.»

«Allora, se dovesse succedere, puoi avvertire me.»

«Contaci.»

Stilwell si diresse verso l'uscita, ma prima di arrivare alla porta si voltò. Browning era ancora dove l'aveva lasciato.

«Ned, vendi seghe a mano qui?» chiese.

«Certo. Che tipo ti serve?»

«Per tagliare PVC e fibra di vetro, hai presente?»

«Corsia quattro.»

Stilwell tornò indietro e trovò la sezione seghe. Gli bastarono pochi secondi per vedere un pacchetto con una sega che aveva un'impugnatura simile a quella che aveva sequestrato. La confezione includeva anche due lame in più. La tolse dal gancio a cui era appesa e tornò nel retrobottega per parlare di nuovo con Browning.

«Sai chi è Oscar Terranova, Ned?» chiese.

«Certo. Tutti conoscono Oscar.»

«Ha un conto qui?»
«Un conto? No, non abbiamo conti. Se un cliente vuole qualcosa, deve pagare subito. Non si fa credito. È una vera rottura di scatole dover star dietro alla gente per farsi pagare.»
«C'è modo di verificare se Terranova ha acquistato una sega come questa, di recente?»
«Se ha pagato in contanti, no. Se ha usato una carta di credito, possiamo controllare gli addebiti, ma ci vorrà un po' di tempo.»
«Conviene fare una ricerca sotto il nome del cliente o quello del prodotto?»
«Cercare il prodotto è più facile. Il nostro inventario è digitale. Potremmo consultare le vendite di quel singolo prodotto. Una ricerca sulla carta di credito è più complessa.»
«Bene. Sarei interessato a sapere se qualcuno ha comprato una di queste negli ultimi sessanta giorni.»
«Va bene.»
«Quanto tempo ci vorrà?»
«Dammi un paio di giorni. Si tratta di quel bufalo decapitato? È questa che hanno usato?» Indicò la sega.
Stilwell non si sorprendeva più della rapidità con cui le notizie si diffondevano. Avalon era una piccola città e tutti sembravano conoscere gli affari di tutti gli altri molto prima che finissero sul *Call.*
«Senti, Ned...»
«Lo so, lo so. Me lo tengo per me.»
«Mi faresti un favore.»
«Non preoccuparti. Ti chiamo quando so qualcosa.»
«Grazie.»
Fuori dal negozio, Stilwell guardò l'orologio. Mancavano ancora alcune ore all'autopsia sul corpo della donna ripescata. Prese il telefono e chiamò Tash.

«Credi che potrei venire da te, prendere un computer e controllare le telecamere di sorveglianza del porto all'inizio del mese?» chiese.

«Non è un problema. Posso darti una postazione. Oggi è una giornata tranquilla.»

«Porto il pranzo?»

«Ottima idea. Ti va il Blue Rose?»

«Benissimo. Cosa ti prendo?»

«Pollo col mole.»

«Perfetto. Arrivo.»

Stilwell chiamò il Maggie's Blue Rose e fece un ordine da asporto. Mentre lo preparavano, tornò in ufficio per sentire da Mercy se c'erano novità. In sala riunioni trovò l'agente Ilsa Ramirez, china su alcune scartoffie.

«Sergente» disse Ilsa. «Ho appena ricevuto una denuncia riguardante la scomparsa di un tizio di cui Mercy mi ha parlato l'altro giorno.»

«Di chi si tratta?»

«Henry Gaston. Fa il meccanico nella rimessa dei golf cart di una delle compagnie turistiche.»

Stilwell si sentì come se avesse ricevuto un pugno nel petto. Restò in silenzio, mentre digeriva la notizia.

«Chi ne ha denunciato la scomparsa?» chiese infine.

«Sua moglie. Dice che non torna a casa da sabato mattina.»

«E cosa è successo sabato mattina?»

«Niente di strano. Ha detto che è andato al lavoro perché un cart si era guastato e non potevano sostituirlo visto che tutti gli altri veicoli erano già prenotati per il fine settimana. Ha detto che sarebbe stato via un paio d'ore per la riparazione, ma poi non è più tornato.»

«Hai preso la denuncia al telefono o di persona?»

«Di persona. Sono andata a casa loro su Tremont.»

«Hai chiesto se mancano alcuni vestiti di Gaston?»

«Ah, no. Non ci ho pensato.»

«Potrebbe essere in fuga. Torna lassù e da' un'occhiata alla casa. Chiedi delle sue cose. Vedi se ha preparato una borsa da viaggio.»

«Ma perché avrebbe dovuto farlo senza dirlo a sua moglie?»

«Non lo so. Il fatto è che quando abbiamo parlato gli ho dato tempo fino a mercoledì, cioè domani, per venire a dirmi quello che sa della mutilazione del bufalo. Forse si è spaventato e ha tagliato la corda. Oppure potrebbe essere davvero scomparso, nel senso che qualcuno lo ha fatto scomparire.»

«Oh, caspita.»

«Già. Allora tu fai ciò che ti ho detto, mentre io vado a controllare la rimessa dei golf cart.»

«Benissimo.» Ilsa si alzò e uscì. Stilwell si voltò e vide Mercy alla sua scrivania.

«Mercy, sui social c'è qualcosa su Leigh-Anne Moss?» domandò.

«L'ho trovata su Instagram» rispose Mercy. «Il suo profilo non viene aggiornato da un po'. Ti mando il link?»

«Non ho Instagram. Magari stampami qualche informazione utile, si può fare?»

«Okay, potrei metterci un po', però.»

«Fallo, per favore. Io vado.»

Salì sul Gator, partì verso il posto di lavoro di Gaston e chiamò Tash.

«Tash, c'è stato un imprevisto e non posso venire subito» disse. «Ma ho ordinato il pranzo. Puoi andare a ritirarlo?»

«Ora non posso uscire. Vedo se può andarci Heidi.»

Heidi Allen era la segretaria della capitaneria di porto. Era anche la zia del sindaco, il che suscitava in Tash una certa preoccupazione. Temeva che il sindaco avesse piazzato lì Heidi per poter essere informato sul funzionamento di uno dei servizi pubblici più importanti e in vista di Avalon.

«Mi dispiace per il contrattempo» disse Stilwell. «Verrò a dare un'occhiata alle telecamere non appena mi sarò liberato da quest'altra cosa.»

«Cosa è successo?»

«Una persona scomparsa. Ti spiego tutto più tardi.»

«Va bene, ti tengo in caldo il pranzo.»

Stilwell arrivò in cresta alla montagna, in Wrigley Road. L'aria era pulita e frizzante, e il panorama della baia era rovinato solo dallo strato di smog che aleggiava sulla terraferma come un avvertimento. Guidava spesso fin lì solo per contemplare l'ambiente e pensare a quello che si era lasciato alle spalle, nell'aria sporca in basso. Confermando a sé stesso che non sai mai bene cosa stai cercando finché non l'hai trovato.

Perché a Catalina aveva trovato tante cose che lo avevano reso felice: prima di tutto Tash, oltre a un lavoro che, finalmente, sembrava avere un senso. All'inizio si era opposto al trasferimento, ma ora sapeva di non voler tornare indietro.

Aveva trovato una casa.

La rimessa era apparentemente chiusa e non c'erano segni di attività. Scese dal Gator e si avvicinò alla porta pedonale a destra del garage. Era chiusa a chiave, quindi bussò. Aspettò e poi bussò di nuovo. In alto, sopra la porta, c'era una telecamera. La guardò e intuì che all'interno qualcuno lo stava osservando. Fissò l'obiettivo senza battere ciglio per qualche istante prima di fare dietrofront.

Mentre tornava al veicolo, sentì la porta aprirsi alle sue spalle. Si voltò e vide Oscar Terranova in piedi sulla soglia, appoggiato allo stipite.

«Ha fatto fuggire il mio meccanico, Stilwell» disse. «Ora devo trovarne un altro.»

«*Io* l'ho fatto fuggire? O è stato lei?»

Terranova non rispose. Stilwell tornò sui suoi passi e gli si avvicinò, con un'aria che costrinse l'altro a fare un mezzo passo indietro.

«Non m'interessa dove lo ha nascosto o cosa ne ha fatto di lui» disse. «La cosa non finisce qui.»

«Vedremo» ribatté Terranova.

«Sì, vedremo. Abbia cura di lei, Baby Head. Al suo posto, mi procurerei un buon avvocato, uno di quelli della terraferma. Ne avrà bisogno.»

«Sì, ma non è al mio posto. Quindi, perché non se ne va a fare in culo?»

Stilwell annuì, notando che era la seconda volta nella giornata che gli veniva suggerita una cosa del genere. Lo considerò un buon segno, per vari motivi.

# 13

L'enchilada che aveva ordinato al Maggie's Blue Rose era già fredda da un pezzo quando arrivò alla torre della capitaneria di porto. Tash la scaldò nel microonde dell'ufficio e Stilwell la portò su un piatto di carta alla scrivania, dove lei gli aveva preparato un monitor che riceveva i video dalle telecamere che riprendevano il porto da otto angolazioni diverse.

«È tutto tuo» disse Tash. «Stai cercando qualcosa in particolare?»

«Voglio solo controllare il fine settimana prima di questo» rispose lui. «Per vedere quali barche sono arrivate e partite.»

«Merda. Ho dimenticato di fare la lista che mi avevi chiesto. Scusami. È che ho avuto un sacco da fare...»

«Non c'è problema. Lo capirò dal video e poi magari avrò alcune domande da farti.»

«Sei sicuro?»

«Sì.»

«Bene, dimmi se posso aiutarti in qualcos'altro.»

«Ecco la prima domanda: quanti posti d'ormeggio ha il Black Marlin Club?»

«Le otto boe proprio dietro il club. Tutte quelle rosse sono loro. Inoltre hanno il molo privato e il numero di posti dipende dalla lunghezza delle barche. Di solito tengono libero l'embarcadero per accompagnare o andare a prendere qualcuno.»

«L'embarcadero?»

«Sì, intendo lo scivolo coperto sul lato del club. Le persone che utilizzano le boe di ormeggio arrivano con gli skiff allo scivolo e proprio lì c'è l'ingresso al ristorante del club.»

«Ho capito. L'ho visto stamattina mentre ero lì. Quindi i loro membri si registrano presso di voi quando entrano ed escono dal porto?»

«Dovrebbero. È il sistema migliore per sapere chi arriva, ma non sempre funziona. Ci sono alcuni soci che pensano di essere al di sopra delle regole.»

«I ricchi lo pensano spesso. Hai una lista dei soci?»

«No, ma potrei controllare i registri di bordo e farti avere i nomi delle barche che usano i loro ormeggi. Dovrei avere i nomi di alcuni proprietari, che sono i membri più attivi. Ma se non li trovo puoi recuperare i registri di Stato.»

«Se hai tempo di cercarli, sarebbe molto utile.»

«Pensi che il club abbia qualcosa a che fare con la donna trovata da Denzel? Credevo che il caso fosse stato affidato a quelli della terraferma.»

«È così.»

«Ma hai deciso di occupartene lo stesso?»

Tash non sembrava preoccupata, solo curiosa di sapere cosa stesse facendo Stilwell.

«Il club ha denunciato un furto durante il fine settimana» le spiegò lui. «È stata rubata una scultura di valore e il gestore pensa che sia scomparsa durante il fine settimana che voglio controllare.»

«Ma non è su questo che stai indagando, dico bene?»

Stilwell non rispose subito. Tash lo conosceva bene, ma

era troppo presto per parlarle del caso o dei rischi che stava correndo lavorandoci, dopo che gli era stato intimato più volte di starne alla larga.

«Non importa» disse lei. «So che non puoi parlarne. Fa' pure quello che devi. Oggi è tornata la calma, dopo il weekend festivo, così ho un po' di tempo per dedicarmi a quella lista che mi hai chiesto.»

«Grazie, Tash.»

Lei gli sfiorò la mano prima di allontanarsi. Heidi Allen era alla scrivania accanto, e quella mossa timida era un residuo del periodo in cui avevano tenuto segreta la loro relazione.

Stilwell si mise al lavoro. Lo schermo mostrava le immagini registrate dalle otto postazioni delle telecamere. Spostando il cursore su un qualsiasi riquadro, poteva cliccare e ingrandire l'immagine a schermo intero. Poteva anche eliminare i riquadri che mostravano le angolazioni che non gli interessavano. Ridusse la ricerca a quattro telecamere, tre delle quali avevano un raggio d'azione che comprendeva almeno una parte del molo del Black Marlin Club e delle otto boe di ormeggio.

Una finestra di ricerca gli permetteva di inserire una data specifica e così tornò indietro al fine settimana in cui Leigh-Anne Moss era stata licenziata dal club. Iniziò a riprodurre i video delle quattro telecamere a partire dalle otto di sera del sabato.

Impostò la riproduzione a velocità quadrupla, ma si rese conto che avrebbe comunque impiegato diverse ore per rivedere l'intero fine settimana. Allora impostò una velocità dodici volte superiore a quella normale. Il controllo sarebbe stato comunque lungo e sapeva che forse avrebbe dovuto interromperlo e tornare quando avesse avuto di nuovo tempo. Osservò una serie di barche e traghetti che entravano e uscivano dal porto. Ogni volta che un'imbarcazione attraccava al Black Marlin o ormeggiava a una delle sue boe, rallentava la riproduzione per studiare attentamente l'attività sull'imbarcazione e sul molo.

Non vide nulla di sospetto durante le ore diurne del sabato in cui Charles Crane aveva detto di aver licenziato Moss. Mantenne la riproduzione ad alta velocità durante le ore di buio e guardò il riflesso della luna spostarsi rapidamente attraverso le acque del porto.

Poi bloccò il video perché gli era sembrato di vedere un movimento insolito sull'acqua. Cliccò sull'angolo di ripresa che dava una visione completa del Black Marlin Club e tornò indietro. Guardò di nuovo a velocità normale e vide una piccola barca da lavoro uscire dal molo coperto sul lato nord dell'edificio. Una figura a poppa controllava la barra del motore fuoribordo. L'imbarcazione si spostò sull'acqua fino alla prima fila di ormeggi e scomparve tra un grande yacht d'altura e una barca a vela a due alberi.

Stilwell annotò l'ora che appariva nella parte inferiore dello schermo. Erano le 3.13 di domenica mattina. Escluse quella telecamera e tornò allo schermo che mostrava le quattro angolazioni con cui aveva iniziato. Le controllò una per una, cercando una vista migliore dello spazio tra le due imbarcazioni in cui era scomparsa la barca da lavoro, ma non la trovò.

Tornò alla prima telecamera e ingrandì di nuovo l'inquadratura. Impostò la riproduzione a velocità quadrupla e rimase a guardare e ad aspettare che la barca da lavoro ricomparisse. Passarono venticinque minuti sul timer prima che emergesse tra le due barche più grandi e tornasse al club. Stilwell ingrandì l'immagine, ma era troppo sgranata e non riuscì a identificare la figura che reggeva la barra del fuoribordo.

Chiamò Tash, dicendo che voleva farle vedere una cosa.

«Che cosa?»

Indicò lo schermo. «Queste due barche» disse. «Come faccio a identificarle?»

«Be', il ketch è l'*Emerald Sea*. L'altra dovrò cercarla nel registro. Questo è il weekend prima dell'ultimo?»

«Sì, alle tre e tredici di domenica mattina, il diciotto.»

«Dammi qualche minuto e te la trovo.»

«Come fai a sapere che si tratta dell'*Emerald Sea*?»

«Perché viene spesso. Al proprietario piace lasciarla in porto e andare e venire in traghetto.»

«Quindi rimane vuota quando lui non c'è?»

«Per buona parte del tempo, sì.»

Stilwell si alzò e guardò fuori dalla finestra della torre, in direzione del Black Marlin Club. L'*Emerald Sea* non c'era più.

«Quando ha lasciato il porto?» domandò.

«Ieri.»

«L'hai chiamato ketch. Cos'è esattamente?»

«Un ketch è una barca a vela a due alberi.»

«So poco di barche a vela. A chi appartiene, e da dove viene?»

«Viene da MDR e il proprietario è Mason Colbrink. Sembra che sia un avvocato di grido della terraferma.»

Stilwell annuì. MDR stava per Marina del Rey, a Los Angeles.

«Probabilmente si occupa di diritto aziendale» commentò. «Non l'ho mai sentito nominare.»

«Se non sbaglio è in pensione» disse Tash. «Ma non credo che nessun avvocato difensore penalista possa permettersi una barca di quaranta piedi come quella e una tessera del Black Marlin.»

«Lo credo anch'io. Come fai a sapere quando è qui sulla barca?»

«Perché il signor Colbrink ci avvisa sempre. Il porto non consente di lasciare barche in deposito, è solo per le imbarcazioni attive. Lui è sempre un po' al limite, molla il suo ketch per intere settimane, ma ci dice sempre quando è qui e lo usa. Pensa che facendo così sia tutto a posto.»

«Ho capito. Registrate i suoi andirivieni?»

«Fino a un certo punto. Il signor Colbrink è piuttosto riservato, al riguardo.»

Stilwell tornò a voltarsi verso lo schermo e indicò l'*Emerald Sea*.

«Puoi dirmi se Colbrink era qui il fine settimana del diciassette?» chiese.

«Controllo e ti faccio avere anche il nome e il proprietario dell'altra barca. È divertente.»

«Cosa?»

«Essere coinvolta in un'indagine.»

Stilwell la guardò tornare alla sua scrivania. Non si sentiva a suo agio a coinvolgerla nel suo lavoro. L'ultima cosa che voleva era che la sua ragazza lo considerasse divertente e volesse farne parte. La realtà era che non sapevi mai quando una telefonata, una scampanellata alla porta o un clic del mouse potevano portare un pericolo mortale. Proprio l'anno prima, a Los Angeles, si era diffusa la notizia di una detective dilettante uccisa con un colpo di pistola nel suo studio.

# 14

Mentre Tash tornava a sedersi alla sua scrivania, Stilwell riprese a vedere il video, proseguendo a una velocità ventiquattro volte superiore al normale e tenendo d'occhio le due imbarcazioni tra le quali era scomparso lo skiff. Ormai era la mattina di domenica e, quando Tash tornò, nessuna delle imbarcazioni si era mossa.

«Allora, per quanto ne so, il signor Colbrink non era qui quel fine settimana» disse lei. «È stato qui il weekend del Memorial Day e lunedì ha preso la barca per tornare a MDR o in qualche altro posto.»

«Capito. E l'altra barca?»

«È l'*Aventura*, di Mission Bay. È registrata a nome di una multinazionale con lo stesso nome e può essere affittata per giri charter. Il capitano si chiama Bernie Contrares.»

«Mission Bay?»

«Tra San Diego e La Jolla.»

«Viene qui spesso?»

«Un paio di volte all'anno, come minimo.»

«Conosci il capitano?»

«Un po'. Ci siamo conosciuti quando lavoravo agli ormeggi. Bernie è un vecchio lupo di mare. Sempre molto gentile.»

«La barca era occupata quel fine settimana?»

«È arrivata venerdì ed è ripartita il lunedì mattina, il 19. Presumo che ci fossero delle persone a bordo.»

«Hai qualcosa dove posso scrivermi tutto questo?»

«Tieni.»

Gli diede un foglio di quaderno dove aveva già annotato ogni cosa. Stilwell vide che le informazioni sull'*Aventura* includevano anche l'indirizzo della società proprietaria a La Jolla. Sotto gli appunti sull'*Emerald Sea*, Tash aveva scritto l'indirizzo e il numero di telefono di Mason Colbrink a Malibu.

«Fantastico, Tash. Grazie.»

«Sto anche compilando una lista dei soci del Black Marlin con cui abbiamo a che fare per gli ormeggi. Tutti quelli che sono venuti quest'anno.»

«Mi sarà molto utile. Grazie, ma puoi fermarti qui.»

«Perché? Ti ho detto che è divertente. Voglio dare una mano.»

«Lo so e te ne sono grato, ma preferisco essere prudente.»

«Cosa vuoi dire?»

«Che non è un gioco. Non voglio farti correre rischi.»

«Sto solo condividendo con te dati e video.»

«Certo, va benissimo. Ma ora puoi smettere.»

«Ehi, sei tu che me l'hai chiesto.»

«Lo so. E ora sto dicendo che dovremmo rimanere ciascuno nella sua corsia. Sei troppo importante per me e non voglio...»

Tash si chinò e gli diede un bacio sulla guancia, senza preoccuparsi che Heidi potesse vederla, poi tornò alla postazione di controllo. Stilwell la seguì con lo sguardo, poi lanciò un'occhiata a Heidi. Non aveva visto nulla, o così sembrava. Tornò a concentrarsi sullo schermo e continuò la riproduzione ad alta velocità, sperando di trovare qualcosa che potesse spiegare il motivo della missione notturna dell'uomo sulla barca da lavoro.

Cominciò a saltare in avanti, cercando ora per ora e controllando se c'era qualche movimento sull'*Emerald Sea* o sull'*Aventura*. Un'ora più tardi, con un inizio di emicrania che pulsava dietro gli occhi, rallentò la riproduzione e osservò uno skiff che trasbordava sull'*Aventura* tre persone e varie derrate. Poco dopo, il grosso yacht se ne andò, confermando i tempi annotati da Tash.

Mentre usciva lentamente dal porto, i membri dell'equipaggio, in pantaloncini e polo bianche, si muovevano sui ponti, preparando l'imbarcazione per il viaggio che l'attendeva.

Le telecamere ora avevano una visuale libera sull'*Emerald Sea*. Stilwell era appena tornato a una riproduzione più veloce quando vide un movimento e premette il pulsante di pausa. Il timer indicava le 11.16 del lunedì successivo al fine settimana in cui Leigh-Anne Moss era stata licenziata. Tornò alla velocità regolare e vide una figura maschile su quella che sembrava la stessa barca da lavoro di prima. Uscì dall'embarcadero coperto del club e si diresse verso l'*Emerald Sea*. L'uomo indossava un cappello da pesca floscio, occhiali da sole e una giacca a vento verde. Quando zoomò su di lui, la bassa risoluzione del video rese impossibile identificarlo. Stilwell l'osservò mentre legava la barca da lavoro alla poppa del ketch e poi saliva a bordo.

L'uomo sbottonò la copertura di tela che copriva la cabina di pilotaggio e il timone della barca ed entrò. Si chinò e mise le mani su qualcosa che si trovava sul pavimento, fuori dalla vista di Stilwell. Poi si alzò, prese dal ponte un'asta con un uncino e si spostò a prua, dove con il gancio staccò una cima dalla boa di ormeggio.

Ora la barca era libera. Tornò in cabina e si posizionò

dietro la grande ruota del timone, dove si trovava anche l'acceleratore. Accese il motore e l'*Emerald Sea* cominciò a muoversi verso l'imboccatura del porto, a velocità minima.

Stilwell cambiò rapidamente angolazione, passando a una telecamera che si trovava in cima alla torre della capitaneria di porto e offriva la vista migliore della bocca del porto verso la baia di Santa Monica.

Mentre il ketch si muoveva sullo schermo, Stilwell vide un luccichio e si rese conto che un'ancora d'acciaio lucente era attaccata a prua. Scrutò con attenzione l'imbarcazione e il piccolo mezzo che la seguiva al traino. Mentre passava davanti alla torre di controllo, l'uomo al timone era ritto in cabina e il boma della vela principale gli copriva completamente il viso. La barca virò poi verso la baia.

«Merda» disse Stilwell.

Tash si avvicinò. «Cosa c'è?»

Stilwell indicò il monitor.

«L'*Emerald Sea* è appena partito e il boma mi ha impedito di vedere la faccia del tizio al timone» disse. «Sembrava che lo facesse apposta per non essere ripreso.»

«Posso vedere?» chiese Tash.

Stilwell tornò indietro e la lasciò guardare.

«Hai ragione» disse lei. «È in piedi sulla panca della cabina, in modo da essere coperto dal boma. Non si dovrebbe fare così, perché se arriva un'onda improvvisa può farti cadere in mare.»

«Pensi che possa essere Colbrink?»

«Non saprei dirlo. Ma il signor Colbrink non naviga mai senza equipaggio. Ha sempre con sé una o due persone, quando torna a Marina del Rey.»

Stilwell annuì.

«C'è qualche traccia della partenza di questa barca?» chiese.

«Lasciami controllare il registro» disse Tash.

Stilwell si alzò in piedi e Tash si sedette. Chiuse l'applicazione della telecamera e aprì il registro del porto. Stilwell la guardò mentre scorreva un file che elencava date, orari, nomi di barche e dati di contatto dell'equipaggio.

«Non c'è scritto... No, aspetta, eccolo qui. È partito alle undici e mezza, ma è tornato solo un'ora dopo. È stato catalogato come un viaggio di un giorno.»

«Nessuna spiegazione sul motivo di un viaggio così breve?» chiese Stilwell.

«Qui non c'è niente.»

«Chi c'era nella torre quel giorno?

Tash di solito aveva il lunedì libero, a meno che non fosse un giorno festivo.

«Era il turno di Eugene» disse.

Stilwell sapeva che si trattava di Eugene Hester, che aveva sempre avuto un debole per Tash. Non proprio un suo amico, dato che, in quella competizione, aveva perso. «Puoi chiamarlo e chiedergli se si ricorda di questo?» chiese.

«Certo. Ma non mi hai appena detto di non fare più niente?»

«Okay, hai ragione. Fa' questo e poi basta.»

«Come vuoi. Lo chiamo subito.»

«Chiedigli perché la barca è tornata così in fretta.»

Tash prese il cellulare e fece la telefonata. Stilwell sentì solo quello che diceva lei e non gli piacque il modo in cui addolciva la voce quando parlava con Hester. Si chiese se Tash volesse mantenere vivo l'interesse dell'uomo, tanto per avere un'opzione in più. O magari era solo la maniera in cui le donne erano costrette a comportarsi per ottenere qualcosa in un mondo di uomini. Tash concluse la chiamata non appena ottenne le informazioni di cui aveva bisogno.

«Ha detto che si trattava solo di un giro di prova, dopo

alcune riparazioni che erano state effettuate» disse. «Il signor Colbrink ha chiamato la torre e ha detto che stava portando la barca nella baia per provare il motore e liberare il carburatore.»

«Ma non possiamo essere certi che fosse Colbrink, al timone» osservò Stilwell.

«Poteva anche trattarsi del meccanico o di un membro dell'equipaggio incaricato da Colbrink di far fare un giro alla barca. Anche se è stato Colbrink a chiamare la torre.»

«La barca non sembrava avere problemi, è partita senza esitazioni, chiunque fosse al timone non è uscito con particolare cautela.»

«Vuoi che richiami Eugene?»

«No, sto solo pensando ad alta voce. Puoi ricollegarti alle telecamere, così posso guardare il ritorno dell'*Emerald Sea*? Magari siamo fortunati e vediamo un volto.»

Tash riportò le telecamere sullo schermo, poi si alzò, in modo che Stilwell potesse sedersi di nuovo. Presto lui si trovò a guardare l'*Emerald Sea* che rientrava in porto. Rimase nuovamente deluso: l'ancora d'acciaio lucente, infatti, era sempre attaccata alla prua e inoltre l'uomo al timone stava ancora usando il boma per nascondere il viso, questa volta stando in piedi dall'altra parte del timone mentre la barca entrava in porto.

Stilwell imprecò sottovoce. Seguì il ketch attraverso le telecamere fino alla stessa boa rossa. L'uomo ormeggiò la barca alla boa, poi tornò con la barca da lavoro all'embarcadero del Black Marlin Club.

Stilwell guardò l'orologio. Il pomeriggio era scivolato via ed erano le cinque passate. Prese il cellulare, sperando di beccare Monty West prima della fine del suo turno all'ufficio del coroner.

«Trauma da corpo contundente» disse West a mo' di saluto.

«Cosa?» chiese Stilwell.
«Non mi stai chiamando per sapere di quella donna?»
«La causa della morte è un trauma da corpo contundente?»
«È quello che c'è scritto sul preliminare. Danni al cranio e alla corteccia cerebrale. Gonfiore del torace, edema, tutto quanto.»
«Quindi era già morta prima di finire in acqua.»
«Esatto. Ma è solo il resoconto preliminare. Il referto uscirà domani.»
«All'autopsia ha presenziato qualcuno del Dipartimento dello sceriffo?»
«Aspetta che controllo.»
Stilwell udì il ticchettio di una tastiera.
«Era presente Sampedro» disse West.
«Bene. Progressi nell'identificazione?»
«Ancora no.»
«C'è qualcosa che possa aiutare a capire chi è?»
«Hanno fatto delle radiografie. Si è sottoposta a lavori dentali e ha due perni nel braccio sinistro in seguito a una frattura. In base ai materiali usati, i perni sono stati inseriti negli ultimi dieci anni.»
Stilwell si sentì rincuorato. Entrambe le cose potevano servire a identificare la vittima, se fossero riusciti a trovare la sua cartella clinica.
«C'è altro?» chiese. «Sampedro ha ordinato un'analisi aggiuntiva per stupro, spero?»
«Vediamo...» disse West. «Qui leggo che la vittima era completamente vestita. Ma sì, l'analisi è stata fatta. Nessun indizio di violenza sessuale, ma è stato raccolto del dna di un soggetto estraneo da analizzare.»
«Da dove è stato raccolto il dna?»
«Dalla vagina.»
Stilwell pensò a cosa potesse significare. Se era comple-

tamente vestita quando era stata gettata in acqua e non c'erano lividi o altre ferite dovute a un'aggressione sessuale, era possibile che avesse avuto un rapporto consensuale prima della morte.

«E l'ora del decesso?»

«Tenendo conto del livello di decomposizione e della temperatura dell'acqua, si tratta di calcolare il giorno della morte, non l'ora. Da sei a otto giorni.»

«Da oggi o dal giorno del recupero del cadavere?»

«Dal giorno del recupero.»

Stilwell fece i conti e si rese conto che il giorno in cui Leigh-Anne Moss era stata licenziata dalla BMC era all'inizio di quell'intervallo.

«C'è altro?» domandò.

«No. Questo è tutto.»

«Grazie, Monty. Ti devo un favore.»

«È quello che hai detto anche l'ultima volta, perciò in realtà me ne devi due. La domanda è: quando pensi di sdebitarti?»

«Presto, Monty. Presto.»

Stilwell riattaccò e rifletté per qualche istante. La sua indagine non autorizzata stava mettendo in piedi una teoria dell'omicidio, un quadro di ciò che era accaduto e perché. Sapeva di essere a corto di dettagli, ma l'istinto gli diceva che la vittima era Leigh-Anne Moss e che era stata uccisa da un colpo alla testa con la scultura del marlin nero. Il suo corpo era stato poi caricato a bordo della *Emerald Sea* e gettato in acqua fuori dal porto dopo essere stato appesantito con ancora e catena.

Al momento non poteva dimostrare nulla, nemmeno confermare l'identificazione. Ma decise che avrebbe continuato a impegnarsi, anche solo per far fare brutta figura ad Ahearn e rendere evidente a Corum che aveva trasferito l'uomo sbagliato dalla Omicidi. Si trattava di oltrepassare un po' i limiti; e sapeva anche che le prossime mosse lo avrebbero portato fuori dall'isola e di nuovo sulla terraferma, dove non poteva contare su nessuna protezione e sarebbe potuto accadere di tutto.

# 15

Stilwell chiamò Tash dal molo dei traghetti, dove aveva acquistato un biglietto sulla prima nave in partenza per il porto di Los Angeles.

«Non sarò a casa, stasera» disse. «Vado sulla terraferma per sentire un paio di persone e dovrei tornare domani.»

C'era una punta di preoccupazione nella voce di Tash quando chiese: «Dove dormi?»

«Non lo so ancora» rispose Stilwell. «Vedo se può ospitarmi Gary Saunders, oppure andrò in un motel.»

«Chi devi sentire?»

«Penso di avere una buona pista sulla vittima, e ho un suo indirizzo, a Belmont Shore. Devo andare a vedere se c'è qualcuno. Poi voglio parlare con il tizio che mi hai indicato, Mason Colbrink, su a Malibu.»

«Non potevi fare tutto al telefono?»

«No, è sempre meglio parlare faccia a faccia con un possibile testimone. Perché, c'è qualche problema? Sto per salire sull'Express.»

«No, è solo che... non mi piace che tu vada dall'altra parte. Laggiù succedono solo cose brutte.»

Era una frase che Tash aveva sentito ripetere spesso dai suoi genitori, crescendo. Glielo dicevano per calmare la sua curiosità adolescenziale e non farla allontanare. Ora lei se ne serviva con lui, con lo stesso scopo.

«Andrà tutto bene» disse Stilwell. «E le cose brutte accadono su entrambi i lati della baia, Tash, lo sai.»

«Se lo dici tu... Fai solo attenzione, laggiù.»

«Certo.»

Riattaccò e ripensò a quella breve conversazione. Si chiese se la preoccupazione di Tash non riguardasse in realtà qualcos'altro, ovvero il fatto che la sua ex moglie viveva a Belmont Shore, nell'appartamento in vendita.

Aveva con sé la sua borsa da viaggio, che teneva sempre pronta in commissariato, e che conteneva un cambio di vestiti. Fu l'ultimo passeggero a imbarcarsi sull'Express. Salì la scaletta della cabina di comando, bussò alla porta e fece sapere al capitano che era a bordo. I poliziotti, in uniforme o meno, potevano viaggiare gratuitamente sui traghetti, a patto di non occupare un posto a sedere quando la nave era piena.

Si spostò a poppa, da dove poteva vedere il sole tramontare sull'isola e i delfini che sembravano sempre seguire la scia dei traghetti che attraversavano la baia. La nave non era molto affollata, così prese posto in una delle file al riparo dal vento e dagli spruzzi. Mentre il battello lasciava il molo, inviò un messaggio a Gary Saunders proponendogli un piatto di uova e una partita a biliardo in cambio di un letto nella sua stanza degli ospiti a Long Beach. Più che assicurarsi un posto dove stare, gli interessava passare del tempo con Saunders per chiedergli informazioni sulla donna che il suo equipaggio aveva tirato su dal fondo del porto.

Il viaggio durò poco più di un'ora, durante la quale il cielo si oscurò e la temperatura scese. Stilwell tirò fuori dal borsone una giacca a vento e la indossò mentre scendeva. Si diresse verso il parcheggio dove molti residenti di Catalina tenevano le auto per le loro visite sulla terraferma. Il suo SUV Ford Bronco del 1974 era incrostato di smog e sporcizia. Erano passate almeno due settimane dall'ultima volta che l'aveva usato, ma il vecchio motore si accese al primo colpo. Si diresse verso l'indirizzo di Belmont Shore riportato sulla patente di Leigh-Anne Moss e sulla domanda di assunzione al Black Marlin Club. Avrebbe potuto recarsi alla stazione dello sceriffo di Compton e prendere un'auto senza insegne dalla rimessa, ma avrebbe rischiato di far sapere ad Ahearn e Sampedro che era sulla terraferma e si stava interessando al loro caso.

L'appartamento di Leigh-Anne Moss si trovava in una palazzina di sei unità all'angolo tra Roycroft e Division. Non aveva un cancello, il che permise a Stilwell di accedere direttamente alla porta dell'appartamento 2. Bussò e la porta fu subito aperta da un uomo con un'abbronzatura intensa e i capelli schiariti dal sole. Stilwell aveva già in mano il tesserino.

«Dipartimento dello sceriffo» disse. «Sto cercando l'appartamento di Leigh-Anne Moss. Abita qui?»

«No, non esattamente» rispose l'uomo. «Voglio dire, questa era casa sua, ma non stiamo più insieme. Ogni tanto la lascio dormire qui, ma per lo più sta a Catalina. Di cosa si tratta?»

«Ho bisogno di trovarla e non è a Catalina. Vengo proprio da lì.»

«Be', allora non so cosa dirle.»

«Lei è il signor...»

«Peter Galloway.»

«Questo è l'indirizzo che Leigh-Anne Moss ha indicato sulla sua patente di guida. È qui adesso?»

«Non c'è. Non la vedo da un paio di mesi.»

«Le dispiace se entro e le rivolgo qualche domanda, Peter?»

«Ah, va bene.»

Galloway fece un passo indietro; Stilwell entrò e si guardò intorno come se cercasse Leigh-Anne Moss, pur essendo convinto che era morta. L'appartamento era poco arredato e vi regnava un disordine da scapolo. Bottiglie di birra vuote e scatole di pizza, un narghilè di vetro rosa che Galloway prese da un tavolino e coprì con il suo corpo mentre lo trasferiva dentro un mobile in cucina. Possedere un narghilè non era illegale, né lo era quello che probabilmente vi fumava. Il gesto di nasconderlo doveva essere dettato dalla forza dell'abitudine. Stilwell intuì che quell'uomo non doveva avere molta fiducia nelle autorità, che fossero poliziotti o altro.

«Allora, di che si tratta?» domandò Galloway. «Cosa vuole chiedermi?»

«Si tratta di un'indagine penale che coinvolge la signora Moss» rispose Stilwell.

«Be' non mi sorprende. Che cos'ha fatto?»

«Le dispiace se mi siedo?»

«Si accomodi. E scusi il disordine.»

«Grazie. Non c'è problema.»

Stilwell si sedette su una poltrona di fronte al divano. I mobili erano tutti male assortiti e davano un'impressione da alloggio universitario, ma Galloway superava di almeno dieci anni l'età media di uno studente.

Si accomodò sul divano e prese una bottiglia di birra mezza piena da un tavolino affollato di bicchieri vuoti e di pagine di sceneggiature spiegazzate.

«Glielo chiedo di nuovo» disse Stilwell. «Ha un'idea di dove sia Leigh-Anne Moss?»

«No.»

«Sa dove alloggia quando è a Catalina?»

«No. Immagino che stia con uno dei ricconi che si scopa.»

Stilwell non rispose subito. Il tono di Galloway lo fece riflettere. Ora aveva una direzione da seguire per le sue domande. «Mi sembra un giudizio un po' duro» disse.

«A volte la vita è dura» rispose l'uomo.

«Cosa fa per vivere, Peter?»

«Soprattutto provini. Sono un attore. Ma da quando ci sono stati gli scioperi, qui la produzione è pari a zero. A dire la verità, sto pensando di trasferirmi ad Atlanta.»

«Lasciandosi alle spalle Leigh-Anne?»

«Non c'è niente tra noi, quindi non c'è niente da lasciare. Abbiamo rotto molto tempo fa.»

«Ma questo è l'indirizzo che lei ha indicato sui suoi documenti, ad esempio la sua domanda di assunzione al lavoro.»

«Cosa vuole che le dica? Non ho una spiegazione da darle.»

«Sa cosa fa sull'isola? Di lavoro, intendo.»

«Quello che fa sempre: barista, cameriera. Farebbe anche la spogliarellista, ma so che a Catalina non ci sono posti del genere. Non ufficialmente, almeno.»

«E lei pensa che potesse farlo in via "non ufficiale"?»

«Diciamo che L-A è disponibile per feste private di ogni tipo. Qui, là, ovunque si trovi.»

Ancora quel tono. Galloway riusciva a malapena a nascondere il suo disprezzo. «Si fa chiamare L-A?» chiese Stilwell. «Le sue iniziali?»

«A volte» rispose Galloway. «È una specie di nome d'arte, se così si può dire...»

«È in circostanze del genere che vi siete conosciuti? In un bar? O su un palcoscenico?»

«Ci siamo conosciuti perché lavoravamo per la stessa azienda di catering a Hollywood.»

«Quando è stato?»

«Circa cinque anni fa. E dopo un po' ci siamo trasferiti qui a vivere insieme.»

«Hollywood è piuttosto lontana per fare i pendolari.»

«Siamo venuti qui dopo aver lasciato quel lavoro.»

«L'avete lasciato o siete stati licenziati?»

«Io non sono stato licenziato. Ho avuto una parte in un film e ho lasciato il lavoro. Lei è stata licenziata per aver fatto quello che fa sempre.»

«Abbordare i clienti?»

«Lei ha già tutte le risposte. Perché insiste con le domande?»

«Perché è il mio lavoro. Quindi Leigh-Anne aveva questo... schema: ottenere lavori che la mettessero in contatto con persone ricche.»

Si fermò lì, sperando che Galloway continuasse. Non lo fece.

«Quello che voglio dire è che sembra che si servisse del lavoro per arrivare a persone – uomini – che potevano aiutarla» proseguì Stilwell. «Giusto?»

«Credo di averlo già detto» commentò Galloway. «Cos'ha fatto, ha fregato uno di quei vecchi stronzi? In tal caso, ora avrà quello che si merita.»

«Quindi lei sapeva che Leigh-Anne si comportava così, fin dai tempi del catering. Eppure vi siete messi insieme e siete venuti a vivere qui?»

«Guardi, ci siamo lasciati un sacco di volte... ma poi siamo sempre tornati di nuovo insieme. Tranne l'ultima volta.»

«Ha detto che non state insieme da tanto, ma poi ha aggiunto che l'ha vista un paio di mesi fa. Me la spiega meglio, la situazione?»

«In realtà non l'ho vista. Le ho solo parlato. La lascio dormire qui quando non sa dove andare. Ha ancora le chiavi.»

«Ma la camera da letto è una sola?»
«Sì.»
Accompagnò la parola con un sospiro esasperato.
«Quindi Leigh-Anne dorme sul divano? O con lei?»
«Non sono affari suoi» scattò Galloway.
«Va bene, allora mi dica questo. Leigh-Anne è stata qui due mesi fa: quando di preciso? A marzo?»
«Era aprile. Ma io non c'ero. Avevo un lavoro in Georgia. Lei ha chiamato, dicendo che aveva bisogno di fermarsi a dormire e le ho detto: "Fa' pure".»
«Che tipo di lavoro? Recitazione?»
«Chiamiamolo così. Vengo scritturato come Deadpool ai Comic Con di tutto il Paese. È un buon guadagno, tra un vero lavoro e l'altro. Ho la stessa altezza, corporatura e peso di Ryan Reynolds.»
Stilwell annuì. Sapeva che Reynolds era una star del cinema. Lui e Tash avevano visto uno dei suoi film al casinò. Ma di fronte a Galloway finse confusione. L'attore se ne accorse e iniziò a sfogliare le pagine del copione sparse sul tavolino. Alla fine, prese in mano una foto dieci per venticinque di un uomo con un costume rosso e nero che lo copriva dalla testa ai piedi. Aveva quelle che sembravano due spade ninja legate alla schiena.
«Sono io» disse. «Nei panni di Deadpool.»
Stilwell annuì di nuovo e sorrise.
«Quindi Deadpool è un personaggio?» chiese, come se l'avesse appena capito. «Quanto spesso fa questo lavoro?»
«Circa una volta al mese. Serve a promuovere i film ed è un buon guadagno.»
Il fatto che avesse detto due volte che era un buon guadagno fece pensare a Stilwell che probabilmente non lo era.
«E questo mese?» domandò. «Ha lavorato come Deadpool?»

«Sì, su una crociera, chiamata Comic Cruise. Siamo partiti da Tampa.»

«Quando è stato?»

«Un paio di settimane fa. Una crociera di tre giorni. Perché mi fa domande su di me?»

Galloway aveva appena fornito un alibi per il fine settimana in cui Leigh-Anne Moss era stata licenziata e, secondo Stilwell, uccisa. Presumeva che la Comic Cruise avesse avuto luogo nel weekend e che «due settimane fa» significasse due weekend fa. Sarebbe stato abbastanza facile controllare le date e confermare che Galloway era sulla nave.

«È il mio lavoro fare domande» rispose. «Torniamo a Leigh-Anne. Di dov'è?»

«Di Detroit. Come tutti, è venuta qui in cerca di fama e fortuna. Ma non è andata esattamente così.»

«Ha una famiglia, laggiù?»

«Un padre che ha iniziato a violentarla quando aveva tredici anni. E una madre che ha lasciato che accadesse. C'è un fratello maggiore da qualche parte, ma si sono persi di vista dopo che se n'è andato di casa. E questo è tutto quello che mi ha raccontato.»

«Quindi era lei la sua famiglia, finché è durata.»

«Direi di sì.»

«Ma è finita. Giusto?»

«Sì, esatto. È quello che ho detto.»

«Io sto cercando di capire con chi sta ora. Se riesco a saperlo, posso lasciarla in pace e andare a bussare a quella porta. Mi capisce?»

«Sì, ma non posso aiutarla. Non so con chi sta. So solo che non è con me.»

«E questo le fa male, vero?»

Galloway scosse la testa e scattò in piedi. «Basta così!» urlò. «Vada via. Subito. Non risponderò ad altre domande.»

Gli indicò la porta. Stilwell non si mosse.

«Peter, si sieda» disse. «Per favore. Questa è un'indagine penale. Deve capire che o parla con me qui o la porto in tribunale, dove la interrogherò in una stanza senza finestre.»

Aspettò e Galloway finalmente tornò a sedersi.

«Grazie» disse Stilwell. «Mi racconti cosa sa di ciò che fa Leigh-Anne a Catalina.»

«Nulla. Tranne che lavora in un club privato.»

«Come ha avuto il lavoro?»

«Non lo so. Ha conosciuto un tizio a una festa e lui gliene ha parlato.»

«Una festa qui o sull'isola?»

«Qui, credo. Io non c'ero.»

«Il tizio era socio di questo club di Catalina?»

«Non lo so. Dovrebbe chiederlo a lei. Non è che volessi sapere tutti i dettagli. So solo che ha trovato lavoro laggiù.»

«E tra voi non ne avete mai parlato?»

«Mi ha detto solo che era un posto di lusso, pieno di ricconi, e che in teoria era un club di pesca sportiva, solo per uomini, ma i soci lo frequentavano principalmente per allontanarsi dalle mogli e scopare in giro. Ecco perché voleva il lavoro.»

«Stava cercando di rimorchiare.»

«Bravo, lei è proprio un ottimo detective.»

Stilwell ignorò il sarcasmo. «È mai salito su un traghetto per andare a trovarla sull'isola?»

«No, mai. Gliel'ho detto, non stiamo più insieme. Perché dovrei andare a trovarla?»

«Forse perché vuole tornare con lei?»

Galloway scosse la testa, come se stesse cercando di scrollarsi di dosso un brutto sogno. Distolse lo sguardo e non disse nulla. Ma nel suo silenzio c'era la risposta.

«Peter, devo chiederle un'altra cosa» riprovò Stilwell. «Poi la lascerò in pace.»

Galloway si voltò a fissarlo. «Gesù» disse. «Cosa?»

«Deve avere qualche foto di Leigh-Anne. Ho bisogno di vederle.»

«Perché?»

«Perché abbiamo solo la foto sulla patente. Sarebbe utile avere qualche scatto spontaneo.»

«Per cosa, per stamparci un manifesto o qualcosa del genere? Che diavolo ha fatto?»

«Non posso parlare di un'indagine in corso, Peter. Ha delle foto?»

Galloway infilò una mano in tasca e tirò fuori il telefono. Digitò una password, poi aprì l'app delle foto. Le fece scorrere per circa trenta secondi prima di fermarsi.

«Ho solo queste» disse. «Ma sono vecchie.»

Passò il telefono a Stilwell. L'immagine sullo schermo era un primo piano di Leigh-Anne, sorridente, senza una striscia colorata nei capelli. Era datata 5 maggio 2022. Stilwell sfogliò altre tre foto, tutte scattate a pochi secondi dalla prima, che mostravano lo stesso sorriso spontaneo.

Callahan, il gestore del bar, aveva ragione. Era davvero una bella donna.

Stilwell fissò quello che vedevano tutti gli uomini, giovani e vecchi. Ma la sua mente pensava ad altro. Quella che aveva davanti era una donna con una luce negli occhi e un sorriso sincero. Con un futuro che non avrebbe dovuto esserle sottratto.

# 16

Al bar portarono delle uova in salamoia con contorno di pretzel salati in un cestino di plastica che venne appoggiato in equilibrio sul bordo del tavolo da biliardo dove Stilwell e Gary Saunders giocavano una partita, parlando di cadaveri di annegati del passato. Il Joe Jost's era affollato e rumoroso. E quell'anno festeggiava il suo centesimo compleanno con continue offerte speciali di birra.

Stilwell e Saunders si conoscevano da tempo. Saunders gli aveva fatto da mentore quando lui, che era più giovane, era stato assegnato alla squadra subacquea dello sceriffo. Saunders non aveva mai lasciato l'unità e ora la dirigeva. A volte Stilwell aveva il rimpianto di esserne uscito. La squadra di sommozzatori era una realtà a sé all'interno del dipartimento, con un compito molto specifico. Per quanto gli incarichi fossero a volte difficili, era al riparo dalla politica e dalla burocrazia che sembravano dominare ovunque nella polizia.

Saunders vinse facilmente le prime due partite. Era una novità. Di solito erano più equilibrate, ma Saunders aveva divorziato e Stilwell pensò che passasse buona parte del suo tempo libero a giocare a biliardo. Alla fine, dirottò la conversazione sul recupero del cadavere nel porto di Avalon, in tono casuale, come se non fosse poi così interessato a quel caso. Iniziò con una domanda di cui conosceva già la risposta.

«Quanto tempo è rimasta là sotto, secondo te?»

«Oh, direi da quattro a sei giorni, in base alla cera» rispose Saunders, usando l'abbreviazione di adipocera, la sostanza saponosa che si forma su un cadavere durante la decomposizione in acqua.

«Sì, l'avevo pensato anch'io» disse Stilwell. «C'era qualcos'altro di utile nel sacco?»

«No, a parte il sacco stesso.»

«In che senso? Era solo un sacco della spazzatura, no?»

«No, era una sacca da vele.»

«Cioè?»

«Mi dicono che serviva a riporre un fiocco, la vela anteriore di una barca.»

«La vela anteriore di un ketch?»

«Non so niente di barche a vela. Sono un tipo da sci d'acqua. Ma se un ketch ha una vela anteriore, allora sì. La sacca serviva per riporla.»

«Chi l'ha identificata come tale?»

«L'investigatore del coroner che era in barca con noi. È un esperto di barche a vela.»

Stilwell rimase in silenzio mentre preparava un tiro sulla palla sette. La mancò e toccò il pallino. Non era concentrato sul biliardo, ma su quella nuova informazione. Significava che la donna era stata probabilmente gettata in mare da una barca a vela. Pensò all'*Emerald Sea* e alla visita di mezzanotte da parte di qualcuno del Black Marlin Club e poi alla strana gita al largo e al ritorno in porto il giorno dopo, tutto in un arco di tempo compatibile con la decomposizione del corpo.

Con il pallino in una posizione favorevole, Saunders mandò in buca facilmente la palla otto e vinse la partita.

«Devi venire qui ad allenarti più spesso» disse. «Me ne devi altre cinque.»

«Non succederà. L'allenamento, voglio dire. Mi piace l'isola. Mi piace vivere lì.»

«Almeno sei lontano da tutte le stronzate.»

«Di questo non ne sarei tanto sicuro.»

Saunders si riferiva alla sua caduta in disgrazia nella squadra Omicidi. Ma non era che un lontano ricordo, per lui. E avrebbe continuato a esserlo se Ahearn non fosse stato coinvolto nel caso di Avalon. Invece ora le stronzate lo avevano seguito sull'isola.

Saunders prese quattro quarti di dollaro e li infilò nella gettoniera del tavolo, poi iniziò a raccogliere le palle per un'altra partita. Il telefono di Stilwell squillò e vide che era Tom Dunne che finalmente lo richiamava.

«Devo rispondere» disse. «Fuori.»

«Ho appena preparato il triangolo» protestò Saunders. «Se non giochiamo, non possiamo tenere il tavolo.»

«Sono sicuro che una delle gentili signore al bar sarà felice di accettare i tuoi soldi.»

«Sì, certo.»

Stilwell rispose al telefono e disse a Dunne di restare in linea, poi attraversò il bar verso l'uscita, fermandosi solo per parlare con una donna che aveva la metà degli anni di Saunders.

Indicò il biliardo. «Quell'uomo sta cercando qualcuno che gli insegni a giocare a biliardo» disse.

Non si fermò a vedere se lei avesse seguito l'indicazione. Uscì all'esterno e trovò un posto tranquillo sul marciapiede per parlare.

«Tom, ci sei? Come ti senti?»

«Così così. Vedo ancora doppio e ho mal di testa. Ma oggi sto meglio di ieri, questo è certo.»

«Bene. Sei pronto per un paio di domande su sabato?»

«Certo, ma non ricordo nulla di preciso. So solo che sono entrato in quel bar per dare man forte a Eddie E. Dopodiché, è tutto confuso.»

«Non c'è problema. Ricordi qualcosa dell'inizio del turno?»

«Be', direi di sì. Tutti mi chiedono solo di quando sono stato colpito, non di quello che è successo prima.»

«Ho seguito una segnalazione che hai raccolto al Black Marlin Club. Te lo ricordi?»

«Il furto di una scultura? È questo che intende?»

«Esattamente. Voglio solo sapere se c'è qualcosa che hai visto o sentito ma che non hai menzionato nel tuo rapporto.»

«Ah, no. Voglio dire... non credo.»

«Il rapporto che hai presentato è piuttosto elementare. Ho pensato che forse avresti voluto aggiungere qualcosa dopo il turno, ma sei finito in ospedale e non hai potuto farlo.»

«Non ricordo proprio, sergente. Non so cosa sia successo al mio taccuino. Posso guardarlo e vedere se c'è qualcosa che non ho messo nel rapporto.»

Stilwell prese un appunto mentale: verificare se il taccuino si trovava al commissariato o nella clinica dove Dunne era stato trasportato.

«Vedrò se riesco a trovarlo» disse. «L'altra cosa riguarda Merris Spivak. Lo conosci?»

«È il tizio che mi ha colpito, vero?» chiese Dunne. «Non l'ho nemmeno visto. Mi ha colto alla sprovvista.»

«Ma non riconosci il nome?»

«No, dovrei?»

«Non lo so. La scena è stata ripresa dalla telecamera e mi è sembrata un po' strana.»

«In che senso?»

«Era come se ti conoscesse.»

«Posso vedere il video?»

«Chiedo a Mercy di inviarti un link. Guardalo e fammi sapere.»

«Lo farò.»

«Spivak si è fatto trecento giorni nella prigione della contea, un paio di anni fa. So che tu sei arrivato qui dalla divisione carceraria. Dove lavoravi, esattamente?»

«Ho iniziato a Biscailuz come tutti, e poi sono stato a Pitchess fino a quando non ho ottenuto il trasferimento ad Avalon.»

«Spivak era a Pitchess. Forse ti ha riconosciuto da lì.»

«Forse. C'era un sacco di gente, in quel penitenziario. Ovviamente.»

«I registri del personale non sono consultabili. Quindi non è sempre immediato capire cosa c'è dietro un trasferimento a Catalina. C'è qualcosa che dovrei sapere su di te a Pitchess? Qualcosa che potrebbe avere a che fare con Spivak?»

«No, non credo. Voglio dire... Non conosco quel nome. Guarderò il video, ma dubito di riconoscere il tizio. C'erano troppe persone in quel carcere.»

Era chiaro che Dunne non voleva parlare di ciò che aveva causato il suo trasferimento in un commissariato dimenticato da Dio. Per il momento Stilwell decise di lasciar perdere.

«Sì, probabilmente hai ragione» disse. «Guarda il video e, se ti fa venire in mente qualcosa, fammelo sapere.»

«Va bene, sergente» rispose Dunne.

«Ora riposati, abbiamo bisogno che torni presto.»

«Appena posso, sergente.»

«Chiamami solo Stil.»

«Va bene... Stil.»

Stilwell riattaccò e tornò nel bar. Saunders stava ancora

giocando a biliardo. C'era la donna che aveva indirizzato da lui insieme a un'altra, e stavano facendo una partita a tre.

«Giusto in tempo» disse Saunders. «Possiamo dividerci in squadre.»

«Purtroppo devo andare» rispose Stilwell. «E comunque la partita è già iniziata.»

«Oh, andiamo. Rimani. Lei è Brenda e lei è... Darlene. Ragazze, vi presento Stilwell. Tutti lo chiamano Stil.»

Lui alzò una mano in segno di saluto. «Piacere di conoscervi, signore, ma devo proprio andare.»

Prese un momento da parte Saunders. «Pago io il conto al bar. Mandami un messaggio se devo prendere una stanza in un motel.»

«No, puoi stare nella mia camera degli ospiti» rispose Saunders.

«Ma non voglio guastarti la festa se ti porti a casa una di quelle due.»

«Non c'è problema, tranquillo. Dove stai andando?»

«Voglio seguire la pista di quella sacca da vele. Devo andare a trovare un tizio a Malibu.»

«Aspetta, non è nemmeno un tuo caso.»

«È vero, ma ho l'impressione che se non lo faccio io, non lo farà nessuno.»

«Oh, stupido figlio di puttana. Pesterai di nuovo una merda.»

«Forse, ma devo farlo.»

«Il solito Stil. Non riesci a lasciare le cose in pace. Avresti dovuto rimanere nella squadra subacquea, ma no, dovevi andare a risolvere gli omicidi.»

«Che ti devo dire? Sono fatto così.»

«Buona caccia, fratello.»

«E buona fortuna a te.»

Stilwell fece un cenno di saluto alle due donne, che stavano bisbigliando tra loro all'altro capo del biliardo.

«Be', le mie chances sono appena raddoppiate» disse Saunders. «Vedremo cosa succederà.»

Mentre usciva dal bar, Stilwell pensò all'avvertimento che Saunders gli aveva appena dato. Le sue preoccupazioni erano fondate e doveva riflettere su ciò che stava facendo e sulle motivazioni che lo spingevano ad agire in quel modo. La maggior parte dei poliziotti che conosceva si era stancata dopo dieci o quindici anni di lavoro. Persino i più forti si erano convertiti al «vivi e lascia vivere». Sembravano aver dimenticato il motivo per cui portavano il distintivo. Rappresentare la giustizia. Riparare ai torti subiti dagli innocenti. Evitare che quei torti si verificassero. Lui non voleva dimenticare. Le motivazioni di Leigh-Anne Moss potevano non essere del tutto innocenti, ma non meritava di finire in una sacca da vele nera in fondo al porto. Era sicuro che, una volta conosciuti i dettagli della sua storia, Ahearn si sarebbe limitato a giudicare quella donna e non avrebbe fatto nulla, passando al caso successivo, sperando di trovare una vittima che fosse più degna delle sue attenzioni.

Ma era sicuro anche di un'altra cosa: Ahearn poteva andare al diavolo. Lui non avrebbe abbandonato quell'indagine.

# 17

Mason Colbrink viveva sulle scogliere sopra Carbon Beach, in una casa che costava una cifra a sette zeri e che si affacciava sul Pacifico e sulle lontane luci di Catalina. La casa era in qualche modo sfuggita agli incendi che a gennaio avevano attraversato le colline di Palisades e bruciato Malibu fino alle rive dell'oceano. Stilwell arrivò al cancello alle 21.15. Sapeva che una persona come Colbrink l'avrebbe considerato un orario sconveniente per una visita, ma con l'esperienza aveva capito che presentarsi da testimoni e sospettati quando non se lo aspettavano produceva i risultati migliori. Nessun appuntamento, niente tempo per prepararsi.

La voce che uscì dal citofono al cancello sembrava diffidente, ma Stilwell usò le parole magiche: «Dipartimento dello sceriffo. Dobbiamo parlare con Mason Colbrink». Il cancello fu aperto senza un'altra parola. Percorse una strada curva che lo portò in cima alla collinetta. La porta d'ingresso della villa era già aperta e la luce proveniente dall'interno evidenziava la sagoma di un uomo che lo attendeva. Stilwell parcheggiò e spense il motore, sperando che il suo Bronco non perdesse olio sul cortiletto pavimentato in mattoni gialli.

Scese e si avvicinò al tizio che lo aspettava sulla porta.

«Signor Colbrink?»
«Sì. Di che anno è?»
«Mi scusi?»
«Il Bronco.»
«Oh. Del '74.»
«E non le danno un'auto del dipartimento?»
«Be', sono appena arrivato da Catalina e usare la mia macchina mi ha fatto guadagnare tempo.»
«Cosa succede a Catalina?»
«È quello di cui sono venuto a parlarle. Posso entrare?»
«Può identificarsi?»
Stilwell gli mostrò il tesserino.
«Entri pure.»
Sapeva, dai registri della motorizzazione, che Colbrink aveva cinquantasei anni e non era mai stato condannato per alcun reato, nemmeno per una violazione del codice della strada. Era alto e magro, con capelli castani tagliati e tinti dal parrucchiere, occhiali con montatura nera e un'abbronzatura da Malibu. Aveva anche un'aura che non lasciava dubbi sulla sua ricchezza e sulla sua posizione sociale. Lo seguì in quella che gli agenti immobiliari chiamavano il soggiorno di rappresentanza. Era più spazioso che nella maggior parte delle case, con un soffitto altissimo e camini in pietra coordinati alle due estremità, ognuno circondato da mobili diversi. Era il tipo di spazio in cui potevano svolgersi due feste distinte allo stesso tempo senza che nessuna delle due invadesse l'altra. Colbrink indicò un divano davanti al primo caminetto e Stilwell si sedette.
«Credo che dovremmo iniziare con il suo nome e con il motivo della visita» esordì Colbrink.
«Certo. Sono il sergente Stilwell. Sono un detective del Dipartimento dello sceriffo della contea di Los An-

geles. Mi occupo di tutti i casi che hanno origine a Catalina.»

«Ho appena sentito che è stato trovato un morto nel porto, un possibile omicidio.»

«Sì, e il caso è gestito dalla squadra Omicidi. Io sono qui per un altro motivo. Abbiamo ricevuto la denuncia del furto di un oggetto d'arte di grande valore dal Black Marlin Club, di cui mi hanno detto che lei è socio.»

«Si tratta di uno dei paesaggi donati da mio padre?»

«Ehm, no. Si tratta di una statuetta. Una scultura di un marlin nero rubata da un piedistallo espositivo nel corridoio principale. È stato descritto come un oggetto dal valore inestimabile, quindi stiamo prendendo il furto molto seriamente.»

«Conosco la scultura. Conosco anche la giada nera e non direi che si tratta di un'opera d'arte dal valore inestimabile. Chiunque l'abbia presa ha commesso un errore. I dipinti appesi alle pareti della biblioteca del club sono molto più preziosi.»

Stilwell si limitò ad annuire. Capì che Colbrink voleva controllare la conversazione, usando il suo patrimonio di conoscenze. Si guardò intorno nella stanza come se la notasse per la prima volta.

«Ha una casa bellissima» disse. «Vive qui da solo?»

«No» rispose Colbrink, senza fornire ulteriori spiegazioni.

«Tornando al marlin rubato» disse Stilwell «come ho detto, stiamo prendendo il furto sul serio, a prescindere dall'effettivo valore dell'oggetto. Crediamo che sia stato rubato due fine settimana fa. Il BMC non ha telecamere, ma siamo riusciti a controllarne altre situate intorno al porto e abbiamo visto che il suo ketch, l'*Emerald Sea*, era in porto quel fine settimana. Vorrei sapere se lei si trovava al club sabato o domenica e se ha notato qualcosa di sospetto, una persona estranea o qualsiasi altra cosa che le sembrasse fuori posto.»

«La fermo qui» disse Colbrink. «La mia barca era lì, ma io no. Ero qui. E posso citare vari testimoni che lo confermeranno. Sabato 17 era il compleanno di mia moglie e c'erano molte persone in casa per festeggiare.»

Stilwell fece un sorriso forzato e alzò una mano per interromperlo.

«Non mi fraintenda» disse. «Lei non è un sospettato, signor Colbrink. Assolutamente no. Ho visto che la sua barca era nel porto e ho pensato che lei potesse essere al club o sul mezzo e che forse avesse visto qualcosa.»

«Ma non ero lì.»

«In realtà abbiamo un'indiziata. Leigh-Anne Moss. Lavorava al ristorante durante il pranzo e al bar la sera. Per caso la conosce?»

«Conosco molti membri del personale, ma non tutti per nome.»

«Ventotto anni, una ciocca di capelli viola. È stata licenziata dal signor Crane lo stesso fine settimana in cui è avvenuto il furto. La teoria del direttore è che abbia preso la statua dal piedistallo dopo aver lasciato il suo ufficio.»

«Ricordo una donna con una ciocca di capelli viola. Non ho interagito con lei se non per ordinare delle bevande al bar. Mi era stato detto che era un cattivo soggetto.»

Di nuovo quell'espressione, pensò Stilwell. «In che senso era un cattivo soggetto?»

«Ho sentito dire che era promiscua e in cerca di polli, se capisce cosa intendo.»

«Chi gliel'ha detto?»

«Non ricordo. Erano solo chiacchiere tra soci nella sala da gioco. Alla gente piace spettegolare mentre si sfida a poker. Serve a distrarre gli avversari.»

«Quindi, a parte ordinare da bere, non ha avuto alcuna interazione con Leigh-Anne Moss?»

«Le ho già detto di no. Ora, se questo è ciò che voleva sapere, le chiedo di andarsene.» Colbrink cominciò ad alzarsi.

«In realtà non è l'unica cosa che sono venuto a chiederle.»

«E allora arrivi al punto, sergente, che è già piuttosto tardi.»

«Mi scusi. Cercherò di essere breve. Qualcuno ha usato la sua barca quel fine settimana, mentre lei era qui sulla terraferma?»

«No. Ho un equipaggio che naviga con me, ma non c'erano programmi per quel weekend. Sono stato lì nel fine settimana appena trascorso, come probabilmente sa già, e abbiamo riportato a casa l'*Emerald*.»

«A Marina del Rey?»

«Sì, la tengo al CYC.»

«Che cos'è?»

«Il California Yacht Club. Mi faccia pure la prossima domanda.»

«Quando non naviga avanti e indietro sull'*Emerald Sea*, usa l'Express?»

«La maggior parte delle volte. Ogni tanto prendo un elicottero. Posso fornirle le ricevute se vuole, ma questa storia è una sciocchezza. Perché dovrei aver rubato quella dannata statuetta?»

«Non credo che l'abbia fatto. Come ho detto, non è un sospettato. Sono qui perché penso che lei possa aiutarmi.»

«In che modo, sergente Stillwater? Non capisco dove vuol andare a parare.»

«Mi chiamo Stilwell.»

«Okay. Cosa vuole esattamente da me, sergente Stilwell?»

«Esaminando i video delle telecamere del porto, ho notato un'attività insolita della sua barca nei giorni di cui stiamo parlando. Vorrei...»

«Cosa? Quale attività insolita?»

«Nel cuore della notte, qualcuno ha portato uno skiff dal club alla sua barca, è rimasto a bordo per un breve periodo e poi è tornato al club. Saprebbe dirmi chi è stato e di cosa tratta?»

«La mia barca? Ne è sicuro?»

«Non al cento per cento. C'era un'altra barca ormeggiata accanto alla sua, ma sembra che lo skiff fosse diretto proprio all'*Emerald Sea*.»

«Quale altra barca era ormeggiata lì?»

«Si chiama *Aventura*.»

«Non la conosco.»

«Sapeva che lunedì 19 qualcuno ha portato l'*Emerald Sea* fuori dal porto ed è tornato poco dopo?»

«No.»

«Ha autorizzato qualcuno a portare fuori la barca, magari solo per far girare i motori?»

«No. E i motori funzionano bene. Ma cosa c'entra questo con la scultura? Unisca i puntini, sergente.»

Stilwell lo guardò per un lungo momento, prima di rispondere. Aveva bisogno della sua collaborazione e l'unico modo per ottenerla era rivelare la vera natura della sua indagine. Era un rischio. Non era sicuro di potersi fidare di quell'uomo e poteva costargli caro, se Ahearn avesse scoperto le sue mosse.

Si chinò in avanti sul divano, con i gomiti sulle ginocchia e le mani giunte, in una posa che sperava comunicasse la necessità di riservatezza.

«Ho bisogno di salire sulla sua barca» disse.

«Perché?» Colbrink sembrava più confuso che combattivo.

«Leigh-Anne Moss è scomparsa. Oggi ho attraversato la baia per andare nell'appartamento in cui vive quando non è sull'isola. Ma non l'ho trovata. Se a questo si aggiunge il corpo che abbiamo estratto venerdì dalle acque del porto, credo che i puntini si uniscano da soli, signor Colbrink. La decomposizione era estesa. Per ora non c'è un'identificazione. Si tratta di una donna, ma questo è il massimo che siamo riusciti a capire.»

«Apprezzo la sua franchezza, ma non ha risposto alla mia domanda. Perché vuole salire sulla mia barca?»

Stilwell esitò di nuovo. Ma non vedeva altro modo per mantenere viva la sua indagine.

«Il corpo nel porto era chiuso in una sacca da vele» disse. «Nello specifico una sacca per quello che viene chiamato fiocco. E il corpo era zavorrato con un'ancora di acciaio inox. Voglio salire sulla sua barca per vedere se manca uno di questi oggetti.»

«E vuole farlo senza un mandato?»

«Vorrei il suo permesso per effettuare una perquisizione. Se me lo dà, non ho bisogno di un mandato.»

Colbrink lo fissò intensamente mentre prendeva una decisione. «E quando vorrebbe farlo?»

«Stasera» rispose Stilwell. «So che è tardi, ma un'indagine per omicidio è come uno squalo: se si ferma, muore.»

Colbrink fece cenno di aver capito. «Va bene, allora» acconsentì. «Andiamo.»

«Non è necessario che venga anche lei» disse Stilwell. «Ho solo bisogno del suo permesso scritto e...»

«Certo che vengo. Non permetterò a nessuno di gironzolare su quella barca senza tenerlo d'occhio. Io faccio strada, lei mi segua.»

«In tal caso, preferisco salire in macchina con lei.»

Stilwell pensò che a quell'ora ci avrebbero messo non più di mezz'ora ad arrivare a Marina del Rey. Sapeva che andare insieme significava dover tornare a Malibu per riprendere il suo Bronco, ma non voleva perdere l'opportunità di continuare la conversazione con un socio del Black Marlin Club.

«No, andiamo con la sua auto» replicò Colbrink. «Voglio salire su quel Bronco. E, se mi piace, le farò un'offerta che non potrà rifiutare.»

«È improbabile.»

«Vedremo. Ora andiamo.»

Colbrink si alzò in piedi, ponendo fine alla discussione.

# 18

Il California Yacht Club era un vasto complesso di moli dove i più ricchi tra i ricchi tenevano i loro giocattoli acquatici. Era uno dei numerosi porti turistici privati che condividevano l'insenatura di Marina del Rey. C'erano migliaia di barche di tutte le forme e dimensioni. Senza Colbrink, Stilwell avrebbe avuto difficoltà a orientarsi in quel labirinto per localizzare l'*Emerald Sea*. L'insistenza dell'uomo per accompagnarlo gli fece risparmiare tempo ed energia.

Avevano impiegato quaranta minuti per arrivare da Malibu, a causa di lavori stradali notturni sulla Pacific Coast Highway. Durante il viaggio Colbrink gli aveva parlato della sua vita e del suo lavoro, apparentemente non più infastidito dall'intrusione nella sua serata.

Era stato un avvocato che si occupava di fusioni ad alto livello tra aziende con valutazioni a nove cifre. Era andato in pensione anticipata e aveva investito i propri risparmi nelle fusioni di cui si occupava prima, tanto da potersi permettere una vita tra ville e barche a vela sparse in tutta la nazione. Come suo padre prima di lui, era un membro attivo del Black Marlin Club, per il quale provava un grande affetto. Si rammaricava del danno che un omicidio collegato al club avrebbe potuto arrecare alla sua reputazione.

«So che è anacronistico pensarla così, ma mio padre era socio così come suo padre prima di lui» aveva detto. «E non vado nemmeno a pesca, mi piace solo navigare a vela. Amo quel club e non vorrei vederlo in prima pagina collegato a una storiaccia di cronaca nera.»

«Be', per il momento non siamo ancora a questo punto» aveva detto Stilwell.

Per il resto del viaggio pensò a Colbrink che aveva liquidato una donna uccisa, avvolta in un sacco e appesantita con un'ancora come una «storiaccia di cronaca nera». Era chiaro che la sua esistenza ovattata nella villa di Malibu lo teneva ben separato dal mondo reale.

La guardia al cancello del CYC fece cenno al Bronco di passare, una volta identificato Colbrink sul sedile del passeggero. Lasciarono il SUV nel parcheggio vuoto e si diressero lungo una passerella verso il reticolo di moli, con luci che segnalavano ogni posto barca.

«Quanto tempo ci vorrà?» domandò Colbrink. «Vuol controllare le sacche delle vele e l'ancora. Che altro?»

«Dipende» rispose Stilwell. «Quando è venuto all'isola lo scorso fine settimana, è rimasto a dormire sulla barca?»

«Sì.»

«Da solo?»

«No. C'era una persona con me.»

«Sua moglie.»

«No.»

Stilwell attese.

«Ho sposato una donna a cui non piace navigare... o fare altre cose» disse Colbrink. «E questo è tutto ciò che ho intenzione di dire al riguardo.»

Stilwell decise di lasciar perdere, per il momento. Ma sarebbe tornato sull'argomento.

«Capisco» disse. «E il suo equipaggio?»

«Si tratta praticamente di un solo uomo. Che può assumerne degli altri al bisogno.»

«Vive vicino al porto?»

«No, abita sull'isola. A Two Harbors.»

«Chi è? Se vive a Two Harbors forse lo conosco.»

«Duncan Forbes.»

Stilwell non riconobbe il nome.

«Quindi Forbes è venuto con lei per riportare qui la barca dopo il weekend?»

«Esatto. Lunedì mattina.»

«Ha fatto pulire la barca, dopo averla riportata?»

«Ci ha pensato Duncan, sì.»

«Ha fatto un buon lavoro?»

«Non sono tornato a controllare, ma sì, di solito lo fa. Lavora per me da quasi sette anni. Non l'avrei tenuto così a lungo se non svolgesse bene le sue mansioni.»

«Allora qualsiasi tipo di prova forense sarà sparita o compromessa. Quindi controlliamo la sacca da vele e l'ancora, poi la riporto indietro il più in fretta possibile.»

«Grazie.»

L'*Emerald Sea* si trovava in un posto di ormeggio alla fine del molo più vicino all'insenatura rocciosa che portava alla baia. Quando la vide per la prima volta da vicino, Stilwell capì che si trattava di un antico scafo in legno.

«Quanti anni ha?» chiese.

«È una Mayflower del 1960 che ho fatto spedire a pezzi dal Wisconsin e poi ho restaurato» spiegò Colbrink. «Ci sono voluti quasi quattro anni, dall'inizio alla fine. È un duplicato della barca di mio padre, affondata in una tempesta.»

Sul molo c'erano delle scale d'imbarco. Colbrink salì a bordo per primo e Stilwell lo seguì. Colbrink aprì il portello del timone e scese con cautela la piccola rampa di scale che immetteva sottocoperta.

«Aspetti, accendo le luci» disse.

Scomparve alla vista e pochi secondi dopo si accesero le luci all'interno della cabina e poi in cima a entrambi gli alberi, illuminando l'intero ponte della nave. Colbrink risalì dalla cabina.

«Tutto ciò che le interessa è qui sul ponte» disse. «Controlliamo prima le vele.»

Si spostò a prua, dove sbloccò e fece scivolare indietro un portello montato su binari sul ponte di prua.

«Teniamo qui le rande extra, insieme al fiocco e allo spinnaker.»

«Il cosa?»

«Spinnaker. Lo chiamiamo anche "chute", perché sembra un paracadute quando si riempie d'aria.»

«Capisco.»

Stilwell si avvicinò e guardò in quello scompartimento che fungeva da magazzino. C'erano due sacchi bianchi chiusi da un cordoncino, poi un sacco rosso e uno nero. Colbrink indicò lo spazio.

«Non manca nulla, a quanto vedo» disse. «Abbiamo due rande nei sacchi bianchi, uno spinnaker nel sacco rosso e il fiocco in quello nero. Sono divisi per colore in modo da sapere subito cosa contengono. A volte bisogna cambiare le vele molto velocemente.»

Stilwell guardò dentro la botola, ma il contenuto era in ombra. Vide i colori dei sacchi, ma pochi dettagli.

«Posso tirare fuori il fiocco?»

«Si accomodi.»

Stilwell si accovacciò, afferrò il cordoncino della sacca nera e la tirò sul ponte, dove l'illuminazione era migliore. Sempre accovacciato, prese il telefono e accese la torcia. Sotto il fascio di luce notò un reticolo di pieghe.

«Sembra una sacca nuova» disse. «Ha ancora le linee delle piegature. L'ha comprata di recente?»

«No» rispose Colbrink. «Ce l'ho da anni.»

Stilwell allentò il cordoncino e aprì la borsa per osservare la vela di fiocco piegata all'interno. La vela era bianca ma consumata dall'uso sotto il sole e il vento. Era chiaro che la sacca era più recente del suo contenuto. Sentì un leggero brivido lungo la schiena quando si rese conto che non stava perdendo tempo. Aveva fatto un salto significativo nell'indagine. La donna in acqua era stata infilata in una sacca da vele proveniente da quella barca.

«La borsa è stata sostituita» disse, più a sé stesso che a Colbrink.

«Cosa significa?»

Stilwell girò la testa e guardò verso la parte anteriore della barca. Un'ancora di acciaio inossidabile era fissata su rulli di gomma a prua.

«Significa che voglio dare un'occhiata alle ancore» rispose. «Ho visto quella a prua. Ce ne sono altre?»

«Sì, abbiamo un'ancora a poppa e una di riserva» disse Colbrink. «Bisogna essere in grado di ancorare saldamente la barca. I venti al largo della barriera di isole sono formidabili.»

«Le ancore hanno dimensioni diverse?»

«No, sono tutte uguali. Così diventano intercambiabili.»

«Può mostrarmi le altre?»

«Da questa parte.»

Stilwell tenne accesa la luce del telefono mentre tornavano a poppa. Colbrink scese in cabina di pilotaggio. Dietro il timone c'era una panca coperta da un cuscino bianco. Lo sollevò, rivelando un altro armadietto, che non aveva serratura. Si chinò per aprirlo.

«Aspetti un attimo, signor Colbrink» lo fermò Stilwell.

«Cosa c'è?»

Stilwell estrasse un paio di guanti usa e getta dalla giacca a vento.

«Le sacche come queste non trattengono le impronte digitali» disse. «Ma il portello dello scomparto sì. Lasci che lo apra io.»

Colbrink si tirò indietro e Stilwell aprì il portello, rivelando due ancore con catene e corde arrotolate.

«Non manca nulla» annunciò Colbrink.

Stilwell puntò il fascio di luce nel portello. Le due ancore sembravano corrispondere a quella che era stata usata per appesantire il corpo nel porto. Voleva tirarle fuori per un ulteriore esame, ma ci ripensò. Anche se la barca era stata pulita di recente, sulle ancore potevano esserci delle impronte digitali.

«Conosce il peso e la marca?» domandò.

«Sei chili ciascuna. Prodotte da un'azienda che si chiama Hold Fast.»

Stilwell annuì e si chinò più in basso, osservando le due ancore sotto la luce, alla ricerca di qualsiasi indicazione che una delle due fosse nuova.

«Le dice qualcosa?» chiese Colbrink.

Stilwell ignorò la domanda.

«Signor Colbrink» disse. «Le darò il mio biglietto da visita per tenerci in contatto. Le chiedo di stare lontano dalla barca e di non farci salire nessun altro finché non riuscirò a far venire un tecnico della Scientifica.»

«Ma non aveva detto che qualsiasi prova ormai deve essere scomparsa?»

«Ho cambiato idea. Soprattutto per la presenza di queste ancore nel vano. Ha aperto il portello anteriore con una chiave. L'aveva portata con sé?»

«No. È appesa a un gancio in cabina, accanto al tavolo di carteggio.»

«Quindi è sempre sulla barca.»

«Esatto.»

«E il portello della cabina è chiuso a chiave?»

«Di solito no. Il CYC dispone di un servizio di guardie giurate ventiquattr'ore su ventiquattro. Non chiudo mai a chiave la barca. Così posso chiedere a Duncan di venire a controllare che la batteria della pompa di sentina non si sia scaricata.»

«Non so cosa significa.»

«Le vecchie barche come questa hanno delle perdite, sergente. La pompa di sentina fa uscire l'acqua in modo che la barca rimanga a galla. Se si ferma, la barca può affondare. Perciò è importante mantenere la batteria carica.»

«Ho capito.»

Stilwell fissò le ancore e rifletté sui tempi. Erano passati dieci giorni da quando nel porto di Avalon c'erano state attività insolite dell'*Emerald Sea.* Troppi. C'era stato tutto il tempo per sostituire l'ancora e la sacca del fiocco.

«A cosa pensa, sergente?» chiese Colbrink.

Stilwell pensava che avrebbe voluto che il caso fosse suo, per poter fare le mosse necessarie. Ma non lo disse.

«Sto pensando che mi piacerebbe dare un'occhiata all'interno della cabina» disse invece.

E inoltre pensava di dover fare due chiacchiere con Duncan Forbes, capo dell'equipaggio e incaricato della manutenzione della barca.

## 19

Two Harbors era poco più di un villaggio di pescatori. C'erano alcuni piccoli alberghi, ristoranti e mercati di cui si servivano gli abitanti della collina, campeggi e organizzazioni che gestivano spedizioni di pesca. Duncan Forbes poteva essersi trasferito lì nel tentativo di passare inosservato alle forze dell'ordine. Sull'isola non era necessaria la patente per guidare una barca o un golf cart. Non dovevi essere in possesso della patente nautica se eri membro dell'equipaggio di qualcuno che ce l'aveva. E non avevi bisogno di conti in banca o carte di credito se lavoravi a giornata e ti facevi pagare in contanti.

Ma Duncan Forbes non era proprio un nome comune, e infatti ce n'erano solo due nei registri dello sceriffo. Uno aveva settantaquattro anni e viveva a Sacramento. Aveva una fedina penale che comprendeva condanne per abusi domestici, guida in stato di ebbrezza e aggressione a un agente di polizia. L'altro aveva trentatré anni e su di lui pendeva un mandato di ricerca per aver violato la libertà vigilata a cui era stato condannato dopo un arresto per possesso di marijuana prima che la California ne legalizzasse l'uso ricreativo nel 2016. Nel gergo delle forze dell'ordine, si trattava di un «mandato cagata», ma era ancora valido ed era tutto ciò di cui Stilwell aveva bisogno per parlare con il membro part-time dell'equipaggio di Mason Colbrink.

Dopo essere tornato sull'isola mercoledì mattina, inviò da lui gli agenti Lampley e Ramirez con il gommone Zodiac del dipartimento, con il compito di localizzare Forbes, arrestarlo in base al mandato e portarlo ad Avalon. Avrebbero potuto prendere uno dei due SUV che tenevano sull'isola per utilizzarli fuori da Avalon, ma il percorso in auto fino all'istmo durava il doppio rispetto al viaggio in barca e Stilwell non voleva perdere tempo.

Mentre Lampley e Ramirez eseguivano l'ordine, sgomberò l'unica sala interrogatori del commissariato, che veniva usata raramente per il suo scopo dichiarato ed era diventata più che altro un magazzino per il materiale di cancelleria e un ufficio oggetti smarriti della comunità. C'erano tavole da paddle, canne da pesca, giubbotti di salvataggio, computer portatili e valigie abbandonate sulle banchine dei traghetti. Scatole di cartone contenevano occhiali da sole, telefoni cellulari e portafogli che erano stati consegnati nell'ultimo anno. Stilwell aveva una strategia per il colloquio con Forbes e voleva che la stanza fosse pulita e sgombra quando si sarebbero seduti faccia a faccia.

Terminata la preparazione, chiamò via radio Lampley per sapere quando sarebbe arrivato. L'agente rispose che avevano Forbes in custodia ma si trovavano a Two Harbors e stavano andando verso lo Zodiac, il che significava ancora circa trenta minuti di viaggio.

«Forbes vi ha dato problemi?» chiese Stilwell.

«L'unico problema è stato trovarlo» rispose Lampley. «Le persone a cui abbiamo chiesto informazioni non hanno voluto dirci nulla. Ma l'abbiamo preso. Lui dice che abbiamo arrestato l'uomo sbagliato.»

Quando i suoi agenti avevano chiesto perché dovessero

andare fino a Two Harbors per un mandato cagata, Stilwell aveva spiegato loro il vero motivo, ma sperava che non lo avessero detto a Forbes. «Cioè, sostiene di non essere il tizio del mandato?» domandò.

«Esatto» rispose Lampley. «Dice che ad Avalon spiegherà tutto.»

«Benissimo.»

Il ritardo diede a Stilwell il tempo di lasciare il commissariato e di recarsi alla torre della capitaneria di porto. Mentre usciva, disse a Mercy che si sarebbe tenuto in contatto radio.

Dopo essere entrato nella torre, vide Tash Dano e il suo capo, Dennis Lafferty, nella sala controllo. Era passato solo per vedere Tash e dirle che era tornato, ma la presenza di Lafferty rendeva il momento imbarazzante. Il suo capo sapeva che stavano insieme, ma non gli piaceva che si vedessero mentre Tash era al lavoro. Stilwell mantenne un contegno professionale.

«Sono passato solo per sapere come si preannuncia il fine settimana» disse.

«La stagione è iniziata» rispose Lafferty dalla postazione di controllo. «Un altro weekend affollato.»

Stilwell annuì. «Siamo pronti» disse. «È successo qualcosa che dovrei sapere?»

«Direi di no» rispose Tash.

«Hanno scoperto chi era la persona ripescata la settimana scorsa?» volle sapere Lafferty.

«Non ancora, per quanto ne so, no. Se ne sta occupando il Dipartimento dello sceriffo sulla terraferma.»

Fece una strizzata d'occhio a Tash. Lei represse un sorriso. «Logico» disse Lafferty. «Succede qui e indagano loro da laggiù. Non c'è da stupirsi che questi casi non vengano mai risolti.»

«La decisione non spetta a me» disse Stilwell. «Comunque, fatemi sapere se avete bisogno di me.» Lanciò un'occhiata a Tash.

«Benissimo» rispose Lafferty.

«Dennis, vado un attimo in bagno» disse Tash.

«Va' pure.»

Sulle scale che portavano al piano inferiore, dove si trovavano i bagni e l'ufficio di Lafferty, Tash strinse il braccio di Stilwell e sussurrò: «Bentornato. Com'è andata laggiù?»

«Non male. Ho ottenuto qualche risultato. Com'è la situazione qui?»

«Tutto come al solito. Aspettiamo il delirio del fine settimana.»

Quando arrivarono all'uscita, gli strinse più forte il braccio e lo fece girare per un bacio appassionato. Stilwell l'assecondò.

Quando si staccarono, lei disse: «Ricordati che il tuo posto è qui».

«Lo so. Da te o da me, stasera?»

«Da te. Passo io.»

«Bene. Non vedo l'ora.»

Tash sorrise e Stilwell ricambiò il sorriso mentre apriva la porta. La guardò entrare in bagno e poi, con il sorriso ancora stampato in faccia, si girò e si trovò di fronte Lionel McKey.

«No comment» disse Stilwell.

«No comment su cosa?»

«Su qualsiasi cosa lei stia per chiedermi.»

Si avviò lungo il molo. McKey lo seguì.

«Non sa nemmeno cosa volevo chiederle.»

«Va bene, allora sputi il rospo.»

«Ci sono novità sul cadavere ripescato?»

«Prima di tutto, come sapeva che ero qui?»

«Ero in giro e l'ho vista entrare.»

«Sul serio?»

«Sì. Allora... il cadavere ripescato?»

«No comment. Il caso non è mio.»

«Non è così, stando a ciò che ho sentito.»

«E cos'ha sentito?»

«Che l'altro giorno ha guardato tutti i video di sorveglianza del porto. Probabilmente è per questo che è venuto anche stamattina.»

Stilwell comprese che McKey aveva una fonte nella capitaneria. Solo Dennis Lafferty, Heidi Allen e Tash Dano sapevano che aveva controllato le telecamere e Stilwell non pensava che la talpa fosse Tash.

«Mi stavo solo informando sulla situazione ormeggi per questo fine settimana» disse. «Ma ho una domanda per lei, Lionel.»

«Dica pure.»

«Come ha fatto il sindaco a prendersi la prima pagina, sabato?»

«Ora è il mio turno di rispondere "no comment."»

«Bene. Quindi mi può capire.»

«Ma, a proposito del sindaco, la sta esaminando la proposta della ruota panoramica?»

La domanda lo colse di sorpresa. Stilwell era incuriosito ma non voleva darlo a vedere.

«Perché dovrei occuparmene?»

«Be'... sembra che in questo affare siano coinvolti alcuni "cugini".»

«E che cosa vorrebbe dire con "cugini"?»

«È solo un termine gergale, credo. Lo usano i giornalisti per riferirsi a certe famiglie, sa com'è... Ma ho fatto delle ricerche per capire chi c'è esattamente dietro il progetto della ruota e ho trovato un po' di fumo.»

«E spera che io abbocchi e verifichi se c'è anche del fuoco? Così otterrà il suo titolone senza neanche bisogno di lavorare?»

«Be', ci sono alcuni ostacoli che io non posso superare, ma qualcuno con un distintivo sì. Potrebbe sempre darmi informazioni in via non ufficiale.»

Stilwell si fermò e si girò in modo da trovarsi faccia a faccia con McKey. «Che le sia ben chiaro, non ho nulla a che fare con la questione della ruota panoramica. Non ci sto indagando su. Se scriverà che lo sto facendo, avremo un grosso problema. Capito?»

«Ho capito» rispose McKey. «Non è una trappola, mi creda. Sto solo dicendo che non c'è fumo senza arrosto, tutto qui. E forse le forze dell'ordine dell'isola dovrebbero prenderne atto.»

«Essere "cugini" non è un crimine, sa? E non mi pare che lei abbia molto altro, in mano. Quindi vada per la sua strada e io vado per la mia.»

«Va bene, va bene. Era solo per fare conversazione.»

Erano vicini all'ingresso ai moli. Stilwell vide Lampley e Ramirez sull'UTV a quattro posti sulla Crescent, diretti in commissariato. Sul sedile posteriore c'era un uomo, probabilmente Duncan Forbes, ammanettato alla barra che correva dietro i sedili anteriori.

«Ora devo andare, Lionel» disse.

«Vada pure. Aspetti, un'ultima domanda. Ci sono novità sul caso della mutilazione? Ho sentito che ieri sera è andato sulla terraferma, e mi chiedevo se avesse a che fare con...»

«No, era una questione personale di cui dovevo occuparmi e sono tornato qui con la prima nave. Non ho novità sul caso della mutilazione. Ci sto ancora lavorando ma non ho commenti da fare. Ci sentiamo presto.»

Lasciò McKey e si diresse verso la sottostazione per interrogare Duncan Forbes.

# 20

Quando Stilwell arrivò, Forbes era già nella sala interrogatori. Lampley aveva acceso la telecamera e lo stava osservando sullo schermo del computer, alla sua scrivania.

«Stai registrando?» chiese.

«Non ancora. Comincio?»

«Sì, comincia. Dov'è Ramirez?»

«È uscita di nuovo. C'è stata una chiamata.»

«Che chiamata?»

«Qualcuno non ha pagato il conto al Bluewater e lei è andata a prendere la denuncia, e magari fermare il tizio prima che salga sul traghetto.»

«Allora potrebbe aver bisogno di rinforzi.»

«Ne dubito. Comunque, voglio vedere come il maestro conduce un interrogatorio.»

«Va bene, ma tieniti pronto. Se lei ha bisogno di te, devi raggiungerla subito.»

«Ricevuto.»

Stilwell guardò lo schermo di Lampley. Forbes era seduto al tavolo ma dava le spalle alla telecamera.

«L'hai fatto sedere nel posto sbagliato. La telecamera deve inquadrare lui, non me. E io devo essere tra lui e la porta.»

«Oh, merda, ha ragione. Non sapevo di preciso dove

fosse piazzata la telecamera in quella stanza. Da quando lavoro qui non l'abbiamo mai usata. Ora vado dentro e...»

«No, ci penso io. Tu assicurati che Ilsa non abbia bisogno di te. Potrai guardare il video dell'interrogatorio più tardi. Sarà tutto registrato.»

«Va bene, capo.»

Stilwell andò nel suo ufficio, chiuse la pistola in un cassetto e prese il computer portatile. Poi si recò in sala interrogatori, dove fu accolto da un cartello sulla porta che diceva QUI NON SI MANGIA. Avrebbe dovuto togliere quel cartello ridicolo, prima o poi.

Entrò, spaventando Forbes, che aveva poggiato la testa sul tavolo.

«Era ora» disse. «Mi stavo addormentando.»

«Scusi l'attesa» disse Stilwell. «Si alzi, per favore.»

«Dove andiamo?»

«Deve solo sedersi dall'altro lato del tavolo.»

Forbes si alzò lentamente in piedi, confuso dalla necessità di cambiare posto. Stilwell vide che non era un uomo imponente. Un metro e settanta o poco più, con una corporatura magra, lunghi capelli castani ricci e una carnagione scura.

Le mani erano ammanettate sul davanti, un'altra cazzata di Lampley. Ma Stilwell non era preoccupato. Sapeva di poter gestire facilmente un confronto fisico con Forbes. Aveva almeno dieci centimetri e venticinque chili di vantaggio su di lui. E aveva anche seguito l'addestramento al combattimento fisico del dipartimento.

Forbes si spostò dall'altro lato del tavolo e si sedette.

«È una stronzata, amico» disse. «Non c'è nessun mandato di cattura su di me. È roba vecchia.»

Stilwell prese posto di fronte a lui. «In realtà, il mandato è ancora valido» disse.

«Impossibile. Ora l'erba è stata legalizzata, nel caso non lo sapesse.»

«Questo è vero. Ma lei ha violato la libertà vigilata prima che ciò accadesse. Il mandato di cattura non è per l'accusa di spaccio. È per la violazione della libertà vigilata. È ancora valido ed è per questo che si trova qui, capisce?»

«Capisco che è un'enorme stronzata.»

«Guardi, posso anche essere d'accordo con lei, ma il punto è che c'è un mandato d'arresto con il suo nome. Penso che ci sia un modo per evitare di doverla spedire alla prigione della contea. Ma deve collaborare con me, Duncan.»

«Collaborare in che modo? Di che cazzo stiamo parlando?»

«Allunghi le mani sul tavolo e le toglierò le manette. Poi parliamo.»

Forbes tese le mani. Stilwell prese le chiavi e lo liberò.

«Bene, ora possiamo parlare» disse. «Prima di tutto, sono il sergente Stilwell e...»

«Parlare di cosa, amico?» lo interruppe Forbes. «Mi stavo facendo i cazzi miei a casa quando sono arrivati quei due e mi hanno trascinato via.»

«Prima di tutto, se vuole parlare con me e tornare a Two Harbors stasera, deve rinunciare ai suoi diritti.»

«Ma che cazzo dice? Non riuscirà a fregarmi. È una trappola.»

Stilwell non rispose. Girò un foglio di carta che aveva posato sul tavolo dopo aver sgomberato la stanza. Lesse all'uomo i suoi diritti, come avrebbe fatto in caso di un qualsiasi arresto, e poi lo guardò.

«Ha compreso i suoi diritti così come le sono stati letti?» chiese.

«E se dico di no?»

«Salirà sull'Express diretto alla prigione della contea

sulla terraferma. Avviserò il dipartimento che si occupa di libertà vigilata e il caso passerà nelle loro mani. Avrà bisogno di procurarsi un avvocato.»

«Oh, merda, questo no. Non ho abbastanza soldi.»

«Ha sentito quello che le ho appena letto? Se non può permettersi un avvocato, gliene verrà assegnato uno d'ufficio.»

«E quanto tempo ci vorrà?»

«Qualche giorno, come minimo.»

«E intanto resto in prigione per un mandato del cazzo? No, amico, non ci penso proprio.»

«Senta, io non posso parlare con lei, né aiutarla, finché non mi dichiara che ha compreso i suoi diritti e che decide di rinunciarvi.»

«Va bene, come vuole, rinuncio.»

«Risponda alla mia domanda, Duncan. Ha compreso i suoi diritti così come le sono stati letti?»

«Sì, sì, li comprendo. E ci rinuncio. Ora andiamo avanti, per favore.»

Stilwell tirò fuori di tasca una penna e gli disse che doveva firmare il modulo che gli aveva appena letto. Forbes prese la penna e scarabocchiò una firma.

«Va bene?» disse poi. «Possiamo darci una mossa?»

«Possiamo provarci» disse Stilwell.

«Allora mi faccia le sue domande.»

«Cominciamo da Leigh-Anne Moss. Mi dica come mai la conosce.»

«Chi?»

Forbes scosse la testa e allargò le mani. Stilwell osservò la sua reazione. L'uomo sembrava sentire quel nome per la prima volta e pareva autenticamente sorpreso dalla domanda.

«Leigh-Anne Moss» ripeté. «La conosce.»

Ancora una volta, non la pose come una domanda.

«Ho una notizia per lei, sceriffo Dudù» disse Forbes. «Non conosco nessuno con quel nome. È stato facile. Posso andare ora?»

«Non così in fretta» disse Stilwell. «Lei lavora sull'*Emerald Sea*, giusto?»

«A volte. Quando c'è bisogno di me. È un lavoro part-time.»

«Cosa fa esattamente?»

«La tengo pulita e aiuto il proprietario a navigare avanti e indietro da MDR. Tutto qui. Cosa c'entra con questo mandato d'arresto di merda?»

Stilwell ignorò la domanda. Aprì il laptop e cliccò sulla foto della patente di Leigh-Anne Moss. Poi voltò lo schermo verso Forbes.

«La riconosce?» domandò.

«No, mi dispiace» rispose Forbes. «È questa Leigh-Anne?»

«Sicuro di non conoscerla, Duncan? Se mente, la mando dritto al carcere della contea e passerò il caso al suo agente di vigilanza. Quei ragazzi hanno un carico di lavoro impressionante. Sarà fortunato se si occuperanno di lei entro un mese.»

«Bene, tanto è una contea a cauzione zero. Non hanno ancora cambiato la legge.»

«Mi fa piacere che lei lo sappia, Duncan, ma il mandato ha un fermo senza cauzione. Resterà dentro finché il suo agente di custodia non deciderà di farsi vivo. E non avrà fretta.»

«Non possono farlo. Le dico che è una contea a cauzione zero.»

«Invece possono, per violazioni che riguardano la libertà vigilata e la libertà condizionale. È il suo caso.»

Notò il panico cominciare a farsi strada nello sguardo di Forbes.

«Senta, amico, non sto mentendo» fece l'uomo. «Non conosco questa donna. Se la conoscessi glielo direi, ma non l'ho mai vista in vita mia.»

«Una ciocca di capelli viola?» suggerì Stilwell.

«No, non la conosco, cazzo.»

«Va bene, per il momento passiamo ad altro. Parliamo di lei. Dov'era due weekend fa?»

«Non lo so. Qui, immagino. No, ho sbagliato, ero fuori a pesca. Il weekend prima del Memorial Day eravamo prenotati.»

«Stiamo parlando di sabato 17 maggio.»

«Sì, il 17. Ero a pesca.»

«Dove?»

«Avevamo dei clienti. Siamo stati fuori tutto il fine settimana. Nei dintorni di Anacapa. Sabato ci siamo ancorati al largo di Frenchy's. Ho le foto sul mio telefono.»

Anacapa era una delle Channel Islands, l'arcipelago che comprendeva anche Catalina. Si trovava a nord, era disabitata ed era una delle isole più piccole dell'arcipelago, ma Stilwell sapeva che Frenchy's Cove era un rifugio popolare da quelle parti, dove molte barche si ancoravano per passare la notte.

«Bene, dov'è il suo telefono?» chiese.

«Non lo so» rispose Forbes. «Quei due agenti me l'hanno portato via. E comunque, nessuno di loro sa un cazzo di come si manovra uno Zodiac. È una fortuna che non ci siamo ribaltati. Ed ero ammanettato. Sarei potuto annegare, lo sa?»

«Lasci perdere la barca, Duncan. Ora è qui, al sicuro. Quando dice "avevamo dei clienti", a chi si riferisce?»

«Faccio parte dell'equipaggio di una barca a Two Harbors. Come per l'*Emerald Sea*, ma è un lavoro più impegnativo. Si tratta di pesca, non di vela.»

«Quale barca?»

«Si chiama *Sea Mistress*. Il capitano è un certo Tracey Bonnette. Può garantire per me. Siamo stati fuori tutto il weekend.»

Stilwell si alzò in piedi. «Torno subito» disse.

Uscì dalla stanza e chiuse la porta. Si avvicinò alla scrivania di Lampley e vide una borsa contenente un iPhone, un portafoglio, delle chiavi e una piccola somma di denaro. Aprì la borsa, estrasse il telefono e tornò nella sala interrogatori. Si sedette e passò l'iPhone a Forbes attraverso il tavolo.

«Lo sblocchi» disse.

«Le mostro le foto.»

«No, lo sblocchi e me lo dia. Ho lo stesso modello, le foto le trovo io.»

Forbes digitò un codice. Stilwell colse la sequenza, 231192, e capì che era il suo compleanno.

Forbes gli diede di nuovo il telefono e Stilwell aprì la galleria. Toccò il pulsante «tutte le foto» e gli apparve una griglia di immagini ordinate in base alla data. Quando arrivò al 17 maggio, ne aprì una e vide la poppa di una barca da pesca sportiva affollata di uomini sorridenti che reggevano dei pesci. Halibut, ricciole, berici e spigole: avevano trascorso una bella giornata in mare.

Stilwell scorse con il pollice le altre foto della gita. Forbes non compariva in nessuna di esse, ma il telefono era suo ed era probabile che fosse lui il fotografo. Una delle foto era stata scattata dal basso verso l'alto e riprendeva il capitano della barca, cioè Bonnette, probabilmente, che guardava il ponte dalla sua postazione davanti al timone. Portava occhiali da sole a specchio. Stilwell la ingrandì e nelle lenti a specchio vide il riflesso del fotografo. Era Forbes.

L'ultima immagine del giorno mostrava un tramonto da quella che Stilwell supponeva fosse la baia di Frenchy's

Cove ad Anacapa. La data era *17 maggio, 19.52*. Passò alle foto scattate il 18 maggio e vide scatti di uomini che tenevano in mano pesci e lattine di birra. Trovò anche un selfie scattato da Forbes sul ponte di comando, mentre era al timone. La data era *18 maggio, 10.13*.

Era un alibi quasi perfetto, anche se erano passate diverse ore tra il tramonto di sabato e le prime foto della pesca di domenica. Forbes sarebbe potuto tornare ad Avalon in quelle ore, avrebbe potuto prendere lo skiff dal Black Marlin Club e si si sarebbe potuto recare a bordo dell'*Emerald Sea* nel cuore della notte, per poi rientrare ad Anacapa in tempo per una mattinata di pesca. Ma Stilwell riteneva che le probabilità che ciò fosse accaduto fossero scarse o nulle. Forbes stava dicendo la verità.

# 21

Forbes non era più un sospettato, ma un testimone. Stilwell dovette ripensare e riorganizzare il suo approccio. L'interrogatorio era diventato un semplice colloquio. Iniziò dicendo ciò che Forbes voleva sentire.

«Metterò una buona parola per lei, Duncan. Parlerò con quelli della libertà vigilata e con l'ufficio del procuratore e vedremo di far sparire quel mandato di arresto. Dirò loro che è stato molto collaborativo in questa indagine.»

«Quel mandato è una stronzata, perciò è meglio che sistemino le cose.»

«Be', più mi aiuta, maggiori sono le possibilità che ciò accada.»

«Ma le ho detto che non so nulla di quella ragazza.»

«Va bene, ma voglio parlare dell'*Emerald Sea*.»

«Cosa vuol sapere?»

«Avete riportato la barca a Marina del Rey lunedì scorso, giusto?»

«Lunedì mattina, sì.»

«Com'è stato organizzato il viaggio?»

«Come sempre. Il proprietario, il signor Colbrink, mi ha chiamato e mi ha detto che voleva tornare a Marina del Rey. Era domenica, voleva salpare quel giorno stesso. Ma io stavo lavorando sulla *Mistress* e gli ho detto che non potevo. Allora mi ha proposto lunedì mattina e ho risposto che ero libero.»

«Perché voleva andare via nel bel mezzo del weekend festivo?»

«Ha detto che c'era troppa folla.»

«Allora, lunedì eravate solo voi due sulla barca?»

Forbes esitò. Si appoggiò allo schienale e si guardò intorno, concentrandosi sulla telecamera montata nell'angolo sopra la spalla sinistra di Stilwell.

«Senta, questo potrebbe costarmi il lavoro con il signor Colbrink.»

«Tutto quello che viene detto durante un'indagine resta riservato, Duncan.»

«Fatico a crederlo.»

«Le ho già detto che se vuole il mio aiuto per quel mandato, deve prima dare una mano a me. Perciò: eravate solo lei e Colbrink nel viaggio di ritorno a Marina del Rey?»

«No. Aveva un'amica che è tornata con noi.»

«Chi era?»

«Non lo so. Sono solo l'aiutante a giornata. Lui non me l'ha presentata. Ho sentito che la chiamava Bree, credo. O Breezy. Forse in tutti e due i modi.»

«Ed è rimasta sulla barca con lui durante il fine settimana?»

«Sì, credo di sì. Io sono salito a bordo lunedì e quindi posso solo immaginarlo.»

«Quanti anni ha Bree o Breezy?»

«Almeno quaranta.»

Forbes non gli aveva detto nulla di nuovo, aveva solo confermato le informazioni che Stilwell aveva ottenuto da Colbrink durante il tragitto dalla villa di Malibu al porto di Marina del Rey. Ma la conferma servì ad aumentare la sua fiducia nel fatto che Forbes fosse sincero.

«Voglio mostrarle una cosa» disse.

Digitò alcuni comandi sul laptop e aprì il video che Tash gli aveva inviato via email dello skiff che si spostava dal BMC all'*Emerald Sea*, poi girò lo schermo per mostrarlo a Forbes.

«Di chi si tratta, secondo lei?»

Lui guardò il video fino alla fine, prima di rispondere: «Non lo so. È una cosa strana».

«È Mason Colbrink?» chiese Stilwell.

«Ne dubito. La data in basso è il 18, giusto?»

«Sì.»

«Ma lei mi stava chiedendo del fine settimana scorso.»

«Le sto chiedendo di entrambi. Guardi il video. Potrebbe essere Mason Colbrink?»

«Penso di no.»

«Perché?»

«Perché non credo che fosse sull'isola, in quel momento.»

«Chiunque sia quel tizio, cosa pensa che stesse facendo?»

«Non ne ho idea. Probabilmente voleva rubare qualcosa.»

Stilwell girò di nuovo il laptop verso di sé e lo chiuse. Non aveva considerato che l'uomo sullo skiff potesse aver preso qualcosa dalla barca. Servì a ricordargli che seguire solo una pista non era sempre l'idea migliore e poteva far deragliare un'indagine.

«Perché lo pensa?» domandò.

«Be', perché mancava della roba.»

«Da dove?»

«Dall'*Emerald Sea*.»

«Cosa mancava?»

«Un'ancora, per esempio.»

«Che altro?»

«Qualcuno ha fatto casino con le vele. Ne ha presa una dalla sacca, che poi non sono riuscito a trovare.»

«Che altro mancava?»

«Nient'altro, direi.»

«Da dove è stata presa l'ancora?»

«Era un'ancora di riserva, che veniva tenuta in un gavone insieme all'ancora di poppa.»

«È stato lei o Colbrink a notare che mancavano l'ancora e la sacca da vele?»

«Lunedì, quando abbiamo riportato la barca a Marina del Rey, l'ho ripulita e ho aperto i gavoni per evitare la formazione di muffe. Lascio sempre arieggiare tutto, perché il signor Colbrink è un po' fissato con le muffe a bordo. Ho aperto i portelli e ho visto che alcune cose mancavano o erano state manomesse.»

«E cos'ha fatto?»

«Be', il signor Colbrink ha un conto al negozio di materiale nautico. Sono andato a prendere i ricambi.»

«Come si chiama il negozio?»

«Topsail Chandlery. Il signor Colbrink mi ha autorizzato a firmare per il materiale che prendo.»

«Gli ha detto dell'ancora e della sacca da vele?»

«Non ancora. In realtà me n'ero dimenticato. Quel giorno avevo lasciato il telefono a Two Harbors, quindi volevo chiamarlo al mio ritorno a casa, ma poi mi è passato di mente. Comunque, a lui non interessano queste cose. Vuole solo che la barca sia pronta e pulita per ogni uscita in mare e che non rimangano tracce della presenza di altre persone.»

«In che senso?»

«Nel caso in cui sua moglie salga a bordo. Niente rossetto sui bicchieri in cucina, né spazzolini da denti extra in cambusa. Cose così.»

Stilwell annuì. Forbes lo stava aiutando a comporre il quadro dell'indagine, ma le sue informazioni non servivano a capire chi fosse l'uomo sullo skiff o chi avesse usato l'ancora e la sacca da vele dell'*Emerald Sea* per buttare in mare il corpo di una giovane donna.

«Bene, Duncan» disse. «Ora rifletta bene. C'era qualcos'altro di insolito nella barca quando l'ha ispezionata per pulirla?»

Forbes scosse lentamente la testa.

«No. Non mi viene in mente nulla.»

«Facciamo un passo indietro. Pensi a quando stava pulendo la barca. Da dove ha iniziato?»

«Comincio sempre dall'interno, dalle cabine di prua, e poi vado a ritroso. Per ultimo mi occupo del ponte e pulisco tutte le parti superiori in acciaio.»

«Iniziamo dalle cabine. Niente di insolito o fuori posto?»

«Non che io ricordi.»

«Nessuno spazzolino da denti da eliminare?»

«No, non quella volta.»

«Dopo le cabine viene il salone, è così che lo chiamate?»

Stilwell utilizzava una tecnica ben collaudata ed efficace, che consisteva nel far ripercorrere a un testimone un'esperienza banale e nel far emergere i dettagli con domande che facevano andare avanti la storia momento per momento.

«C'erano le solite cose» rispose Forbes. «Piatti nel lavandino. Ho pulito, ho messo tutto sullo scaffale. Ho portato fuori la spazzatura e poi ho passato lo straccio.»

«Dove ha preso lo spazzolone?»

«C'è un armadio in cambusa dove si trovano i prodotti per la pulizia.» Schioccò le dita, ricordando qualcosa. «Ecco, sì, mancava la testa del mocio e non l'avevo presa io.»

«Si spieghi meglio» disse Stilwell.

«L'ultima cosa che faccio è candeggiare la testa del mocio o metterne una nuova, in modo che sia pulita e pronta per la volta successiva. Al signor Colbrink piace che tutto sia super pulito. Ha la fobia dei germi. Ha sempre con sé il disinfettante per le mani e pulisce costantemente il cellulare. Per metà del tempo indossa una mascherina. Anche in barca. È stato lui a dirmi di tenere sempre un mocio pulito. "Se lavi con uno straccio sporco, non otterrai una barca pulita." Me l'ha detto il primo giorno in cui mi ha assunto, sei anni fa.»

Stilwell ricordò che la sera prima, nel viaggio in auto da Malibu al porto, Colbrink aveva indossato una mascherina.

«Quindi mancava la testa del mocio» disse.

«Esatto. Ho dovuto metterne una nuova, ma sono sicuro che non ero stato io a togliere quella vecchia.»

Stilwell pensò a come quel dettaglio apparentemente insignificante si adattasse alla teoria che stava elaborando sul crimine.

«È importante?» domandò Forbes, strappandolo alle sue fantasticherie.

«Potrebbe esserlo» rispose. «Ogni dettaglio conta. Ricorda qualcos'altro? Ha trovato la testa del mocio che mancava nella spazzatura o da qualche altra parte?»

«No, era semplicemente sparita.»

«Sono stati usati altri attrezzi per pulire?»

«Sì, ho dovuto aprire un nuovo flacone di 303.»

«Cosa sarebbe?»

«È il detergente marino che metto nel secchio per il mocio. Qualcuno aveva lasciato una bottiglia vuota nell'armadietto delle scorte, così ne ho aperta un'altra.»

Stilwell sentì una specie di scossa nel petto. «Che fine ha fatto la bottiglia vuota?» chiese.

«È stata buttata via insieme alla roba che ho tolto dal frigo» rispose Forbes.

La speranza di trovare un oggetto con delle impronte digitali scomparve immediatamente.

«Vuol dire che l'ha portata in un cassonetto o qualcosa del genere al porto?» chiese.

«Sì, ci sono dei cassonetti in fondo ai moli.»

Stilwell annuì. Pensava di aver ottenuto da Forbes tutto ciò che poteva ottenere, per il momento.

«Facciamo una pausa» disse. «Ora chiamo il suo agente di vigilanza e vediamo cosa si può fare riguardo a quel mandato. Può restare qui o posso metterla in una cella con un letto, se vuole stendersi un po'. Non so quanto ci metterò.»

«Senta, non può semplicemente lasciarmi andare?» lo supplicò Forbes. «Voglio dire, sa dove vivo. Non ho intenzione di fuggire.»

Stilwell scosse la testa. «Non posso. Lei è stato ufficialmente preso in custodia. Non posso lasciarla andare senza aver chiarito la situazione. Allora, qui o in cella?»

«Prendo la cella» rispose Forbes, sconsolato.

«Ottima scelta.»

«A me non sembra.»

«Andiamo.»

Stilwell si alzò, aprì la porta della stanza e lo condusse verso le celle di custodia. Lo fece entrare nella cella accanto a quella dove si trovava Merris Spivak. Nella cella due non c'erano più i tre uomini arrestati durante il fine settimana festivo, poiché uno aveva pagato la cauzione e Monika Juarez aveva rifiutato di presentare le accuse per gli altri due, visto che in fondo avevano già scontato la loro pena in via non ufficiale. Dopo aver rinchiuso Forbes, Stilwell si spostò lungo le sbarre della cella uno per controllare Spivak, che era sdraiato supino su una branda. Senza guardarlo, Spivak gli mostrò un dito medio.

«Non ha ancora deciso di parlare, Spivak?» chiese Stilwell.

«Non parlo con i poliziotti.»
«Sa che finiremo per scoprirlo.»
«Scoprire cosa?»
«Come mai conosce il vicesceriffo Dunne.»
«Non capisco a cosa si riferisca, capo.»
«Invece lo sa. È stato a Pitchess, vero? Eravate entrambi lì nello stesso periodo. Che cosa le ha fatto Dunne per spingerla ad aggredirlo in quel modo?»
«Non ne abbiamo già parlato? Non ho intenzione di dire un cazzo.»
«Sì, be', aggredire un agente delle forze dell'ordine davanti a una telecamera... Questa volta non tornerà a Pitchess, Spivak. Andrà al nord. Vediamo se le piacerà.»
Spivak fece un altro saluto con il dito medio, questa volta scuotendo con forza la mano, come se questo rendesse il gesto più offensivo. Stilwell si limitò ad annuire e tornò nel box per chiamare l'ufficio statale per la libertà vigilata.

# 22

L'agente che aveva emesso il mandato a nome di Duncan Forbes per violazione della libertà vigilata era in pensione da tempo. Ci vollero ben quindici minuti e quattro diverse telefonate per rintracciare il poliziotto che aveva ereditato il fascicolo, da tempo inattivo. Si chiamava Rodney Willingham e lavorava in un ufficio satellite nella parte sud della contea. Le prime due chiamate di Stilwell furono deviate a una segreteria telefonica, con un messaggio registrato che diceva che la casella di Willingham era piena. Finalmente riuscì a contattarlo alla terza chiamata.

«Willingham.»

«Buongiorno, sono il detective Stilwell del Dipartimento dello sceriffo. Ho qui un uomo colpito da uno dei vostri mandati.»

«Numero del caso?»

«Quindici barra sette...»

«Ehi, un momento, sta parlando del 2015?»

«Sì, perché?»

«In questo caso deve attendere in linea.»

«Sarà una cosa lunga?»

«Mi lasci il tempo di accendere il computer.»

Stilwell lo sentì posare il telefono sulla scrivania e aspettò. Sentì battere su una tastiera, poi Willingham alzò la cornetta e chiese di nuovo il numero del caso. Stilwell glielo diede, sentì di nuovo il ticchettio di una tastiera, quindi Willingham iniziò a leggere dal suo schermo.

«Forbes, Duncan. Violazione della libertà vigilata il 3 maggio 2015.»

«Si tratta di lui.»

«Non è nulla di serio. Lo tenga lì e quando ho tempo arriverò.»

«È di questo che voglio parlarle. Vorrei che lasciasse cadere la violazione e che invalidasse il mandato.»

«E perché dovrei farlo... come ha detto che si chiama?»

«Stilwell. Le chiedo di lasciar perdere la violazione perché Forbes è un importante testimone in un caso a cui sto lavorando.»

«Davvero? Quale caso?»

Stilwell aveva sperato che non glielo chiedesse. Doveva essere convincente per riuscire a far ritirare il mandato a Willingham. Dirgli che si trattava di un caso di furto non sarebbe bastato, ma sapeva che se avesse parlato di omicidio avrebbe creato un altro testimone della sua indagine non autorizzata.

«È un omicidio» disse. «E ho bisogno che Forbes sia pulito quando testimonierà. Non lo voglio sul banco dei testimoni con addosso lo stigma di Wayside. Mi capisce, Rodney?»

Wayside era il precedente nome del carcere di Pitchess e lo usò per far capire a Willingham che aveva una certa esperienza e sapeva che l'agente di sorveglianza poteva fare ciò che voleva.

«Capisco» rispose Willingham. «Qui dice che non si è più recato a fare il controllo delle urine e ha saltato le sedute di riabilitazione. Questo tizio è un semplice coglione.»

«Lo so. Me l'ha detto lui. Ma si trattava di un arresto per

qualcosa che ormai è diventato legale. Non è nulla di serio, l'ha detto anche lei. Quindi può farmi questo favore o no?»

«Oh, sì, certo. La domanda è: cosa farà lei per me?»

Stilwell scosse la testa. Sembrava che tutti volessero qualcosa da lui.

«Non ci conosciamo, Rodney. Che cosa vuole?»

«Facciamo così, mi segno questo numero: è il suo cellulare?»

«Sì.»

«Allora la chiamo la prossima volta che avrò bisogno di andare a prendere qualcuno, e non voglio che lei mi mandi a cagare come piace fare a voi del Dipartimento dello sceriffo. Se avrò bisogno che qualcuno sia rispedito nel carcere della contea le farò uno squillo e lei mi dirà: "Ci penso io, Rodney".»

Willingham non aveva idea che Stilwell fosse di stanza a Catalina, a trentacinque chilometri dalla terraferma e ancora più lontano dalla squadra Omicidi dello sceriffo. Credeva di parlare con qualcuno che stava in centro e che ora gli doveva un favore.

«Va bene» rispose Stilwell. «Affare fatto.»

«Allora siamo a posto» disse Willingham.

«Posso lasciar andare Forbes?»

«Sì, non c'è problema.»

«Perfetto. Grazie.»

«Buona giornata. E ricordi che la chiamerò.»

«Quando vuole.»

Stilwell riattaccò, aprì il cassetto della scrivania e prese la pistola. La infilò nella fondina e si alzò per andare a liberare Forbes. Ma il telefono fisso si mise a squillare e sul display apparve la scritta OMICIDI DIP. SCERIFFO. Si risedette e rispose.

«Stillborn» sentì.

«A-hole» rispose. «Cosa vuoi?»

«Voglio toglierti il distintivo, e questa volta credo che ci riuscirò.»

«Non hai in mano un cazzo, Ahearn. Perché non provi a lavorare sul caso invece che su di me?»

«Ci sto lavorando, e indovina con chi ho appena parlato?»

«Non lo so, ma sono sicuro che muori dalla voglia di dirmelo.»

«Con il tuo amico Peter Galloway, e mi ha raccontato tutto sulla tua visita a casa sua. Non voleva parlare con me, perché diceva di aver già detto a te tutto quello che sapeva sulla ragazza.»

«Stronzate.»

«No, la stronzata l'hai fatta tu. Hai superato il limite, Stillborn, e posso provarlo. Sono già andato da Corum e gli ho dato tutto quello che gli serve per metterti in panchina. E questo è solo il primo passo.»

«Ahearn, stammi a sentire, posso aiutarti. Ho delle informazioni, ma quando ho cercato di condividerle con te mi hai mandato a quel paese. Ora, se vuoi risolvere il caso, condividiamo quello che sappia...»

«Non siamo partner e tu non sei della Omicidi. Sarai un signor nessuno non appena Corum ti toglierà il distintivo. E sai una cosa? Vedrò di incorniciarlo e appenderlo al muro sopra la mia scrivania.»

«Sei patetico. Preferisci dar fastidio a me piuttosto che risolvere...»

Tacque. Ahearn aveva riattaccato. Rimase immobile, cercando di controllare la rabbia che gli saliva dentro. Il telefono squillò di nuovo e vide che si trattava di un'altra chiamata dall'ufficio Omicidi. Rispose con la voce piena di rabbia.

«Ho detto che sei patetico. Hai anteposto i problemi tra noi all'indagine sul caso, quando io...»

«Sono Denise, dell'ufficio del capitano Corum.»

Stilwell si rese conto del suo errore. «Oh, ehm, mi scusi, pensavo fosse...»

«Il capitano Corum vuole che lei venga qui oggi per un incontro. A che ora le andrebbe bene?»

«Posso parlare con il capitano?»

«Ha chiesto a me di organizzare l'incontro.»

«Non posso venire, perciò per favore me lo passi. Attendo in linea.»

«Va bene.»

Lo mise in attesa e Stilwell cercò di pensare a cosa dire se Corum fosse venuto al telefono.

Passarono cinque minuti buoni prima che Denise tornasse in linea e dicesse che il capitano sarebbe arrivato subito. Premette di nuovo il pulsante di attesa e Stilwell si chiese se Corum fosse davvero occupato o se stesse semplicemente giocando con lui, facendolo aspettare.

Quando finalmente Corum venne al telefono, fece fuoco e fiamme. «Maledizione, Stil. Ti ho mandato laggiù perché te ne stessi tranquillo, e cosa fai? Tiri fuori il cazzo e pisci fuori dalla tazza.»

«Capitano, ha sentito solo una parte della storia. Posso praticamente dare la soluzione del caso ad Ahearn, ma lui è interessato solo a farmi fuori, non a risolvere un omicidio.»

«È qui che ti sbagli. Il caso non è tuo e quindi non hai nulla da dare, ma hai lasciato l'isola per compiere indagini che non ti competono. Non mi lasci scelta, Stil.»

«Posso spiegarle una cosa, prima che prenda la sua decisione?»

«Non so a cosa possa servire, ma fa' pure.»

«C'è anche Ahearn? Ho l'impressione di essere in viva voce.»

Ci fu una pausa prima che Corum gliene desse conferma. «Sì, è qui. Ora vuoi dirmi di cosa si tratta o no?»

«Certo. E sono contento che lui sia lì, così finalmente potrà ascoltare e tacere.»

«Vaffanculo, Stillborn» disse Ahearn.

«Ahearn, basta così» sbottò Corum. «Avanti, Stil, parla.»

Stilwell fece un respiro profondo, cercò di allontanare l'immagine della faccia compiaciuta di Ahearn e cominciò.

«Sabato abbiamo ricevuto una denuncia per furto di un'opera d'arte di grande valore al Black Marlin Club, qui sull'isola» disse.

«Un quadro?» chiese Corum.

«No, una piccola scultura di un marlin nero. È stata presa da un piedistallo nel corridoio principale del club, dove si trovava da quasi cent'anni. Sa qualcosa di questo club, capitano?»

«Ne ho sentito parlare. Gente con denaro e potere.»

«Esatto. Il rapporto è stato redatto dall'agente Dunne ma si è perso per un paio di giorni perché Dunne è stato aggredito sabato sera ed è fuori gioco, con una commozione cerebrale. Il rapporto è arrivato sulla mia scrivania solo ieri e ho subito iniziato a lavorarci.»

«Cosa c'entra con il fatto che sei venuto qui a parlare con i testimoni del caso di omicidio?»

«Ci arrivo capitano, se mi lascia raccontare tutta la storia.»

«Vai avanti, ma non ho tutto il giorno a disposizione. Arriva al punto.»

«Sono andato al BMC e ho parlato con il direttore. Si chiama Crane e ha detto che nessuno si era accorto che la scultura era sparita fino a sabato, quando ha sporto denuncia, ma che probabilmente era sparita da una settimana. Poi ha puntato il dito contro un'impiegata che aveva licenziato la settimana prima, Leigh-Anne Moss. Ha detto di sospettare che fosse stata lei rubare la statuetta mentre andava via dopo essere stata licenziata.»

«Licenziata per cosa?»

«Perché socializzava con i membri del club, cosa vietatissima.»

«Va bene, va' avanti.»

«Be', ho controllato Leigh-Anne Moss e ho scoperto che aveva una ciocca di capelli viola. Proprio come la vittima ripescata dalle acque del porto, così ho fatto due più due e ho chiamato Ahearn per dargli il nome. Ma mi ha detto di andare a cagare, letteralmente. Così ho fatto e ho continuato a lavorare al mio caso. Ma tutte le informazioni che trovavo mi riportavano all'indagine del cadavere ripescato.»

«È vero? Ti ha dato il nome?» chiese Corum, rivolgendosi ad Ahearn.

«Lo ha menzionato» rispose Ahearn. «Ma noi abbiamo ottenuto l'identificazione tramite la motorizzazione, con l'impronta del pollice. Vado all'indirizzo segnato sulla patente e il suo ragazzo mi dice che lo sceriffo è già stato lì. Stillborn avrebbe dovuto chiamarmi prima di salire sul traghetto.»

«Non gli avevi detto di andare a cagare?» chiese Corum. «E smettila di usare quel nome. È offensivo.»

«Gli avevo detto di stare alla larga dal mio caso, e lui non l'ha fatto» rispose Ahearn.

«Gesù Cristo, cosa devo fare con voi due! Stilwell, sei andato oltre?»

Stilwell si sforzò di comporre una risposta sincera che allo stesso tempo gli permettesse di non perdere il lavoro.

«Non ci sono telecamere nel BMC, quindi non c'era modo di confermare chi avesse rubato la scultura» disse. «Ma sono andato alla torre della capitaneria di porto e ho guardato i video delle telecamere del porto che hanno delle angolazioni sul club. Ho visto qualcosa di sospetto la notte dopo il licenziamento di Moss e il presunto furto. Si trattava di una barca che apparteneva a un membro del club. Un uomo di nome Mason Colbrink. Vive a Malibu. Ho seguito la vicenda e proprio stamattina ho avuto la conferma che un'ancora e una sacca da vele sono state prese dalla barca e sostituite con altre nuove.»

«Hai un indiziato?» chiese Corum, in tono urgente.

«No. Colbrink e il suo tuttofare, un tizio di nome Duncan Forbes, sembrano avere entrambi un alibi piuttosto solido per l'intero fine settimana.»

«Allora qual è la tua teoria?»

«Credo che Leigh-Anne Moss sia stata uccisa all'interno del Black Marlin Club» disse Stilwell. «Poi il suo corpo è stato caricato sulla barca nel cuore della notte e il giorno dopo è stato spostato fuori dal porto. Dopodiché è stato messo nella sacca da vele, appesantito con l'ancora e gettato nella baia. L'ancora non si è adattata al fondale roccioso e il corpo, quando ha iniziato a gonfiarsi, è stato spostato dalle correnti sottomarine fino alle acque del porto.»

Sentì la risatina beffarda di Ahearn. Non ci fece caso, ma Corum sì.

«Va bene, fermiamoci qui» disse. «Hai fatto un buon lavoro, Stil, ma si tratta di un omicidio e non è di tua competenza. Tuttavia ci sono circostanze particolari, perché la vicenda si è svolta laggiù e tu sei sul posto e conosci il territorio. Voglio che tu faccia parte dell'indagine. Quando puoi venire qui per parlare con i ragazzi? Dovete risolvere la questione e decidere la prossima...»

«Non abbiamo bisogno di lui» lo interruppe Ahearn. «Io e Sampedro possiamo fare da soli.»

«Lui è già quattro mosse davanti a voi» ribatté Corum. «Questa è una situazione perfetta. Stilwell è sull'isola. Conosce tutti laggiù. È all'interno della rete.»

«Possiamo fare da soli» ripeté Ahearn.
«Dimentichi chi è al comando di questa unità?»
«No, signore» rispose docilmente Ahearn.
«Non si tratta di un suggerimento» chiarì Corum. «È un ordine.»
«Sì, signore» disse Ahearn, con voce quasi inudibile.
Stilwell avrebbe voluto vedere la sua faccia in quel momento.
«Stiamo parlando di un omicidio, signori» continuò Corum. «Mettete da parte le vostre divergenze, tirate fuori la testa dal culo e portate a termine il lavoro. Se non ci riuscite, chiamerò altri al vostro posto. Sono stato chiaro?»
«Chiaro» disse Stilwell.
«Cristallino» gli fece eco Ahearn.
«Stil, quando puoi venire qui?» chiese Corum.
«Prendo il primo traghetto.»
«Bene. Ahearn e Sampedro verranno a prenderti per portarti qui.»
«Ho la mia auto nel parcheggio al molo.»
«Li mando lo stesso. Quando tornerete qui, mi aspetto che funzioniate come una macchina ben oliata. Se sento qualcosa che suggerisce il contrario, ci saranno delle conseguenze. Questo è tutto.»
Corum riattaccò. Stilwell rimase seduto alla scrivania senza muoversi per quasi un minuto. Era in apprensione. Non credeva che Ahearn avrebbe cambiato atteggiamento nei suoi confronti, ma era contento di essere ufficialmente incaricato del caso. Pensò alla donna con la ciocca viola nei capelli e a come qualcuno le avesse portato via le speranze e i sogni di una vita migliore. Stilwell sapeva di poter sopportare Ahearn e Sampedro, purché insieme riuscissero ad assicurare un assassino alla giustizia.

# 23

Frank Sampedro lo stava aspettando sul molo, a Long Beach. Era appoggiato a un'auto senza insegne grigia, con le braccia conserte sull'ampio torace. Era alto più di un metro e ottanta e robusto. I vestiti come sempre gli cadevano male addosso, troppo larghi in vita, le spalle di una taglia sbagliata. Si tingeva di nero capelli e baffi. Non appena vide Stilwell avvicinarsi, si staccò dall'auto e si sistemò alla guida senza salutare.

Ahearn non c'era, e Stilwell ne fu contento, perché a nessun poliziotto piace sedersi sul sedile posteriore di un'auto che ha trasportato ogni sorta di delinquenti, ma si chiedeva che impatto potesse avere quell'assenza sulla macchina ben oliata raccomandata da Corum. Comunque, fu un sollievo non dover passare l'ora di viaggio fino alla Omicidi del centro di Los Angeles ascoltando gli insulti e le minacce di Ahearn.

All'inizio Sampedro rimase in silenzio. Ma una volta entrati nella 110 in direzione centro, si aprì all'improvviso. «Senti, per tua informazione, io faccio coppia con Rex da quando tu sei andato via» disse. «Quindi ho sempre sentito solo la sua versione dei fatti, capisci cosa intendo?»

C'era una crepa nell'accoppiata. Era la prima volta che Stilwell la notava.

«Capisco» rispose. «E immagino cosa ti avrà raccontato su di me e su quel caso.»

«Okay. Ma come ha detto il capitano, ora abbiamo *questo* caso da risolvere, quindi metto da parte tutto il resto. Sembra che tu abbia fatto un buon lavoro, finora. Continuiamo così.»

«Significa che anche tu eri nell'ufficio di Corum durante la telefonata di oggi?»

«Sì. Ci aveva chiamati entrambi.»

A Stilwell diede fastidio che Corum non gli avesse detto della presenza di Sampedro, ma la cosa importante era che adesso poteva indagare sul caso in modo ufficiale, ed era quello che voleva. Considerava un buon segno il ramoscello d'ulivo offerto da Sampedro. Pensò che avrebbe potuto lavorare su un piano di parità almeno con lui, se non con Ahearn.

Dopo qualche minuto di silenzio, Sampedro cominciò a parlare del caso all'origine dei problemi con Ahearn, di cui aveva sentito solo una campana.

«Tanto per chiarire, ho sentito che tu volevi accusare un tizio di omicidio, ma secondo Rex, che era l'investigatore incaricato, si trattava di legittima difesa. Ha portato il caso all'ufficio del procuratore distrettuale e loro hanno confermato la legittima difesa. Poi tu hai cercato di fare di testa tua aggirando Ahearn e il procuratore, e la merda è schizzata dappertutto.»

«È andata peggio di così. Tanto per chiarire, come dici tu, ecco cos'è successo: ho accusato apertamente Ahearn di aver voluto insabbiare il caso.»

«Un'affermazione piuttosto forte.»

«Sì, ma è la verità. Hai mai conosciuto un tizio di nome Carl Dobbin? Era un vicesceriffo che lavorava a Lennox, finché non l'hanno beccato con una videocamera mentre estorceva soldi e cocaina a degli spacciatori.»

«Mai sentito nominare. Non ho mai lavorato a Lennox, ma so che laggiù avevano un sacco di problemi con questo genere di cose.»

«Infatti. Poi sono intervenuti quelli degli Affari interni e hanno fatto pulizia. Dobbin è stato uno di quelli che sono stati spazzati via. È stato circa sette, otto anni fa.»

«Ma cosa c'entra con il caso su cui tu e Rex vi siete scontrati?»

«C'entra. Dopo aver lasciato il dipartimento, Dobbin è riuscito a ottenere una licenza da investigatore privato perché gli hanno permesso di andarsene con la fedina penale pulita. Poi, due anni fa, ha ucciso un uomo in un caso di divorzio a cui stava lavorando. Ha detto che si era trattato di legittima difesa, perché il tizio che stava seguendo lo ha affrontato e gli ha puntato addosso una pistola, ma Dobbin ha estratto la sua e ha sparato per primo. Poiché si trattava di un ex agente, tutta la nostra squadra si è mobilitata per il caso. Io ero lì quella sera. Ahearn era a capo dell'indagine, ma all'inizio me ne sono occupato io. Ho avuto l'incarico di andare a notificare la morte ai familiari. Sono andato a casa della sorella della vittima, per comunicarlo, e lei mi ha detto che sospettava fosse un omicidio a contratto. Suo fratello era convinto che quella che sarebbe diventata la sua ex moglie avrebbe cercato di ucciderlo per prendersi tutti i soldi.»

«Le hai creduto?»

«Pensavo che fosse una pista da seguire, ma Ahearn non l'ha fatto. Ha semplicemente preso per buona la versione di Dobbin e ha presentato il caso al procuratore distrettuale come legittima difesa. Il procuratore ha firmato e questo è quanto. Poi, indovina un po': mi chiama la sorella della vittima. Ha ancora il mio biglietto da visita. È furiosa perché Ahearn non ha mai voluto parlare con lei e non ha mai preso in considerazione l'idea che si potesse trattare di un omicidio premeditato.»

«Fammi indovinare: allora hai indagato tu.»

«Sì, ho fatto qualche ricerca. La pistola che il morto avrebbe puntato contro Dobbin era stata denunciata come rubata dieci anni prima. Ho controllato in archivio perché Ahearn non l'aveva fatto. Era stata rubata in una casa a Lennox e indovina chi aveva preso la denuncia?»

«Dobbin?»

«Esatto. La pistola era elencata in un rapporto supplementare. La casa era stata messa a soqquadro, era stata portata via un sacco di roba, e il proprietario all'inizio non era sicuro di cosa mancasse. Così, due giorni dopo, si era presentato al commissariato di Lennox con un'intera lista di cose rubate, compresa la pistola.»

«La tua teoria è che Dobbin abbia approfittato del furto, che abbia visto la pistola quando si è recato sul posto per la denuncia e l'abbia presa lui?»

«Più o meno. E l'ha tenuta nel caso un giorno ne avesse avuto bisogno. Alla fine viene licenziato, prende la licenza da investigatore privato e un giorno spara a quel tizio. E la pistola rubata finisce nella mano dell'assassinato.»

Stilwell fece una breve pausa, prima di continuare. «C'era molto in gioco nel divorzio» disse. «Il morto era un ex gangster e trafficante di droga che aveva cambiato vita, investendo in attività commerciali in tutto il sud di Los Angeles. Si trattava di molti soldi, che non voleva dividere con la moglie dopo il divorzio. Così la moglie aveva assunto Dobbin per raccogliere informazioni su di lui da usare come leva. Ma se Dobbin avesse suggerito alla moglie che c'era un modo per avere tutti quei soldi senza dividerli?»

«Vuoi sapere la mia opinione? Si tratta solo di coincidenze e congetture.»

«Non lo metto in dubbio, ma si sarebbe dovuto indagare e nessuno l'ha fatto. Ahearn o è entrato nell'affare o si è girato dall'altra parte. Ho svolto delle ricerche anche su questo, ed è emerso che Ahearn e Dobbin erano compagni di classe all'accademia. Si conoscono da molto tempo. Quindi c'era un'altra coincidenza, e cominciavano a essere un po' troppe per non fare almeno un controllo.»

«Sei andato dal capitano, con i tuoi sospetti?»

«No, e questo è stato il mio errore. Sono andato direttamente agli Affari interni, invece avrei dovuto rivolgermi prima a Corum.»

«E gli Affari interni se ne sono lavati le mani.»

«Hanno usato le tue stesse parole: coincidenze e congetture. Questo è ciò che ha detto il nostro tanto decantato ufficio Affari interni. La cosa si è fermata lì. Ahearn si è ritrovato con un "reclamo infondato" a suo carico e io sono stato spedito sull'Isola dei Giocattoli Rotti. Fine della storia.»

«Fino a ora.»

«Fino a ora. Ahearn non me l'ha mai perdonata e la sua rabbia influisce negativamente sul lavoro. Non sopporta il fatto che Corum ci abbia obbligati a lavorare insieme.»

«Non è molto contento, ma è un professionista. Andrà tutto bene.»

«Sono contento che almeno uno di noi la pensi così.»

«Cos'hai pensato, all'epoca? Che Dobbin avesse pagato Ahearn?»

«Oppure che lui abbia chiuso un occhio per fare un favore a un ex compagno di classe. E, dopo, Dobbin l'ha avuto in pugno. Ma non è questo che mi interessa e, per la cronaca, all'epoca non m'interessava nemmeno l'ex spacciatore morto. Ma Dobbin è ancora libero e quelli che la fanno franca di solito tendono a pensare che possa succedere di nuovo.»

Sampedro guidò in silenzio per qualche istante, prima di dire: «Grazie di avermene parlato».

«Capisco la posizione in cui ti trovi» commentò Stilwell. «Voglio che tu sappia che ora mi interessa solo la donna ripescata in acqua. Questo è tutto. Non voglio continuare a litigare con Ahearn per quel vecchio caso, ma voglio chiudere questo.»

«Buono a sapersi.»

Stilwell non era del tutto sincero, ma immaginava che Sampedro avrebbe riferito quella parte della conversazione ad Ahearn. Era ciò che facevano i partner. Sperava che Ahearn si tranquillizzasse, in modo che l'indagine su Leigh-Anne Moss potesse procedere senza essere ostacolata da attriti personali.

La squadra Omicidi si trovava nel vecchio edificio del Palazzo di Giustizia, dall'altra parte di Temple Street rispetto al tribunale penale. Era un posto che Stilwell conosceva bene. Sampedro parcheggiò nel garage e chiamò Ahearn per avvertirlo che stavano salendo. Il suo partner li aspettava in una delle sale riunioni. Aveva già portato una lavagna con scritto in alto LEIGH-ANNE MOSS in rosso. Sotto c'erano alcune date e altre annotazioni e poi una linea tracciata al centro della lavagna che separava le voci CATALINA e CONTEA. Si rendeva conto che c'era del lavoro da fare su entrambi i lati della baia.

Ahearn non disse nulla quando loro due entrarono. Era seduto al tavolo ovale al centro della stanza, sulla sedia più vicina alla lavagna, segno che spettava a lui decidere cosa scriverci sopra. Stilwell notò una pila di documenti sulla sedia più lontana dalla lavagna e capì che quello era il suo posto. La pila sembrava essere una copia dei documenti prodotti dal team Ahearn-Sampedro durante i primi cinque giorni dell'indagine, con il rapporto preliminare dell'autopsia in cima. Stilwell lo considerò un buon inizio per quella difficile collaborazione e si sistemò sulla sedia designata.

«Questa è tutta la documentazione sul caso fino a ora» disse Ahearn. «In questa riunione vorrei stabilire chiare linee di responsabilità per tutti e tre e pianificare le nostre prossime mosse.»

Stilwell avrebbe potuto ribattere che in realtà quella era la direttiva del capitano Corum, ma decise di non punzecchiarlo e annuì.

«Stilwell, sembra che tu abbia la pista migliore, almeno secondo il capitano» disse Ahearn. «Quindi inizia tu. Cosa dovremmo fare io e Frank? Di cosa ti occuperai tu?»

Stilwell notò che per la prima volta da anni Ahearn si rivolgeva a lui con il suo nome corretto. Un altro segno di buona volontà.

«Be', visto che hai diviso le indagini tra qui e Catalina, penso che ci siano alcune cose qui che andrebbero fatte subito» esordì. «La barca di cui ho parlato nella telefonata con il capitano si chiama *Emerald Sea*. È un ketch di quaranta piedi attualmente ormeggiato al California Yacht Club di Marina del Rey. Ho parlato con il proprietario, Mason Colbrink, che ha acconsentito a non muoversi da lì fino a quando non riusciremo a mandare una squadra forense per analizzare tutto.»

Ahearn si alzò e scrisse il nome dell'imbarcazione nella colonna CONTEA. Rimase in piedi alla lavagna.

«Cosa stiamo cercando?» chiese.

Stilwell sapeva di dover proteggere Monty West presso l'ufficio del medico legale.

«Non ho visto il referto dell'autopsia» disse. «La vittima aveva tagli? Ci sono segni di perdita di sangue?»

«Frank ha presenziato all'autopsia» disse Ahearn.

«La causa della morte è un trauma da corpo contundente» spiegò Sampedro. «È stata colpita con un oggetto sconosciuto. Le ferite alla testa di solito sanguinano molto.

Naturalmente, dato che il corpo è rimasto in acqua per diversi giorni, di questo abbiamo perso ogni traccia.»

«C'è un tizio a Catalina che lavora sull'*Emerald Sea*» disse Stilwell. «Ho parlato con lui questa mattina e mi ha detto che quando ha pulito la barca dopo averla riportata al porto, lunedì, ha scoperto che qualcuno aveva preso l'ancora di riserva e una sacca da vele. Ha anche detto che mancava la testa di un mocio.»

Ahearn si voltò verso la lavagna e scrisse SCENA DEL CRIMINE sotto il nome dell'imbarcazione.

«Faremo intervenire la Scientifica» disse.

«Ma quell'uomo ha pulito la barca?» chiese Sampedro.

«Sì. Il che significa che è stata pulita due volte: la prima da chi ha usato il mocio scomparso, e la seconda da lui.»

«Ma dobbiamo comunque mandare la Scientifica» ribadì Ahearn. «Se ci sono tracce di sangue, le troveranno.»

«Il tizio dell'equipaggio ha anche detto di aver trovato una bottiglia vuota di un detergente per barche chiamato 303» disse Stilwell. «Ma l'ha gettata via. Probabilmente era stata usata per la prima pulizia.»

«Ricerca nei cassonetti» disse Ahearn. «È l'area di competenza di Frank.»

«Sì, merda» disse Sampedro.

«Il mio uomo ha detto di averla buttata, insieme alla roba del frigo, in un cassonetto della spazzatura in fondo al molo» disse Stilwell.

Ahearn scrisse 303 sulla lavagna e poi si voltò verso di lui. «Bene, Stilwell, qual è la tua teoria sull'omicidio?»

«Vuoi davvero sentirla?»

«Certo che sì. Siamo una squadra, ricordi?» Lo disse con un tono di sufficienza che Stilwell scelse di ignorare.

«Come ho detto al telefono con il capitano, credo che sia stata uccisa nel Black Marlin Club con la scultura di giada» disse. «Il suo corpo è stato nascosto lì da qualche parte fino a notte fonda, quando è stato trasferito a bordo dell'*Emerald Sea*. Poi il giorno dopo è stato portato nella baia e gettato in mare.»

«In pieno giorno?» chiese Sampedro.

«Si tratta di una trentina di chilometri di distanza dalla costa. Una volta usciti dal porto, è tutto mare aperto.»

«E dici che le correnti l'hanno riportata indietro?» chiese Ahearn. «Come una specie di fantasma subacqueo che torna sulla scena del crimine? Un fantasma assicurato a un ancora, oltretutto...»

Ahearn aveva abbandonato il tono sprezzante, ma nella sua voce c'era una nota di incredulità.

«Possiamo anche definirla un fantasma subacqueo, ma in ogni caso è stata la marea a portarla qui. La marea e un'ancora non ben fissata al fondale» disse Stilwell. «Il porto di Avalon ha un'ampia imboccatura e forti correnti di marea.»

«Be', mi piacciono le bocche larghe» disse Ahearn. «Che altro?»

«Per esempio, dov'è la statuetta di giada?» chiese Sampedro.

«Probabilmente è finita nella baia con lei» disse Stilwell.

«Ma sarebbe una stupidaggine. Se è stata uccisa al club, perché l'assassino non ha pensato di ripulire la scultura e rimetterla a posto?»

«Ci ho pensato anch'io» convenne Stilwell. «Forse si è fatto prendere dal panico. È possibile che il crimine non fosse stato pianificato. O forse la statuetta si è rotta quando l'ha colpita. In tal caso, sarebbe stato impossibile rimetterla a posto.»

«Sono solo congetture finché non ne sapremo di più» intervenne Ahearn. «Abbiamo bisogno di qualcosa di solido per andare avanti.»

«Il suo cellulare» disse Stilwell. «Di sicuro ne aveva

uno e anche quello dev'essere finito nella baia insieme a lei. Ma ci servono il registro delle chiamate, i messaggi e la rubrica. E il gps potrebbe indicarci il punto in cui è stata gettata in mare.»

Ahearn scrisse CELLULARE sulla lavagna, nella colonna CONTEA. «Di questo ce ne occupiamo noi» disse. «Che altro?»

«Gli amici di Leigh-Anne» esclamò Stilwell. «Forse ha detto a qualcuno con chi aveva a che fare sull'isola e in quel club. Speriamo che il suo telefono o Galloway ci guidino al gruppo di amici che aveva qui. E devo ancora scoprire dove alloggiava a Catalina. Potrebbero esserci anche app d'incontri e social media da controllare. La mia collega al commissariato l'ha trovata su Instagram, ma l'account non era stato aggiornato di recente.»

Ahearn scrisse tutto sulla lavagna, comprese le prime aggiunte alla colonna di Catalina: AMICI e INDIRIZZO.

«E poi Colbrink, il proprietario della barca» aggiunse Stilwell. «Ha un alibi per il fine settimana in questione: era qui a Malibu per il compleanno della moglie. Dobbiamo confermare tutto questo, e poi dobbiamo parlare con la sua amante, una certa Bree o forse Breezy, che era sull'*Emerald Sea* con lui a Catalina lo scorso fine settimana. Potrebbe aver visto qualcosa di strano sulla barca. Dobbiamo coprire tutte le basi, e lei è una di esse.»

Ahearn lo scrisse doverosamente sulla lavagna sulla colonna della CONTEA.

«Qui siamo impegnati per un po'» disse. «La tua colonna è ancora mezza vuota, Stilwell. C'è altro da fare, laggiù?»

«Sì. Devo entrare nel Black Marlin Club.»

«Stai parlando di un mandato di perquisizione? Buona fortuna.»

«Vedremo» replicò Stilwell. «Conosco un giudice che potrebbe firmarlo.»

# 24

Dopo che Sampedro lo ebbe accompagnato al porto, Stilwell prese l'ultimo Express per tornare a Catalina. Al suo arrivo al molo era già buio. Si fermò in commissariato per prendere il Gator e fare un giro di controllo. Dovette usare la chiave per entrare perché l'agente del turno pomeridiano non c'era; probabilmente era fuori a pattugliare o a rispondere a una chiamata. Stilwell controllò il suo ufficio e la bacheca alla ricerca di messaggi, ma non ne trovò. Prese una radio dalla stazione di carica e, dopo aver consultato il programma del personale su una bacheca separata, chiamò l'agente in servizio.

«Chiamo PM uno, passo.»

Pochi secondi dopo Eduardo Esquivel rispose. «Sono qui, capo.»

«Qual è la tua posizione?»

«Su allo Zane Grey per uno sfratto.»

Lo Zane Grey era un boutique hotel, uno dei posti migliori in cui soggiornare a Catalina. Essendo stato in passato la casa dell'omonimo scrittore western, era anche una delle principali attrazioni dell'isola. Sebbene Catalina fosse in genere la scelta obbligata di molti vacanzieri squattrinati, lo Zane Grey era in grado di attirare una clientela piuttosto abbiente. I proprietari dell'hotel raramente chiamavano il commissariato per problemi di ospiti che non pagavano.

«Cosa succede?» chiese Stilwell. «Ti serve una mano?»

«Affermativo» rispose Esquivel. «Questo tizio sembra voglia creare problemi.»

«Allora arrivo.»

«Ricevuto.»

Stilwell pensò di prendere il giubbotto antiproiettile dall'armadietto, ma decise infine che indossarlo avrebbe potuto scaldare ancora di più gli animi. Lo lasciò e si diresse verso la porta, ma si fermò sentendo un grido provenire dalla prigione. Spivak doveva restare in cella fino alla sua comparsa in tribunale, venerdì. Tornò verso le celle di custodia e lo trovò in piedi, che stringeva le sbarre con entrambe le mani.

«Ehi, qualcuno ha intenzione di darmi da mangiare o cosa?»

«Sul serio non le hanno portato del cibo?»

«È tutta la sera che aspetto.»

Sembrava che Esquivel avesse dimenticato di farlo. Stilwell guardò l'orologio e vide che erano le 20.20.

«Perché non si siede, Spivak?» disse. «Vado a vedere se trovo qualcosa.»

Attraversò velocemente il box fino all'angolo cottura che si trovava nel corridoio posteriore. Iniziò ad aprire gli armadietti, alla ricerca di cibo da dare a Spivak finché lui o Esquivel non fossero riusciti a prendergli qualcosa da un take away. Trovò due pacchetti di cracker su una mensola, con la scritta DUNNE - NON TOCCARE. Li prese e tornò alle celle. Spivak era ancora aggrappato alle sbarre.

«Le ho detto di sedersi» disse.

«Non sono obbligato» rispose Spivak. «Posso fare quello che voglio qui dentro. Quella roba che ha in mano la chiama cena?»

«È uno spuntino. Tra un po' qualcuno le porterà la cena. Vada a sedersi e si rilassi. Non sono nemmeno le otto e mezza e presto avrà un pasto caldo.»

Stilwell lanciò i pacchetti di cracker attraverso le sbarre verso la branda che aveva visto usare a Spivak in precedenza. Un pacchetto rimbalzò sul letto e finì sul pavimento.

«Ora saranno tutti sbriciolati» protestò Spivak.

«Stia calmo. Come ho detto, presto qualcuno le porterà la cena.»

«Probabilmente è contro le regole lasciarmi solo qui dentro. Potrebbe scoppiare un incendio e non ci sarebbe nessuno per farmi uscire.»

«O un'alluvione improvvisa, o uno tsunami.»

«Non sto scherzando.»

«Allora è meglio che inizi a pregare, perché io devo uscire.»

«Potrei impiccarmi, e lei finirebbe in un guaio, ne sono certo.»

«Un'idea interessante. È vero, ci sarebbe un'indagine. Ma alla fine si tratterebbe di un tizio che ha cercato di uccidere un poliziotto con una bottigliata in testa e poi si è suicidato in cella, e a nessuno fregherebbe nulla. Ma sono sicuro che riceverei un richiamo. Se per lei ne vale la pena...»

Prese le chiavi del John Deere, uscì e chiuse a chiave la porta. Spivak aveva ragione. Era una violazione del regolamento lasciare un prigioniero senza sorveglianza. Se fosse successo qualcosa, gli sarebbe costato ben più di un richiamo. Per ironia della sorte, il turno pomeridiano era ridotto a un solo agente proprio perché Spivak aveva messo fuori gioco il secondo, Dunne.

Lo Zane Grey si trovava in Chimes Tower Road e offriva ai suoi ospiti uno dei panorami migliori sul porto, sia di giorno che di notte. Vide l'UTV di Esquivel parcheggiato davanti all'ingresso.

Trovò l'atrio vuoto e al banco della reception non c'era nessuno, ma sentì delle voci provenienti dall'ala destra dell'hotel e si diresse in quella direzione.

Vide Esquivel e un altro uomo nel corridoio davanti alla porta aperta di una delle stanze. Li raggiunse.

«Cosa succede, Eddie?» chiese.

«Sergente, le presento Fred Nettles, il direttore del turno di notte» disse Esquivel. «E questo è il signor Starkey, che si rifiuta di lasciare la stanza.»

«Quando abbiamo addebitato la prima notte di soggiorno sulla sua carta di credito, il procedimento è andato a buon fine» spiegò Nettles. «Per la seconda notte il pagamento non è stato accettato e lui ha detto che se ne sarebbe occupato. Non l'ha fatto. Anche la terza notte è stata rifiutata e ora è qui da cinque notti e ne ha pagata solo una.»

«Sto risolvendo il problema!» disse Starkey, alzando la voce.

Era il più piccolo di tutti e quattro e Stilwell sapeva che non sarebbe stato difficile portarlo fuori con la forza, se si fosse arrivati a quel punto.

«Sono in costante comunicazione con la mia banca e con la società della carta di credito» proseguì Starkey. «Stanno elaborando il pagamento, ma sulla costa orientale siamo ben oltre l'orario di chiusura degli uffici e la situazione non si risolverà prima di domattina.»

«È quello che ripete da tre giorni» ribatté Nettles.

«Deve andarsene, signor Starkey» intervenne Esquivel. «Non può restare. Una volta risolto il problema, potrà tornare.»

«E dove dovrei andare?» gridò Starkey. «L'ultimo traghetto della serata è già partito e non posso entrare in nessun altro hotel.»

Stilwell diede un colpetto sulla spalla a Nettles e gli fece cenno di seguirlo. Si incamminarono lungo il corridoio e fuori portata d'orecchio di Starkey. Stilwell parlò a bassa voce.

«Non ha tutti i torti» disse. «Se lo buttiamo fuori ora, non può lasciare l'isola e non può prendere una stanza da nessuna parte, se la sua carta di credito non funziona.»

«Sta cercando di dirmi che devo sopportarlo per un'altra notte?»

«Voglio dargli tempo fino a domattina. Poi o sistema tutto e paga, oppure lo accompagniamo al molo e se ne va.»

«Sembra una vittoria per lui e una sconfitta per me.»

«La capisco. Sa qualcosa di lui? Per esempio il suo lavoro o cosa ci fa qui?»

«Dice di essere uno scrittore. Qui ce ne sono molti. Non tutti sono fannulloni.» Pronunciò l'ultima parola voltandosi verso Starkey.

«Così peggiora solo la situazione» disse Stilwell. «Non lo butteremo fuori a quest'ora. Quindi decida se vuole discutere con lui tutta la notte e disturbare gli altri ospiti o farlo, eventualmente, domani mattina.»

Nettles scosse la testa, contrariato.

«Le banche aprono alle nove» disse. «Gli concedo fino alle dieci se lei mi promette di venire a prenderlo nel caso che non paghi.»

«Promesso. Vado a riferirglielo.»

Percorse il corridoio fino alla porta aperta dove si trovava Esquivel. Non c'era traccia di Starkey.

«Dov'è andato?» chiese.

«A fare una telefonata, credo.»

Stilwell entrò nella stanza, percorse un breve corridoio e superò la porta del bagno. Starkey era seduto sul letto, con il telefono fisso all'orecchio. Stilwell fece segno di volergli parlare.

«Sono in attesa» disse Starkey.

«Con chi?»

«Il mio agente. Sto cercando di capire se è disposto a pagare.»

«Signor Starkey, l'hotel ha accettato di farla restare un'altra notte. Ha tempo fino alle dieci di domattina per saldare il conto, altrimenti la porteremo all'Express anche con la forza, se necessario. Ha capito?»

«E se pago? Devo comunque andarmene?»

«Sarà una questione tra lei e l'hotel. Ma ora ho bisogno di sentirle dire che ha capito che se non paga entro le dieci del mattino, lascerà l'hotel.»

Starkey riattaccò il telefono.

«Ho capito» disse. «E non è un problema. Voglio solo essere lasciato in pace a scrivere.»

«Va benissimo, ma deve pagare la stanza» obiettò Stilwell. «Tornerò domani alle dieci. Spero che nel frattempo abbia sistemato tutto. Buonanotte, signor Starkey. Vuole che chiuda la porta?»

«Sì, grazie. Ne ho abbastanza di quel tizio là fuori.»

Stilwell uscì e chiuse la porta. Nettles se n'era già andato e solo Esquivel lo stava aspettando.

«Ce ne occuperemo domani mattina» gli disse Stilwell. «Ora puoi andare.»

«Benissimo» rispose Esquivel.

«Nel frattempo, porta la cena al nostro prigioniero. Ha fame.»

«Chi, Spivak? Ma gli ho già dato da mangiare.»

«Quando?»

«Verso le sei. Gli ho preso un hamburger da Luau Larry's.»

«Quello stronzo ha cercato di estorcermi una seconda cena.»

«Di sicuro ha già mangiato.»
«Non lo conoscevi prima dell'altra sera, giusto?»
«No, perché?»
«Sono curioso di sapere perché ha colpito Dunne. Dal video sembra che avesse proprio lui come obiettivo, come se lo conoscesse. Mi chiedevo se conoscesse anche te.»
«No. Ha chiesto a Dunne?»
«Sì, ma è ancora confuso. Comunque, lascia un rapporto su questo episodio per il turno del mattino. Voglio che la scadenza per Starkey sia rispettata. Io vado a casa. Ho bisogno che tu torni al commissariato e faccia da babysitter a Spivak. Se ricevi una chiamata seria, non una stronzata come questa, fammi uno squillo e ti raggiungo.»
«Va bene, sergente.»
Stilwell si portò il Gator a casa. Tash Dano era seduta su una sedia da giardino in veranda, con un bicchiere di vino rosso in mano.
«Com'è andata sulla terraferma?» chiese.
«È successo quello che speravo. Adesso sono coinvolto ufficialmente nel caso.»
«È una buona notizia, giusto?»
«Sì.»
«Ma devi lavorare con A-hole?»
«Ahearn, sì.»
«È la prima volta che ti sento chiamarlo con il suo vero nome.»
«Anche lui ha iniziato a chiamarmi con il mio vero nome, perciò...»
Le prese di mano il bicchiere e bevve un sorso.
«Ce n'è ancora nella bottiglia» disse Tash. «E c'è mezzo panino al pollo del Sandtrap, se hai fame.»
Il Sandtrap era il ristorante preferito di Stilwell sull'isola. Annuì. «Ottimo.»

Bevve un altro sorso di vino e restituì il bicchiere. Poi si chinò a baciarla.

«Ho bisogno di fare una doccia» disse, in tono di scusa.

«Può aspettare.»

La porta era aperta. Stilwell entrò in casa. Lei lo seguì.

# 25

Stilwell si dedicò al panino del Sandtrap la mattina dopo, con il caffè appena fatto. Mangiò in fretta, riempì un thermos con dell'altro caffè e uscì di casa presto, mentre Tash dormiva ancora, per recarsi in ufficio e iniziare a lavorare su un mandato di perquisizione per il Black Marlin Club. Sapeva che la dichiarazione sui fondati motivi doveva essere a prova di bomba perché il giudice Harrell l'approvasse, ma quella era solo la prima prova che lo attendeva. Se mai ci fosse stato un imputato dell'omicidio di Leigh-Anne Moss, il mandato di perquisizione sarebbe stato la prima tappa del suo avvocato nel tentativo di farlo assolvere, senza contare i ricorsi in appello che molto probabilmente sarebbero arrivati in seguito. I procedimenti giudiziari spesso avevano successo o fallivano in base alla solidità dei fondati motivi. Stilwell lo sapeva e non avrebbe permesso che quel mandato potesse rappresentare il tallone d'Achille del caso.

Mercy era già alla sua scrivania quando arrivò.

«Buongiorno» lo salutò, in tono allegro.

«Buongiorno, Mercy. Oggi resterò in ufficio perché ho delle cose da scrivere. Cerca di tenere la gente lontana da me, se puoi.»

«Non c'è problema.»

«C'è qualcosa di nuovo che dovrei sapere?»

«Tutto tranquillo, tranne che in cella. Quell'uomo mi dà sui nervi.»

Stilwell si era dimenticato di Spivak. Mise il thermos sulla scrivania del suo ufficio e si diresse alle celle. Il detenuto era di nuovo in piedi davanti alle sbarre, come se lo stesse aspettando.

«Il grande capo» disse. «Pensavo che ieri sera mi avrebbe portato la cena.»

«Pensavo di farlo, finché non ho scoperto che aveva già mangiato» replicò Stilwell. «Stia a sentire, Spivak, non ho intenzione di menare il can per l'aia. Ho bisogno che lei collabori e questo significa che deve smetterla di creare casini qui dentro. Se per lei è un problema, abbiamo i mezzi per farla tacere.»

«Vuole imbavagliarmi?»

«Sì, se sarò costretto. Abbiamo un bel bavaglio a sfera che sono autorizzato a usare. Se continua a urlare stupidaggini dalla sua cella, rappresenta una minaccia per le persone che lavorano qui. Sono autorizzato a disinnescare tale minaccia. Se vuole finire ammanettato alle sbarre con una sfera di gomma in bocca, è una sua scelta.»

«Se ci prova, finirà in ospedale accanto al suo vice.»

«Se mi troverò costretto a chiamare tutti gli agenti dell'isola in mio aiuto, lo farò. I miei uomini sono molto impegnati, Spivak. E non intendo farli lavorare in un ambiente in cui non si sentono sicuri. Si consideri avvertito.»

«Quando avrò la mia cazzo di udienza?»

«Domani. Farò in modo che lei sia il primo.»

Si voltò per tornare al suo ufficio. Disse a Mercy di tenere d'occhio la telecamera della cella di Spivak. Raggiunse l'ufficio e chiuse la porta, segno evidente che non voleva essere disturbato.

Per le tre ore successive lavorò al computer. Per prima

cosa, illustrò i fatti e le prove accumulate: la vittima ripescata nel porto era stata identificata come Leigh-Anne Moss; era stata licenziata dal Black Marlin Club probabilmente lo stesso giorno in cui era stata uccisa e la statua di giada era stata rubata. Scrisse che l'ancora e la sacca da vele nuove sull'*Emerald Sea* erano molto simili a quelle usate per sommergere il corpo. Aggiunse che una persona non identificata aveva fatto un viaggio notturno dal club all'*Emerald Sea* e il giorno dopo la barca era uscita dal porto per tornare un'ora dopo. Il giro non era stato autorizzato dal proprietario.

Poi fece delle ricerche online sulle correnti oceaniche, nel tentativo di supportare la sua teoria che il corpo di Moss fosse stato gettato in mare nella baia dall'*Emerald Sea* e poi trascinato indietro dalle maree. Dopo quaranta minuti si arrese, ma sapeva che ci sarebbe dovuto tornare in seguito: era un punto debole della sua ricostruzione, e avrebbe potuto far nascere dubbi in un giudice o in una giuria. Prese nota di trovare un esperto di oceanografia che potesse confermare la plausibilità dello spostamento del corpo, di quel ritorno nella baia della vittima, proprio come un fantasma, per usare le parole di Ahearn.

Infine, cercò di comporre un sommario che mostrasse la sussistenza di fondati motivi per perquisire il BMC, alla ricerca di prove fisiche dell'omicidio, della scultura mancante e di tutti i registri dei soci, del personale e dell'uso delle stanze degli ospiti del club nel fine settimana in questione. Il suo obiettivo era quello di rendere la dichiarazione completa e concisa. Si trattava di un lavoro da imbonitore, che esortava il giudice ad accettare la sua teoria sull'omicidio e dimostrava la necessità di portare l'indagine all'interno dei sacri confini di quel ricco club privato.

Quando finì la prima stesura, si rese conto di avere fame. Controllò il telefono e vide che aveva lavorato più di tre ore di fila. Inviò il documento alla stampante e uscì dall'ufficio per prenderlo prima che qualcun altro lo vedesse.

Vide Ralph Lampley alla scrivania che lavorava al computer e si ricordò della scadenza delle dieci che aveva imposto a Starkey allo Zane Grey.

«Ralph, hai ricevuto un rapporto sull'ospite da sfrattare allo Zane Grey?» chiese. «Sai cosa è successo?»

«Volevo dirglielo, ma Mercy mi ha detto di non bussare al suo ufficio» rispose Lampley.

«Dirmi cosa?»

«Il tizio lassù è riuscito a convincere la sua banca a fare un bonifico all'hotel, quindi si è risolto tutto.»

«Come l'hai saputo?»

«Ho chiamato il direttore. Ha detto che la banca ha versato abbastanza per due settimane, quindi quello Starkey può rimanere, e adesso tutti sono contenti. L'hotel ha ricevuto i soldi e Starkey può finire di scrivere il suo libro o la sua sceneggiatura o chissà cosa.»

«Tutto bene, allora. Tu che stai scrivendo?»

«Un mucchio di stronzate. Qualcuno ha fatto dei graffiti sul muro del casinò, ieri sera. Oggi lo ridipingono, ma vogliono un rapporto per l'assicurazione.»

Stilwell si chiese se il vandalo fosse del posto. A Catalina non esistevano gang di strada, ma questo non impediva ai gangster della terraferma di venire sull'isola di tanto in tanto a bordo dei traghetti.

«Cosa dicono i graffiti?»

«Solo due nomi, Sleepy e Mako.»

«Magari puoi passare dalla scuola e parlare con gli addetti alla manutenzione. Quest'anno hanno avuto anche loro problemi del genere. Vedi se sono comparsi quegli stessi nomi. Così potremo capire se i graffitari sono del posto o di fuori.»

«Ricevuto» rispose Lampley. «Ci vado dopo aver finito questo.»

Stilwell si avvicinò alla scrivania di Mercy, la quale gli porse quattro foglietti rosa con dei messaggi.

«Sono arrivati questi» disse.

Il primo era del sindaco Allen. Non c'era nessun messaggio, solo un numero, e Mercy aveva barrato la casella «da richiamare».

«Forse avresti dovuto bussare alla mia porta per questo» disse Stilwell. «Hai idea di cosa volesse?»

«In realtà è stata una delle sue assistenti a chiamare» rispose Mercy. «Si è lasciata sfuggire che il consiglio ha appena approvato una ricompensa di diecimila dollari per il caso del porto. Il sindaco voleva dirtelo e comunicarti i dettagli.»

Stilwell fissò il messaggio, cercando di decidere se la ricompensa fosse una cosa positiva o negativa. Probabilmente avrebbe provocato un surplus di chiamate con informazioni da verificare, e avrebbero perso un sacco di tempo. Ma poteva anche condurli a una pista solida. Quando era alla Omicidi aveva visto che istituire delle ricompense portava a entrambe le cose.

Il messaggio successivo era di Ned Browning. Diceva: «Niente da fare per i registri di vendita». Voleva dire che Browning non aveva trovato traccia dell'acquisto di una sega da parte di Henry Gaston o di Oscar Terranova. Sarebbe stato troppo semplice, pensò Stilwell.

Il terzo messaggio era di Lionel McKey, che sicuramente voleva un suo commento sulla ricompensa. Stilwell accartocciò il foglietto senza leggerlo e lo gettò nel cestino accanto alla scrivania di Mercy.

L'ultimo messaggio era di una persona di nome Leslie, senza cognome né numero di telefono. Mercy aveva scritto: «Voleva sapere se la donna morta fosse Leigh-Anne Moss».

«Conosceva il nome?» chiese Stilwell. «Cosa le hai detto?»

«Mi hai sempre ripetuto di non dare informazioni sui casi in corso» rispose Mercy. «Così le ho detto che non era stata ancora identificata e, prima che potessi chiedere altro, ha riattaccato.»

«Merda.»

«Be', sono abbastanza sicura che lavori al Sandtrap, se vuoi parlare con lei.»

«Come mai?»

«Perché sentivo rumore di piatti e voci in sottofondo, e a un tratto qualcuno ha detto: "Leslie, una comanda". Credo sia stato per questo che ha riattaccato così in fretta.»

«Va bene, era la cucina di un ristorante. Ma perché credi che sia il Sandtrap?»

«È una supposizione, ma c'è una ragazza che lavora lì che si chiama Leslie. Mi ha già servito in passato.»

Era stata Mercy a dire a Stilwell, appena era arrivato sull'isola, che il Sandtrap era il posto migliore per pranzare. Lei ci andava spesso.

«Ottimo lavoro, Mercy.»

E quindi, dopo il mezzo panino di quella mattina, sarebbe tornato al Sandtrap anche a pranzo. Disse a Mercy di chiamarlo in caso di problemi e uscì.

Arrivato all'ingresso del campo da golf, chiese alla receptionist un tavolo al Sandtrap e aggiunse che voleva che fosse Leslie a servirlo. Mancava poco a mezzogiorno e il servizio del pranzo non era ancora iniziato. Nel caso la pista si fosse rivelata un vicolo cieco, Stilwell aveva portato con sé la richiesta del mandato di perquisizione, da modificare mentre mangiava.

Di lì a poco, una donna sui vent'anni con i capelli castani raccolti in una coda di cavallo si avvicinò al suo tavolo. Il cartellino appuntato sulla polo azzurra diceva LESLIE. La riconobbe dalle sue precedenti visite al ristorante, ma si rese conto di non aver mai fatto caso al suo nome. Lui era in uniforme: pantaloni cargo marroni, arma nella fondina e distintivo alla cintura, polo verde con il logo dello sceriffo ricamato sul petto, a sinistra. Eppure lei non sembrava averlo riconosciuto.

«Cosa le porto?»

«Un BLT su pane tostato» rispose Stilwell. Un sandwich con bacon, lattuga e pomodoro.

«Qualcosa da bere?»

«Tè freddo.»

«Benissimo.»

«Lei è la Leslie che stamattina ha chiamato il nostro ufficio per Leigh-Anne?»

La ragazza alzò gli occhi dal blocco delle ordinazioni e sembrò notare per la prima volta il logo ricamato sulla sua polo.

«Come fa a saperlo?»

«La donna con cui ha parlato è una cliente abituale di questo posto» rispose Stilwell. «So che ora è impegnata, ma ho bisogno di farle alcune domande su Leigh-Anne.»

«Ah, va bene. È lei quella che hanno trovato in acqua?»

«Non posso rispondere, al momento. Ma come mai ha chiamato per sapere se era lei?»

«Perché mi deve dei soldi e ho sentito che c'è una ricompensa per chi fornisce... informazioni utili a risolvere il caso.»

«Come ha saputo della ricompensa? È stata appena approvata.»

«Oh, si sentono molte cose, servendo ai tavoli. Quelli del municipio fanno colazione qui quasi tutti i giorni. Stamattina li ho sentiti parlare della ricompensa.»

Stilwell annuì. «Ha detto che Leigh-Anne le doveva dei soldi. Per cosa?»

«Ha affittato una stanza da me e poi ha smesso di pagare.»

«Quando è successo?»

«L'ha affittata a gennaio, ma ha smesso di alloggiare lì un paio di mesi fa e non ha saldato il mese prima di andarsene.»

Stilwell si sistemò sulla sedia, completamente concentrato sul colpo di fortuna che gli era capitato.

«Qual è il suo nome completo, Leslie?»

«Leslie Sneed.»

«Quindi Leigh-Anne alloggiava da lei mentre lavorava al Black Marlin Club?»

«Di solito era qui nei fine settimana. A volte arrivava il giovedì, se aveva un turno. Poi ha smesso di dormire da me e ha deciso di non pagarmi l'ultimo mese.»

Stilwell annuì comprensivo.

«Senta, ho bisogno di parlarne meglio, ma questo non è il posto adatto» disse. «Potrebbe venire con me alla stazione dello sceriffo?»

«Intende adesso?»

«Sì, adesso.»

«Non credo che il direttore mi lascerà andare via. Ora c'è molto da fare e i soldi delle mance mi servono.»

«Capisco. Quando finirà il servizio del pranzo?»

«Direi verso le due.»

«Va bene. Ora mangio e vado via, poi torno a prenderla alle due e le do un passaggio fino al mio ufficio.»

«Quindi si tratta proprio di Leigh-Anne.»

«Ne parliamo dopo.»

«Sapevo che si sarebbe messa nei guai.»

Stilwell sentì di nuovo come un brivido dietro la nuca. Cominciava a pensare che aver trovato Leslie Sneed avrebbe fatto avanzare il caso in modo significativo.

«Parleremo anche di questo.»

Leslie si allontanò con la sua ordinazione. Stilwell tirò

fuori di tasca una penna e iniziò a leggere e modificare la richiesta di mandato. Ma smise quasi subito. Non riusciva a concentrarsi a causa dell'eccitazione e perché sapeva che lei avrebbe potuto fornire informazioni utili da inserire nella richiesta di perquisizione del Black Marlin Club.

Mise da parte il documento e iniziò a pensare a come avrebbe gestito la situazione più tardi.

# 26

Dopo aver finito il suo sandwich, gli restava un'ora di tempo prima dell'appuntamento con Leslie. Guidò il Gator fino a Crescent e si appostò sul ciglio della strada, in un punto da cui si vedeva la porta d'ingresso del Black Marlin Club e il molo dell'embarcadero sul lato. Tirò fuori il telefono e chiamò il numero che gli aveva dato Frank Sampedro.

«Solo un aggiornamento» disse. «Siete già alla barca?»

«Da un pezzo» rispose Sampedro. «E abbiamo trovato del sangue.»

«Sul serio? Dove?»

«Sul fondo del pozzetto del timone. È stato ripulito, ma la Scientifica lo ha trovato in una cerniera di un boccaporto sul pavimento. Ne abbiamo abbastanza per un riscontro del dna. Speriamo solo che non sia sangue di pesce.»

«Deve essere della vittima. Colbrink mi ha detto che non va a pesca.»

«Buono a sapersi.»

«C'è altro?»

«Ci stiamo ancora lavorando. La Scientifica è giù in cabina, ora.»

«E il flacone del detergente? Il 303?»

«Niente. Abbiamo controllato i bidoni della spazzatura sul molo e anche il grande cassonetto dove viene versato tutto. Ma purtroppo erano già stati svuotati ieri dalla nettezza urbana.»

«Peccato.»

«Sì, ma abbiamo le tracce di sangue.»

Delle impronte digitali sarebbero state meglio, pensò Stilwell. «C'è Colbrink?» chiese.

«È andato via. Rex l'ha portato in centro per un colloquio formale.»

Stilwell non fece commenti. Ricordava che le tecniche di interrogatorio di Ahearn in genere erano piuttosto pesanti e sperava che non compromettesse il rapporto con Colbrink, che avrebbe potuto negare loro l'accesso all'*Emerald Sea*.

«Quando hai parlato con Colbrink, ti ha detto dello Yacht Lock?» domandò Sampedro.

«No. Che cos'è?»

«È un sistema di sorveglianza satellitare per barche. Molte grandi imbarcazioni vengono rubate e lo Yacht Lock è praticamente un gps nascosto che permette di rintracciarle. Colbrink ha detto di averlo installato perché la sua è una barca personalizzata e unica nel suo genere. Grazie allo Yacht Lock dovremmo poter individuare il punto in cui si è fermata quando è uscita nella baia e il corpo è stato gettato in acqua.»

Stilwell drizzò le orecchie. «È così preciso?»

«Sembra che abbia un margine di errore di quindici metri. Molto meglio del gps del telefono.»

«Come facciamo a ottenere la posizione?»

«Ho chiamato la ditta a San Diego. Hanno bisogno di un mandato. Scrivo la richiesta quando torno in ufficio.»

«Ottimo. Se troviamo il posto preciso, probabilmente troveremo anche l'arma del delitto.»

«E magari il cellulare.»

Stilwell rimase un attimo in silenzio. Sapeva che i mandati per i fornitori di servizi telefonici erano lentissimi e che i dati rivelavano solo i numeri di telefono a cui erano dirette le chiamate e i messaggi.

«So cosa stai pensando» disse Sampedro. «Acqua salata. Ho già parlato con il servizio tecnico. L'immersione in acqua dolce non è un problema. Ma due settimane nell'acqua salata renderanno molto difficile il recupero dei dati.»

«Comunque, prima dobbiamo trovarlo.»

Stilwell era fiducioso. Lo Yacht Lock a quanto pare avrebbe facilitato molto le cose.

«Cosa succede lì sull'isola?» volle sapere Sampedro.

«Ho la richiesta di mandato per il club quasi pronta» rispose Stilwell. «Il giudice arriverà domattina. E tra un'ora devo interrogare una cameriera che ha affittato una stanza a Leigh-Anne Moss all'inizio dell'anno. Finché, a quanto pare, lei non si è trasferita da qualcun altro.»

«Sappiamo chi?»

«È quello cercherò di scoprire. Vi terrò informati.»

«Facci sapere cosa ottieni.»

«Anche voi. E un'ultima cosa. Se domani il giudice firmerà il mandato, mi servirà una mano per la perquisizione. Ci sarà molto terreno da coprire nel club. Pensate di riuscire a venire o devo chiamare qualcuno dei miei? Non credo che abbiano molta esperienza investigativa e probabilmente non hanno mai notificato mandati di perquisizione prima d'ora. Mi servirebbe anche qualcuno della Scientifica, nel caso in cui trovassimo delle prove biologiche.»

«Ne parlo con Rex.»

«Apprezzerei davvero un aiuto. La perquisizione andrà fatta come si deve.»

«Facciamo così: io vengo di sicuro e porterò con me i tecnici che stanno lavorando ora sulla barca. In questo modo avremo una certa continuità. Fammi sapere quando il mandato sarà stato firmato e consegnato.»

«Benissimo.»

Stilwell riattaccò. Gli piaceva l'atteggiamento collaborativo di Sampedro. Ma sapeva che era un equilibrio fragile. Ahearn era al comando del caso e il suo livello di apertura poteva cambiare in qualsiasi momento.

Durante la sua breve sorveglianza non aveva visto nessuno entrare o uscire dall'ingresso principale o da quello laterale del BMC. Sospettava che l'indomani, con l'arrivo degli ospiti del fine settimana, la situazione si sarebbe fatta movimentata. Girò l'UTV sulla Crescent e tornò verso il campo da golf. Il Sandtrap era quasi vuoto quando entrò e non c'era traccia di Leslie Sneed, ma un'altra cameriera gli disse che era in sala relax, oltre la cucina. Stilwell attraversò una porta a molla e la trovò seduta a un tavolo in fondo. Stava contando le mance.

«Com'è andata oggi?» le chiese.

«Niente male, per un giovedì. Ma ho bisogno di un weekend redditizio.»

Stilwell avvicinò una sedia al tavolo e si sedette. Nella sala relax non c'era nessun altro.

«Non aveva detto che saremmo andati in commissariato?» chiese la ragazza.

«Ci andremo» rispose Stilwell. «Ma prima volevo farle qualche domanda.»

«Va bene.»

«Ha detto che Leigh-Anne ha smesso di stare da lei un paio di mesi fa, giusto?»

«Sì, e ha smesso anche di pagare l'affitto.»

«È tornata a prendere le sue cose o le ha lasciate lì?»

«Le ho tenute io. Ho cambiato la serratura e le ho detto

che gliele avrei restituite quando avesse pagato quello che mi doveva.»

«Quindi la sua roba è ancora lì?»

«Sì. E ora è diventata mia, immagino.»

«Di cosa si tratta?»

«Solo vestiti e qualche libro. Probabilmente l'unica cosa che le interessava davvero era il caricabatterie del cellulare, ma le ho detto che avrebbe potuto averlo quando avesse pagato l'affitto arretrato. Ha riattaccato e quella è stata l'ultima volta che l'ho sentita.»

A Stilwell sembrava improbabile che Moss avesse un così grande bisogno del suo caricabatterie.

«Si ricorda quando è successo?» chiese.

«Due sabati fa. Ricordo che ero qui quando ha chiamato. Aveva cercato di intrufolarsi nell'appartamento perché sapeva che il sabato mattina lavoravo. Non immaginava che avessi fatto cambiare la serratura.»

«Quindi non ha potuto prendere nulla?»

«Esatto.»

«E aveva una stanza indipendente, da lei?»

«Non è proprio una stanza, è più una veranda chiusa. Casa mia è piuttosto piccola.»

«Possiamo andare lì, prima? Vorrei vedere cosa ha lasciato.»

«Sì, però devo essere di nuovo qui entro le quattro e mezza, cominciamo a preparare il turno della cena.»

«La riporterò in tempo. Può uscire ora?»

«Sì, ho già avvisato il mio capo. Ha detto che non c'è problema, purché torni in tempo.»

«Bene. Ho un golf cart qui fuori, andiamo pure.»

Leslie Sneed viveva a Eucalyptus Gardens, un complesso di appartamenti in Banning Drive. Durante il suo anno di permanenza sull'isola, Stilwell aveva lentamente imparato a conoscere i quartieri di Avalon. Sapeva che Eucalyptus Gardens era uno dei cinque complessi di case economiche in cui vivevano molti lavoratori del settore turistico e dei servizi.

L'appartamento di Sneed era piccolo e poco arredato, con un poster di Taylor Swift attaccato al muro, sopra un divano di seconda mano che sembrava più vecchio della sua proprietaria. Nel poster, Taylor Swift teneva in braccio un gatto e nell'appartamento c'era un inconfondibile odore di lettiera.

Il soggiorno immetteva in un cucinotto con un piccolo frigorifero e un piano cottura a due fuochi. Poi c'era una camera da letto, un bagno singolo e una piccola veranda che era stata chiusa con pannelli in vetro. Non c'era una porta, ma una tenda per garantire la privacy. Leslie la scostò e tese la mano per fare segno a Stilwell di entrare.

«Mi scusi per l'odore della lettiera del gatto» disse. «Devo chiudere tutto quando vado al lavoro.»

Andò in veranda e iniziò ad aprire le finestre. La lettiera era nell'angolo e un gatto nero dormiva su un letto in fondo.

«Quindi questa era la stanza di Leigh-Anne?» chiese Stilwell.

«Sì.»

«Il gatto di chi è?»

«È mio. Ho spostato qui la lettiera quando lei ha smesso di venire.»

Non c'era un armadio a muro, ma un vecchio mobile di legno appoggiato alla parete accanto al letto.

«Ho il suo permesso di aprire l'armadio e di dare un'occhiata a questa stanza?» chiese Stilwell.

«Faccia pure. Se trova della droga, era di Leigh-Anne, non mia. Io non uso più sostanze da quando mi sono trasferita qui.»

«Non si preoccupi, non sto cercando droga. Da dove si è trasferita?»

«Sono cresciuta nella San Fernando Valley.»

«Quale parte?»

«Panorama City.»

Stilwell annuì. Non sapeva molto di Panorama City, a parte il fatto che ci si poteva procurare molto facilmente della droga. Trasferirsi su un'isola per andar via da lì era probabilmente una mossa intelligente.

Estrasse di tasca dei guanti monouso e li indossò. Aprì le due ante dell'armadio. Sul lato sinistro c'erano delle mensole e sul destro una barra per appendere i vestiti, a cui erano appese alcune camicette e un paio di pantaloni neri. Cercò nelle tasche dei pantaloni, ma erano vuote. Controllò le etichette delle camicette e non vide nulla di particolarmente costoso.

«Da quanto tempo vive sull'isola?» domandò.

«Quattro anni a luglio» fu la risposta.

«E ha vissuto in questo appartamento tutto il tempo?»

«No, all'inizio no. Bisogna restare sull'isola per almeno novanta giorni, prima di avere il permesso di residenza. Perciò ho dormito su un po' di divani di conoscenti, nei primi tempi. Un po' come stava facendo Leigh-Anne.»

Mentre parlava, Stilwell notò i vestiti piegati sui ripiani dell'armadio e alcune scatole di cartone con il logo di Amazon. Su una mensola c'era una piccola raccolta di libri impilati.

«Come si è messa in contatto con Leigh-Anne per affittarle questa stanza?» chiese.

«Avevo un amico che lavorava al Black Marlin e ci ha presentate» rispose Sneed.

«Chi era?»

«Solo un tizio che lavorava al Sandtrap ma poi ha trovato qualcosa al club per un periodo.»

«Ora non lavora più lì?»
«No, è tornato sulla terraferma. Un suo amico ha aperto un bar a Studio City e adesso lavora da lui.»
«Come si chiama? Forse avrò bisogno di parlargli di Leigh-Anne.»
«Todd Whitmore. Non ricordo il nome del bar, però.»
Stilwell prese una delle scatole di Amazon dallo scaffale e la aprì sul letto accanto al gatto addormentato. Conteneva vari prodotti non aperti, tra cui due tubetti di tintura per capelli Colors.
Entrambi avevano un tappo a vite viola e l'etichetta NIGHTSHADE, il nome inglese della belladonna. La sua mente corse ai fiori di campo viola che crescevano su alcune colline dell'isola.
«Nightshade» disse Sneed. «Amava quel colore. E anche il fiore. Una volta le ho detto: "Non sai che la belladonna è velenosa?" Ma a lei non importava.»
Stilwell chiuse la scatola e passò alla successiva.
«Ha detto che voleva venire a prendere le sue cose ma lei non l'ha fatta entrare» disse.
«Esatto. Mi doveva due e cinquanta per l'ultimo mese in cui è stata qui, cioè a marzo, e altri due e cinquanta per il mese in cui non è più venuta ma non ha lasciato la stanza. Avrei potuto trovare qualcun altro, se mi avesse avvisata.»
La seconda scatola conteneva altri prodotti per la cura della persona. Dopo averla controllata, Stilwell la rimise sullo scaffale.
«Quindi non pensa che avesse lasciato qui qualcosa di particolarmente importante, giusto?»
«No, voleva solo riprendersi le sue cose. Ma come vede non c'è granché.»
«Ha detto che avrebbe pagato quello che le doveva?»
«Mi ha assicurato di sì, che aveva un fidanzato che avrebbe saldato il conto, ma non è mai successo.»

Stilwell pensò a Peter Galloway. Non riteneva probabile che fosse lui il fidanzato in grado di sborsare cinquecento dollari.

Passò alla pila di libri. Il primo lo conosceva, perché Tash lo aveva letto quando erano andati in campeggio a Little Harbor, sull'altro lato dell'isola. S'intitolava *Se lo avessi saputo prima*. Tash gli aveva detto che era una raccolta di lettere che alcune donne tra i venti e i trent'anni avevano scritto a delle sé stesse più giovani, con i consigli che avrebbero voluto ricevere allora.

Al centro del libro sporgeva un biglietto da visita usato come segnalibro. Stilwell lo tirò fuori e scoprì che si trattava di un biglietto di Charles Crane, il direttore generale del Black Marlin Club.

Il libro seguente s'intitolava *Tutto quello che so sull'amore*, di Dolly Alderton, e il segnalibro si trovava verso la fine. Era il biglietto da visita di un avvocato di Los Angeles di nome Daniel Easterbrook. L'ultimo libro si chiamava *Fruiting Bodies* ed era di Kathryn Harlan. Anch'esso aveva un biglietto da visita come segnalibro, questa volta di un oncologo di Century City di nome Leonard Koval.

Stilwell posò i biglietti da visita sul letto e li fotografò uno alla volta, prima di rimetterli nei libri in cui li aveva trovati. Non era sicuro del perché, visto che Leigh-Anne Moss non avrebbe mai finito di leggerli.

«Sembra che fosse una lettrice» disse, quasi tra sé.

«Non c'è la televisione in casa» commentò Sneed. «Perciò leggeva tanto.»

«Teneva effetti personali in qualche altra parte della casa?»

«No, solo in questa stanza.»

«Possiamo spostare il gatto? Voglio controllare il letto.»

Leslie prese in braccio l'animale, che protestò debolmente per essere stato svegliato, e Stilwell controllò sotto i cuscini e sollevò il materasso dalla rete. Nulla.

Poi si mise in ginocchio e guardò sotto il letto. Vide una scatola da scarpe e nient'altro. Tirò fuori la scatola e l'aprì. Conteneva un paio di scarpe nere con il tacco alto.

«Prada» disse Leslie. «Belle.»

Stilwell notò il marchio sulla soletta interna. «Erano di Leigh-Anne?»

«Certo. Sono troppo piccole per me.» Ridacchiò.

«Cosa c'è?» chiese Stilwell.

«È buffo. Non l'ho mai vista indossarle e non riesco a pensare a un posto sull'isola dove avrebbe senso metterle. Tranne che all'Ada, forse.»

Il Mount Ada era l'unico hotel a quattro stelle dell'isola. Un tempo era la villa del magnate William Wrigley e si trovava in alto sulla collina, con vista sul porto e sulla baia di Santa Monica. Aveva un'elegante sala da pranzo, ma Stilwell sapeva che Sneed aveva ragione: l'isola non era un posto da scarpe di quel tipo. Quindi la domanda era: perché Leigh-Anne Moss le aveva? Dubitava che le avesse portate dalla terraferma. Dovevano essere un regalo di qualcuno a Catalina.

«Non le indossava al club, vero?»

«No, impossibile. Non si può lavorare con quei tacchi a spillo, soprattutto se devi stare in piedi tutto il giorno.»

«Allora devono essere un regalo. Di chi, secondo lei?»

«Non ne ho idea. Non mi aveva mai parlato di quelle scarpe. Non le avevo mai viste prima che lei le tirasse fuori.»

«Pensa che sia questo il motivo per cui voleva tornare nell'appartamento? La roba di Prada è costosa, no?»

«Molto. Qualcuno deve aver speso almeno mille dollari, per comprarle. Probabilmente uno degli uomini con cui si accompagnava.»

Stilwell la guardò per un lungo momento.

«Andiamo alla stazione» disse. «Dobbiamo approfondire un po' di cose.»

«Va bene» disse Sneed.

«Prendo anche le scarpe, vediamo se riusciamo a capire da dove vengono.»

«Le prenda pure. Tanto gliel'ho già detto, per me sono piccole.»

Stilwell chiuse la scatola e la portò con sé.

# 27

Stilwell mise la scatola da scarpe in una grande busta di plastica per le prove, presa dal baule del Gator. Una volta in commissariato, lasciò tutto sulla scrivania di Mercy mentre accompagnava Leslie Sneed nella sala interrogatori. Le indicò la sedia dei testimoni.

«Si accomodi, sarò subito da lei» disse. «Posso offrirle qualcosa? Un caffè, una Coca-Cola?»

«Una Diet Coke non sarebbe male» rispose Leslie.

La lasciò lì, chiuse la porta e tornò alla scrivania di Mercy. «Mercy, ci sono dei numeri sul lato di quella scatola da scarpe. Puoi vedere se riesci a risalire a dove possono essere state comprate?»

Sapeva che lei amava quel tipo di richieste, perché non c'era bisogno di lasciare l'ufficio e interrompeva l'ingrato compito di rispondere al telefono e alla radio tutto il giorno. Sapeva anche che era una tenace guerriera da tastiera. Era bravissima quando si trattava di fare ricerche su internet.

«Probabilmente sono state acquistate su Amazon» aggiunse Stilwell. «Ma vale la pena provare.»

«Un regalo per la nostra vittima?» chiese Mercy.

«È molto probabile. Sono scarpe costose. Perché me lo chiedi?»

«Dubito che nei magazzini di Amazon tengano articoli di Prada. Bisogna affidarsi a un rivenditore esterno, ma io non mi sentirei tranquilla a comprare online, c'è sempre il rischio di contraffazione. Penso sia più probabile che arrivino da un negozio.»

Stilwell annuì. Aveva senso.

«Be', vedi cosa riesci a trovare» disse. «Come sta il nostro prigioniero? Ormai è l'ultimo giorno.»

«È silenzioso da quando ha fatto colazione» rispose Mercy. Stilwell andò alla sezione celle e guardò in quella dove era detenuto Spivak. Lo vide steso a terra, a torso nudo, che faceva gli addominali con i piedi agganciati alla struttura metallica del letto.

«Spivak, la sua prima udienza è domani mattina» lo avvisò. «Il suo avvocato sarà qui?»

L'uomo interruppe l'esercizio e restò sdraiato, con la schiena a terra, il petto ansante per lo sforzo.

«Vaffanculo» disse.

«È una parola che sento spesso, ultimamente» replicò Stilwell. «Sa cos'è una TBI, Spivak?»

Il detenuto non disse nulla. Si alzò dal pavimento e si avvicinò alle sbarre: un tentativo di intimidirlo con il suo respiro pesante e i pettorali pompati. Stilwell vide i numerosi tatuaggi che coprivano il busto, tutti sbiaditi, fatti con quello che sembrava inchiostro blu opaco da prigione. Si chiese se fosse stato in carcere in Messico o comunque all'estero, dal momento che dalla ricerca nella banca dati del National Crime Information Center non era emerso alcun precedente periodo in un penitenziario, a parte i trecento giorni trascorsi a Pitchess, che non sembravano sufficienti per completare le immagini a incastro che coprivano quasi ogni centimetro della parte superiore del suo corpo.

«Una TBI è una lesione cerebrale traumatica» lo informò Stilwell. «Sembra che Dunne ne abbia una, che probabilmente gli costerà la carriera. Lo comunicheremo senz'altro al giudice, domani.»

L'uomo non ebbe alcuna reazione visibile, a parte una vena che pulsava sulla tempia sinistra.

«Perché l'ha fatto, Spivak?» domandò. «Gliel'ha chiesto qualcuno, vero?»

Era un'intuizione. Stilwell era convinto che l'attacco a Dunne non fosse stato casuale. Spivak sorrise appena.

«Come ho già detto, vaffanculo» esclamò.

«Va bene» rispose Stilwell.

Uscì dal carcere, andò nella sala ristoro e prese due lattine di Diet Coke dal frigorifero. Mentre tornava nella sala interrogatori, accese la telecamera per registrare la sessione con Leslie Sneed.

Posò le due lattine sul tavolo e si sedette di fronte a lei. Durante il tragitto verso la stazione di polizia, il suo sospetto che Leigh-Anne Moss fosse morta e fosse la donna trovata in fondo al porto si era fatto più forte. Sneed era rimasta in silenzio per il resto del percorso.

«Prima di tutto, grazie per il suo tempo» disse. «È già stata molto utile all'indagine.»

«Pensa che potrei ricevere almeno una parte della ricompensa per il mio aiuto?»

«Quello che posso fare è segnalare che ha dato una mano. Di solito le ricompense vengono pagate solo se c'è un arresto. E a volte non prima di arrivare a una condanna. Ma questa è stata appena annunciata, quindi non so come funziona.»

Sneed annuì. «È strano» disse.

«Cosa?»

«Il fatto che sia morta. Mi sento un po' in colpa perché abbiamo litigato e ho detto cose che forse avrei potuto risparmiarmi.»

«Le ha dette a lei o a qualcun altro?»

«A lei. Cioè, non proprio in faccia. Ma quando ha smesso di rispondermi al telefono e io ho cambiato la serratura, la situazione si è fatta difficile. Sono sicura che lei ha già sentito i messaggi che ho lasciato a Leigh-Anne sul telefono. E anche lei me ne ha lasciati di cattivi.»

«Non abbiamo trovato il suo telefono e stiamo lavorando a un mandato per ottenere i suoi dati telefonici. Lei ha ancora i messaggi ricevuti?»

«Ho conservato l'ultimo. Con queste cose non si sa mai.»

«In che senso?»

«Mah, ho pensato che forse sarebbe stato utile, se mi fosse successo qualcosa. Lei era piuttosto arrabbiata.»

«Posso ascoltarlo?»

«Certo.»

Tirò fuori il cellulare dalla tasca posteriore dei pantaloni e gli fece ascoltare il messaggio. Stilwell sapeva che la telecamera e il sistema audio della stanza lo stavano registrando.

«*Troia, non ti conviene farmi incazzare. Non puoi tenere la mia roba. Te ne farò pentire. E se pensi che aver cambiato quella cazzo di serratura mi fermerà, ti di sbagli di grosso, tesoro. Non fare giochetti con me, cazzo. Perderai.*»

Stilwell rimase in silenzio per qualche istante, dopo aver ascoltato la voce furente della vittima.

«Non ha usato mezzi termini, eh?» disse infine.

«No, infatti. Per questo l'ho tenuto.»

«Data e ora del messaggio?»

Sneed abbassò lo sguardo sul telefono.

«17 maggio alle nove e quarantuno del mattino» disse. «Facevo il turno della colazione al ristorante.»

«Non ha risposto di proposito alla chiamata?»

«No, è che non possiamo tenere il cellulare acceso al

lavoro, perciò non ho sentito la telefonata e lei ha lasciato quel messaggio.»

«Dopo il lavoro l'ha richiamata?»

«Sì, dopo il turno del pranzo, ma non ha risposto, così anch'io le ho lasciato un messaggio. Le ho ripetuto che non appena mi avesse pagato i cinquecento dollari che mi doveva, avrebbe riavuto tutta la sua roba. Non sapevo delle scarpe sotto il letto. Probabilmente erano quelle che voleva. Le altre cose erano solo cianfrusaglie.»

Stilwell considerò la tempistica delle chiamate. Probabilmente Moss aveva lasciato il messaggio prima di andare al Black Marlin Club sabato 17, e Sneed l'aveva richiamata quando era già morta.

«Mentre eravamo nel suo appartamento, lei ha accennato agli uomini con cui Leigh-Anne si accompagnava» riprese Stilwell. «Può aggiungere qualcosa al riguardo?»

Sneed aprì la lattina di Diet Coke e ne bevve un sorso.

«Mi sento strana a parlar male dei morti» disse poi.

«Leslie, devo sapere il più possibile su Leigh-Anne» rispose Stilwell. «Non importa che tipo di persona fosse, non meritava quello che le è successo. Sto cercando di scoprire chi è stato e per farlo ho bisogno di ogni informazione che è in grado di darmi su di lei. Mettiamo da parte i complimenti, d'accordo? Ho intenzione di scoprire la verità e credo che lei possa aiutarmi.»

Sneed annuì e abbassò lo sguardo sulla lattina che aveva davanti. Parlò continuando a fissarla.

«Lei... non era una brava persona. Parlava di tutti i suoi uomini. Uomini disposti a darle delle cose, in cambio di sesso. Ma il fatto è che non le piaceva nessuno di loro, almeno non credo. Tornava a casa e si vantava di come li stesse usando. Per esempio diceva che aveva un ex fidanzato sulla terraferma che le prestava una casa dove stare e che era perdutamente innamorato di lei.»

«Ma lei non lo amava.»

«No. Lo chiamava "il cretino". Non amava nessuno, secondo me.»

«Concentriamoci sugli uomini conosciuti sull'isola.»

«Okay. Mi ha parlato di un paio di tizi che frequentava in modo intermittente.»

«Conosciuti dove?»

«Al club, ne sono sicura. Non me l'ha detto esplicitamente ma continuava a ripetere che aveva chiuso con i poveracci. Basta squattrinati che le ronzavano intorno.»

«E quindi si è concentrata sul club... Si riferisce al Black Marlin, giusto?»

«Certo. Ha cominciato a lavorare lì con quello scopo; diceva che era come sparare ai pesci in un barile. Tutti quei vecchietti lontani dalle loro mogli. Lei sarebbe andata con chiunque di loro, se avesse potuto guadagnarci qualcosa.»

«Ha mai parlato di qualcuno in particolare?»

«No, era abbastanza intelligente da non fare nomi. Le ragazze come lei conoscono le regole del gioco, immagino.»

Ma sembrava che Leigh-Anne avesse infranto quelle regole, o almeno minacciato di farlo, pensò Stilwell.

«Le ha detto qualcos'altro su questi uomini che frequentava?»

«Solo che a volte era difficile tenere tutto separato.»

«Cosa intendeva, secondo lei?»

«Be', che frequentava vari uomini e doveva tenerli separati in modo che ciascuno non sapesse degli altri.»

«Ha mai detto di avere un problema con qualcuno di loro?»

«Mi sembra di no. Credo che il tizio sulla terraferma sapesse cosa faceva qui ed era geloso. Non la preoccupava, però, lo definiva un cucciolo che teneva al guinzaglio.»

«Sta parlando del tizio che chiamava "il cretino?"»
«Sono abbastanza sicura che fosse lui.»
Stilwell avrebbe passato quell'informazione a Sampedro e Ahearn, che avrebbero approfondito sulla terraferma.
Cercò di ottenere maggiori informazioni da Leslie.
«Leigh-Anne non ha mai parlato di problemi con qualcuno qui?» chiese. «Magari una persona del club?»
«Non mi sembra. Con lei era tutto un gioco di equilibri.»
«Sa se usciva con qualcuno che non apparteneva al club?»
«Non lo so, ma non credo. Ricordo che una volta ha definito quel club un ambiente ricco di bersagli.»
«Ha detto proprio così? "Ambiente ricco di bersagli"?»
«Sì, testuali parole.»
Stilwell stava per concludere il colloquio, ma gli venne in mente una cosa.
«Le scarpe di Prada dovevano essere un regalo. Per caso si ricorda di qualche dono costoso ricevuto da Leigh-Anne?»
«Riceveva delle cose, sì» rispose Leslie. «Di solito le rivendeva per fare cassa. Era così che pagava l'affitto, fino a quando non ha smesso di farlo.»
«Come rivendeva le cose?»
«Online. Ci sono molti siti tramite i quali si possono rivendere articoli di marca come quelli.»
Stilwell annuì. Alcune di quelle informazioni avrebbero dato una spinta maggiore alla richiesta del mandato di perquisizione, ne era certo.
«Per ora va bene così, Leslie» disse. «Grazie dell'aiuto. La faccio accompagnare al Sandtrap o al suo appartamento o dovunque voglia andare. Mi dia solo un minuto.»
«E segnalerà il mio nome per la ricompensa?» chiese lei.

«Se effettueremo un arresto, credo che avrà diritto a riceverne almeno una parte.»

Si alzò e uscì dalla stanza, sperando di trovare uno degli agenti del turno di giorno che potesse riportare Leslie Sneed sulla collina.

C'era solo Mercy.

«Gli altri sono tutti fuori?» chiese.

Notò che Mercy indossava guanti monouso e che la scatola di Leigh-Anne era fuori dalla busta per le prove e aperta sulla scrivania. Le scarpe e la carta velina in cui erano state avvolte si trovavano accanto alla scatola.

«Tutti fuori» confermò Mercy. «Ho trovato questo sul fondo della scatola. L'hai già visto prima?»

Sollevò un biglietto con il disegno di un gattino sorridente sul davanti. Stilwell non aveva i guanti e non lo toccò. «No, assolutamente» disse. «Cosa c'è scritto?»

Tenendo con cura il biglietto ai bordi, lo aprì. C'era un messaggio scritto a mano: *Per te, Nightshade. Dan*.

Stilwell tirò fuori il telefono e guardò le foto che aveva scattato ai biglietti da visita usati come segnalibri. Osservò con attenzione quello con il nome di Daniel Easterbrook, l'avvocato di Los Angeles.

«Dobbiamo imbustarlo separatamente e inviarlo al laboratorio per l'analisi delle impronte e la rilevazione di dna da contatto» disse.

«Lo mando con l'Express di stasera» rispose Mercy.

# 28

Dopo aver lasciato Leslie Sneed al Sandtrap, Stilwell tornò indietro fino a Crescent e poi su per Wrigley Road fino all'hotel Mount Ada. Era d'accordo con la ragazza sul fatto che, in una città in cui la macchina più potente era un golf cart, solo al Mount Ada avrebbe avuto senso indossare scarpe di Prada, e decise di andare a dare un'occhiata. Il piccolo ma raffinato hotel a due piani si rivolgeva ai visitatori più facoltosi dell'isola. Le camere costavano anche mille dollari a notte, nei fine settimana di alta stagione. L'opulenza dell'ambiente era accentuata dall'uomo alla reception, che indossava qualcosa che a Catalina si vedeva di rado: giacca e cravatta. Stilwell si presentò e poi aprì la foto della patente di Leigh-Anne Moss sul telefono. L'addetto alla reception aveva una targhetta sul taschino della giacca con la scritta GILBERT.

«Vorrei chiederle se riconosce questa donna» disse. «In questa foto non si vede, ma forse aveva ciocca di capelli viola, sul davanti, che scendeva lungo il lato sinistro del viso.»

Gilbert non esitò.

«Certo, è stata qui» rispose.

«Intende dire che ha alloggiato qui?»

«Almeno un paio di volte. Le ho fatto io il check-in.»

«Era sola o con qualcuno?»
«Mi ricordo solo di averla registrata. Non so con chi fosse o chi avesse incontrato.»
«Ed è sicuro che fosse la donna della foto?»
«Quando ha menzionato la striscia viola, mi sono ricordato di lei.»
«Ha pagato con una carta di credito?»
«Sì, è la prassi.»
«Quando è stata qui l'ultima volta?»
«Devo controllare.»
«Può farlo, per favore? Il nome è Leigh-Anne Moss.»
«Non dovrebbe avere un mandato per questo?»
«Non se lei offre volontariamente l'informazione. Sono sicuro che le interessa aiutare le forze dell'ordine, Gilbert.»
«È solo che non voglio mettermi nei guai.»
«Se non può farlo, dovrò chiederlo al suo capo. Non so se questo le creerà problemi o meno.»
Gilbert si spostò a sinistra e iniziò a digitare sulla tastiera di un computer.
«È L-e-i-g-h, trattino, Anne con la "e" finale» spiegò Stilwell. «M-o-s-s.»
«Ho capito» disse Gilbert.
Stilwell non riusciva a vedere lo schermo del computer. Gilbert lo fissò per alcuni secondi, prima di parlare.
«L'ultima volta che ha dormito qui è stato il nove e il dieci maggio» disse infine. «Prima di allora, il due e il tre maggio.»
«E prima ancora?»
«Altre due volte in aprile, sempre durante il fine settimana. Vuole le date?»
«Sì, grazie.»
Gilbert fornì i dettagli di altri due soggiorni, uno di tre notti e uno di quattro. Stilwell calcolò che le date corri-

spondevano al periodo in cui Moss aveva smesso di alloggiare nell'appartamento di Leslie Sneed.

«Ha bisogno di qualcos'altro?» chiese Gilbert.

«Che tipo di stanza ha preso?»

«La grand suite, tutte le volte. Ha un balcone con una splendida vista sul porto.»

«Immagino. Che carta di credito ha usato per pagare la stanza?»

Gilbert guardò lo schermo. «Una Visa.»

«Ho bisogno del numero, Gilbert.»

L'uomo lesse il numero ad alta voce, senza domande o proteste. Stilwell gli chiese di scriverlo e lui lo fece, su un foglietto di un piccolo blocco con sopra il nome dell'hotel.

«Qual era il nome del titolare della carta?» chiese Stilwell.

«Era il suo, e deve aver mostrato un documento d'identità.»

«Certo. La grand suite è occupata in questo momento?»

Gilbert digitò ancora qualcosa sulla tastiera.

«È prenotata da domani» rispose. «Per il fine settimana.»

«Quindi ora è vuota? Vorrei darle un'occhiata.»

«È proprio necessario?»

«Questa è un'indagine per omicidio, Gilbert, e io devo vedere la stanza.»

«Vuol dire che è morta? Leigh-Anne Moss è morta?»

«Sì. Assassinata. Può darmi la chiave della stanza, per favore?»

Gilbert si girò, infilò la mano in uno scaffale a scomparti vecchio stile, e prese una vera chiave, attaccata a un portachiavi in pelle con impresso il numero 4. Gliela porse.

«In cima alle scale» disse.

«Grazie.»

Stilwell salì le scale fino a un breve corridoio con porte su entrambi i lati. La suite 4 era in fondo a sinistra. All'interno c'era un piccolo salotto con un camino e una porta aperta che immetteva in una stanza. Un tempo doveva essere stata la camera da letto di William Wrigley, il magnate di Chicago che era stato il padrone dell'isola e aveva costruito quella villa come rifugio invernale. Il Mount Ada prendeva il nome da sua moglie e per un certo periodo Wrigley aveva portato a Catalina la sua squadra di baseball, i Chicago Cubs, per gli allenamenti primaverili. Stilwell sapeva che sul campo di Avalon Canyon avevano giocato grandi nomi del baseball, come Dizzy Dean, Hack Wilson, Roger Hornsby e Grover Cleveland Alexander. In tutto diciannove tra i giocatori più famosi si erano allenati sull'isola. Aveva appreso tutto questo da Tash, che non era tanto un'appassionata di baseball quanto di storia locale.

Diede una rapida occhiata in giro e poi attraversò le doppie porte del salotto che conducevano al balcone privato. Uscì e ammirò l'ampia vista del porto e dell'iconico casinò sottostante. Riusciva a vedere il Black Marlin Club e la fila di boe di ormeggio dietro il club. Immaginò Leigh-Anne Moss in piedi in quello stesso punto, con lo sguardo rivolto al club. Chissà cosa aveva pensato.

L'istinto gli diceva che Moss aveva preso la stanza per vedersi con qualcuno che aveva conosciuto al club. Immaginò che anche gli addebiti sulla carta di credito fossero stati pagati da quella persona. Il cerchio si stava stringendo, e il Black Marlin era ancora al centro. Leslie Sneed gli aveva detto che secondo Leigh-Anne prendere di mira gli uomini del club era come sparare ai pesci in un barile. Ma cominciava a credere che uno di quei pesci fosse uno squalo.

Quando tornò alla reception, chiese a Gilbert se ci fossero telecamere di sicurezza con immagini delle date in cui Leigh-Anne Moss aveva soggiornato nell'hotel.

«Abbiamo solo una telecamera nell'atrio» rispose l'uomo. «Ma i video si cancellano automaticamente ogni quattordici giorni. E lei non ha alloggiato qui nelle ultime due settimane.»

Stilwell annuì. Sarebbe stato troppo facile.

«Può controllare un altro nome sul computer?» chiese. «E vedere se ha alloggiato qui?»

Gilbert sembrò contrariato dalla richiesta, ma non rifiutò. «Qual è il nome?»

«Daniel Easterbrook.»

Gilbert lo digitò e si accigliò.

«Non viene qui da almeno un anno» disse.

«La data dell'ultimo soggiorno?»

«È rimasto per cinque giorni a maggio dell'anno scorso. Il fine settimana del Cinco de Mayo.»

Stilwell sapeva che era prima che Leigh-Anne Moss si trasferisse sull'isola. Ma le informazioni confermavano che Easterbrook conosceva bene il Mount Ada.

«Ha preso la grand suite?» chiese.

«No, ha preso la Windsor. Per caso vuole vedere anche quella?»

«No, non è necessario.»

«Bene.»

L'impiegato sembrava sollevato. Stilwell posò la chiave sul bancone.

«Grazie dell'aiuto, Gilbert» disse.

# 29

Quando tornò in ufficio, Stilwell trovò un ospite inatteso. Mercy riferì che Henry Gaston era entrato e le aveva detto di essere in pericolo e di aver bisogno di parlare con lui. Gli aveva dato una Diet Coke e lo aveva fatto accomodare nella sala interrogatori.

«È nervoso» disse. «Sostiene di aver bisogno di protezione.»

Stilwell annuì, guardando lo schermo del computer di Mercy: mostrava Gaston seduto nella saletta, che ultimamente era piuttosto frequentata. Era chino in avanti, con le braccia sul tavolo, e stringeva con entrambe le mani la lattina che Mercy gli aveva dato.

«Va bene, vado a parlare con lui» disse. «Hai già saputo qualcosa sulle scarpe di Prada?»

«Sì» rispose Mercy. «Ho individuato il modello. Nuove, vengono vendute a millequattrocento dollari.»

Stilwell non riusciva a capire come un paio di scarpe del genere potesse costare così tanto.

«Avevo ragione anche quando ho detto che non è possibile acquistarle su Amazon» continuò Mercy. «Si trovano solo in punti vendita al dettaglio, come Nordstrom, Neiman Marcus e nei negozi di Prada. Ce n'è uno a Beverly Hills, in Rodeo Drive. Ma c'è un particolare che può esserti utile. Hanno un chip elettronico.»

«In che senso?»

«C'è un enorme mercato per i prodotti di design contraffatti. Prada inserisce nei suoi prodotti dei chip di identificazione a radiofrequenza, per aiutare a individuare le copie e per tracciare la catena di approvvigionamento. Così, se compri un prodotto che pensi sia di Prada, puoi andare in uno dei loro negozi, dove hanno un lettore elettronico che ti dirà non solo se è originale, ma anche quando è stato fatto e dove è stato venduto.»

«Fantastico.»

«I lettori di chip però sono solo da Prada, da Nordstrom non li hanno. Ho chiamato il negozio di Beverly Hills e mi hanno detto che possono controllare il chip di queste scarpe, ma devi andarci di persona.»

«Sembra che la mia presenza sarà richiesta sulla terraferma per altre cose, e posso allungarmi fino a Beverly Hills. Ottimo lavoro, Mercy.»

«Be', non ti dirà chi le ha comprate, ma forse scoprirai dove. Mi sembra già un inizio.»

«Già. Non si sa mai. Vale sicuramente la pena di fare un tentativo.» Indicò il monitor. «Stai registrando?»

«Aspettavo il tuo ritorno. Adesso inizio la registrazione.»

Stilwell andò a prendere un'altra Diet Coke. Ora aveva due piste principali, le scarpe di Prada e Daniel Easterbrook, che poteva passare a Sampedro e Ahearn, ma era riluttante a farlo. Sapeva che avrebbe rischiato la collera dei suoi due partner temporanei e del capitano Corum se non l'avesse fatto, ma aveva preso slancio e non voleva perderlo in attesa delle mosse di persone di cui non si fidava molto.

Ancora una volta stava oltrepassando un limite, ma era disposto a farlo senza esitare. Prese una liberatoria dalla cassetta a muro accanto alla sala interrogatori. Nel momento in cui aprì la porta ed entrò, Gaston saltò in piedi e iniziò a parlare a raffica.

«Deve aiutarmi» disse. «Vogliono farmi fuori. E per cosa? Per un cazzo di filetto di manzo? Mi uccideranno per uno stupido bufalo?»

Stilwell alzò la mano libera per calmarlo. «Rallenti, Henry» disse. «Sediamoci e parliamone razionalmente, che ne dice?»

«Non riesco a stare seduto. Ho una paura fottuta. Mi stanno cercando. Li ho visti.»

«Si sieda, per favore. Poi parleremo.»

Stilwell posò la Diet Coke sul tavolo e si sedette. Prese la lattina vicino a Gaston e la scosse. Era vuota.

«Non so se dargliene un'altra. Sta assumendo un po' troppa caffeina.»

«Ne ho bisogno. Ho ancora sete.»

«Va bene, la prenda. Ma la beva lentamente, capito?»

«Sì, sì.»

Gaston finalmente si sedette. Stilwell notò che la sua tuta blu era sporca e unta e forse era la stessa che indossava l'ultima volta che si erano visti alla rimessa dei golf cart della Island Mystery Tours. Gaston aprì la seconda lattina e bevve un lungo sorso.

«Bene, Henry, mi hanno detto che voleva parlare con me. È vero?»

«Sono qui, no? Le racconterò tutto, ma deve proteggermi.»

Stilwell spinse il modulo di una sola pagina verso di lui, attraverso il tavolo.

«Questa è una rinuncia ai suoi diritti. Deve firmarla se vuole parlare con me. Ma prima gliela leggo.»

Si riprese il modulo e lo lesse lentamente ad alta voce, poi disse: «Comprende i suoi diritti come le sono stati letti?»

«In che senso?»
«Le ho detto che ha diritto a un avvocato. E che quello che dichiarerà oggi potrà essere usato contro di lei in tribunale. È chiaro, Henry?»
«Ma faremo un accordo, giusto?»
«Prima di poterne parlare, deve firmare che comprende i suoi diritti.»
«Va bene. Mi dia una penna.»
«Prima deve rispondere. Comprende i suoi diritti così come le sono stati letti?»
«Sì, li comprendo. Perché deve essere tutto così complicato?»
«In realtà non lo è. Quindi, ha compreso i suoi diritti ed è disposto a rinunciarvi, così possiamo parlare?»
«Sì, gliel'ho detto.»
Stilwell tirò fuori la penna dal taschino della camicia e gliela porse.
Gaston firmò il documento e posò la penna. Stilwell se la rimise in tasca e tirò il documento verso di sé.
«Bene, Henry, cominciamo da dove è stato negli ultimi giorni. Sapeva che sua moglie ha denunciato la sua scomparsa?»
«Non potevo dirle dove mi trovavo. Sarebbero riusciti a farglielo confessare.»
«E dov'era?»
«Ho campeggiato dalle parti dell'Eagle's Nest.»
Stilwell ci era stato. Si trovava sul lato ovest dell'isola. Era salito lassù con un ecotour del Catalina Island Conservancy, come parte del suo processo di apprendimento, quando era stato trasferito lì dalla terraferma.
«Cosa l'ha spinta a tornare?»
«Non posso restare là per sempre. Ho una moglie e devo risolvere la situazione.»
«Cosa vuole da me, Henry?»

Gaston sollevò i polsi, come se fossero ammanettati.

«Non voglio andare in prigione, capisce? Ho fatto solo quello che mi è stato detto. Se mi fossi rifiutato avrei perso il lavoro. E adesso sono fregato. Lui mi vuole morto.»

«Lui chi?»

«Baby Head. So troppe cose. Ho sentito che ha fatto venire qualcuno per uccidermi.»

«Chi?»

«Non lo so.»

«Ma chi gliel'ha detto?»

«Non voglio mettere nei guai nessun altro. Lo so e basta. Quando lei è venuto alla rimessa e ha preso il manico della sega, la merda è schizzata fino al soffitto. Ho notato che lui mi guardava in modo strano. Come se non facessi più parte della squadra, capisce? Ero diventato un problema da gestire.»

«Ma ucciderla è una soluzione un po' estrema, non crede?»

«Lei non conosce queste persone. Fanno quello che vogliono. Ormai sono fottuto.»

«Va bene, Henry. Ecco il mio piano. Se mi dice che cosa è successo lassù con il bufalo, mi batterò per lei. Non posso prometterle un accordo che non la faccia finire in prigione, ma la proteggerò mentre è qui. Domani mattina, quando la sostituto procuratrice sarà qui per un'udienza, ci siederemo tutti e tre insieme e lei valuterà la sua confessione e deciderà se offrirle un accordo oppure no. Ha capito come funziona?»

«Sono tutte stronzate. Ho bisogno di qualcosa di concreto. Ho bisogno che mi porti via dall'isola in un posto sicuro. E vale anche per mia moglie.»

Stilwell scosse la testa.

«Non funziona così. Posso farla dormire in cella stanotte. Monika Juarez, la sostituto procuratrice che gestisce il tribunale sull'isola, verrà qui più tardi per affrontare delle cause domani. La incontrerò stasera o domattina presto e cercheremo di trovare una soluzione. Ma prima di arrivare a questo, deve dirmi cosa potrebbe darle in cambio di un accordo.»

«Col cazzo.»

«Capisco come si sente. Ma deve scegliere quale strada prendere. La lascio qui a pensarci un po', va bene? Posso anche portarle un telefono, se vuol chiamare sua moglie.»

«No, amico, le ho già parlato. Ha una paura fottuta che se la prendano con lei per arrivare a me.»

«Mi sembra improbabile. Stiamo parlando di un bufalo morto.»

«Niente affatto, c'è dell'altro. Ho sentito delle cose. È una cosa grossa, riguarda la ruota panoramica. Lui e il sindaco hanno avuto alcuni incontri nella rimessa e io ero lì.»

«Il sindaco? Cosa sta dicendo? Quali incontri?»

«Non dirò nulla finché non avrò un accordo.»

«Henry, stiamo girando a vuoto. Così non si arriva a nulla; non possiamo nemmeno parlare di un accordo, finché non mi dirà cosa può offrire. Il termine tecnico è "profferta". Io la porto a Monika Juarez e poi lei decide cosa è disposta a fare. Capito?»

«Col cazzo.»

«L'ha già detto. Ora deve decidere se vuole il mio aiuto oppure no.»

Gaston alzò le mani e si strofinò stancamente il viso. Quello che diceva non aveva molto senso, ma Stilwell era incuriosito dalle sue allusioni: le cose che aveva sentito per caso, la menzione del sindaco. Inoltre, anche il giornalista, Lionel McKey, aveva accennato al progetto della ruota panoramica. Stilwell aveva la sensazione di pescare in acque torbide e qualcosa stava mordendo l'esca. Lo sentiva. Doveva essere paziente e aspettare, prima di tirare su la lenza.

«La lascio riflettere per un po'» disse. «Bussi alla porta se...»

«No, non ho più bisogno di riflettere» rispose Gaston. «Va bene. Le dirò tutto quello che so.»

«Ne è sicuro?»

«Sì, sono sicuro.»

# 30

Stilwell aveva la testa china e fissava il messaggio che stava scrivendo a Tash, quando Monika Juarez gli si avvicinò nel piccolo atrio dello Zane Grey.

«Curioso incontrarti qui» disse.

Stilwell alzò gli occhi. Era venuto ad attenderla, sapeva che in genere arrivava sull'isola la sera prima del lavoro in tribunale.

«Monika, ciao, hai fatto il check-in?»

«Tra poco. Che c'è?»

«Devo parlarti di un caso. Di un eventuale accordo, in realtà. Perché non vai a registrarti mentre io finisco questo? Poi sali nella tua stanza a sistemarti e scendi quando sei pronta, va bene?»

«Sicuro? Possiamo parlare anche adesso.»

«Ci vorrà un po' per spiegarti tutto. Fa' con calma, mi trovi qui.»

«Va bene, dammi venti minuti.»

«Perfetto.»

Juarez si diresse verso la reception e Stilwell tornò al suo telefono. Mandò un messaggio a Tash dicendole che probabilmente avrebbe lavorato fino a tardi. Pochi istanti dopo ricevette una risposta.

*Non me la racconti giusta... C'è una donna con te?*

Lo faceva spesso, la buttava sul ridere ma in realtà con queste domande nascondeva la sua insicurezza riguardo al loro rapporto. Lui stette al gioco.

*In effetti sì. Una procuratrice, una tipa tosta di nome Monika.*

In risposta ricevette un'emoji con una faccina evidentemente gelosa, e poi: *Perché non la inviti a cena?*

Almeno una volta al mese invitavano Juarez a cena fuori. Era una delle prime persone a cui avevano rivelato la loro relazione.

*Provo a proporglielo.*

Mise via il cellulare e aprì il laptop, che aveva portato con sé nel caso l'attesa di Juarez fosse stata lunga. Si collegò al wi-fi dell'hotel, aprì il sito web della Segreteria di Stato della California e cercò la Wheelmen LLC, la società menzionata nell'articolo del *Catalina Call* che aveva in progetto di costruire una ruota panoramica gigante nel porto di Avalon.

Sullo schermo apparve un elenco dei documenti depositati a nome della società. Aprì la domanda di atto costitutivo della Wheelmen, presentata il 7 febbraio di quello stesso anno. Vide che la società si era inizialmente costituita in Delaware due mesi prima e poi aveva presentato domanda in California. L'indirizzo aziendale indicato era in Wilshire Boulevard a Los Angeles, presso un'agente registrata di nome Ellen Sparks. Aprì un documento Word e digitò entrambe le informazioni. Nella domanda la società era descritta come impresa di intrattenimento pubblico.

Iniziò a esaminare gli altri documenti sul sito, identificando i funzionari della compagnia. Anche questi ultimi erano stati inseriti nel documento Word.

*Presidente e amministratore delegato: Marcus Rifkin.*
*Vicepresidente: Stanley Banks.*

*Segretario: Nathan Cabot*
*Direttore operativo: Susan St. Jacques*

L'avvocato che aveva presentato i documenti si chiamava Bryson Long. Stilwell non riconobbe nessuno dei nomi, tranne Marcus Rifkin, che era stato menzionato nell'articolo del *Call*. Era stato Rifkin a presentare, con l'approvazione del sindaco Allen, il disegno e altri documenti relativi al progetto della ruota panoramica al comitato urbanistico di Avalon per una prima revisione.

Dopo aver chiuso il sito, si mise a cercare su Google i nomi uno per uno, per vedere se trovava qualcos'altro. Apparvero diversi riferimenti a Rifkin, la maggior parte dei quali riguardava altre città in cui la sua azienda aveva proposto di costruire ruote panoramiche giganti o sistemi di teleferiche. Alcune proposte erano state rifiutate, ma molte erano ancora in fase di esame o erano state approvate ed erano in fase di progettazione. Per quanto Stilwell riuscì a vedere, nessuna era ancora operativa. I progetti riguardavano città della Florida, del Texas e della Louisiana che dipendevano fortemente dal turismo.

Inserì nel motore di ricerca l'indirizzo aziendale della Wheelmen a Los Angeles e apparve la foto di un palazzo di uffici a Koreatown.

«Che cos'è?»

Stilwell alzò lo sguardo dal telefono e vide Juarez, che si era tolta gli abiti da lavoro per indossare blue jeans e una camicetta bianca.

«La cosa di cui voglio parlarti» rispose. «Ti va bene farlo qui? Se preferisci, possiamo andare nel mio ufficio.»

Juarez si guardò intorno. Non c'era nessun altro nella piccola hall e l'impiegato che l'aveva registrata aveva lasciato il banco.

«Parliamo qui» disse. «Di che si tratta?»

«In una delle mie celle c'è un tizio che ha confessato di aver fatto a pezzi un bufalo nella riserva, un paio di settimane fa» disse Stilwell. «Vuole firmare un accordo in cui gli viene perdonato il reato, e in cambio ci darà l'uomo che l'ha messo in mezzo e, per buona misura, aggiungerà quello che sa sul sindaco che apparentemente è un socio silenzioso di quello stesso uomo in un progetto multimilionario che vuol fare approvare.»

Juarez annuì con impazienza, come qualsiasi pubblico ministero prossimo a mettere le mani su un caso di corruzione in lavori pubblici.

«Dimmi di più.»

«Iniziamo con il bufalo o con il progetto municipale?»

«Con il bufalo.»

«Bene. So che la notizia è arrivata anche sulla terraferma e forse l'avrai letta. Due settimane fa qualcuno ha ucciso un bufalo nella riserva. L'ha decapitato e ha portato via la testa. Sono animali protetti e quindi si tratta di un reato. L'uomo in prigione si chiama Henry Gaston. Lo tengo lì in custodia protettiva perché non ho un altro posto dove metterlo. È un meccanico che si occupa dei golf cart usati dalla Island Mystery Tours, che ha ottenuto una licenza di franchising dal comune circa cinque anni fa. Non ero qui allora, ma mi hanno detto che è stata una cosa controversa.»

«In che senso?»

«Il proprietario del franchising è un certo Oscar Terranova. La gente qui lo chiama Baby Head.»

«Come?»

«Ha il cranio rasato e immagino che questo lo faccia assomigliare alla testa di un neonato.»

Juarez scosse la testa. «Almeno è originale.»

«La licenza è stata osteggiata da altri operatori turistici, i quali sostenevano che c'erano già troppi franchising in città» continuò Stilwell. «E aggiungerne un altro avrebbe danneggiato tutte le loro attività. Ma il sindaco Allen ha sostenuto la richiesta, affermando che la concorrenza avrebbe fatto crescere il mercato. Il consiglio comunale ha votato e Baby Head ha ottenuto la licenza.»

«E il mercato è cresciuto?»

«No. Due delle altre aziende sono fallite, ma il sindaco ha dato la colpa all'epidemia di Covid. Il turismo qui all'epoca è crollato. Ma Gaston ha detto che lui e Baby Head avevano sabotato quelle aziende. Sembra che gliene abbiano combinate di tutti i colori, dal tagliare le gomme dei golf cart dei concorrenti a rubarli e gettarli dalle scogliere sull'altro lato dell'isola.»

«E testimonierà su tutto questo?»

«Se ottiene un accordo. Ma è roba di poco conto rispetto alle altre cose che dice di sapere, a cominciare dal bufalo morto. Ha detto che Baby Head gli ha ordinato di ucciderlo perché avrebbe fatto notizia e la gente avrebbe dato la colpa agli alieni.»

Juarez rise di nuovo. «E naturalmente questo avrebbe portato più clienti per i suoi tour di magia e mistero» disse.

«Esattamente.»

«Hai delle prove?»

«Be', la settimana scorsa ho ottenuto un mandato di perquisizione dal giudice Harrell e sono andato alla rimessa di Terranova. È lì che ho conosciuto Gaston. Ho sequestrato il manico di una sega, su cui sono state rinvenute tracce di sangue. L'ho messo sotto chiave ma non l'ho ancora mandato in laboratorio per confrontarlo con il sangue del bufalo.»

«Come mai?»

«Sono stato impegnato in un'indagine per omicidio, e il caso del bufalo avrà una priorità così bassa al laboratorio che ci vorranno sei mesi prima di avere un riscontro. A meno che non ci sia un pubblico ministero che gli metta fretta. È quello stavo aspettando.»

Juarez scosse la testa.

«È una fregatura da comma ventidue» disse. «Non posso imputare nessuno senza quei risultati, e non posso chiedere risultati rapidi senza un'imputazione.»

«Ma ora Gaston vuole collaborare.»

«Per salvarsi il culo. Ma non farà una bella figura, come testimone, se è stato lui a uccidere e fare a pezzi quel povero animale.»

L'addetto alla reception riapparve dietro il banco del check-in. Stilwell vide che si trattava di Fred Nettles, il manager notturno con cui aveva avuto a che fare durante il caso dello sfratto. A quanto pareva era appena entrato in servizio. Abbassò la voce per non farsi sentire. «Gaston dice che stava lavorando nella rimessa quando Terranova si è incontrato lì con Allen per parlare della proposta di costruire una grande ruota panoramica sul promontorio dietro il casinò. Il sindaco la sostiene pubblicamente perché dice che darà un forte impulso al turismo. Ma, secondo Gaston, Allen e Terranova sono coinvolti a tutti gli effetti nell'affare. Il sindaco riceverà una quota in cambio del suo sostegno al progetto, e ne darà una parte a Terranova.»

Il linguaggio corporeo di Juarez cambiò. Si chinò verso Stilwell; il suo volto aveva perso il sorriso divertito che aveva sfoggiato alla menzione di Baby Head.

«Possiamo fidarci di questo Gaston?» chiese.

«Non lo so ancora. È disperato. L'ho messo sotto pressione la settimana scorsa, quando sono andato alla rimessa per la perquisizione. Un paio di giorni dopo, sua moglie ne ha denunciato la scomparsa. Ho pensato che avesse tagliato la corda, ma oggi è venuto in commissariato e ha detto di essersi nascosto perché Terranova voleva ucciderlo per metterlo a tacere.»

«Per un bufalo morto?»

«Dice che Baby Head ha paura che ceda alle pressioni e parli. Di tutto. Del bufalo, della ruota panoramica, di ogni cosa che sa. Ed è esattamente quello che è disposto a fare se concludiamo un accordo con lui.»

«Questo Baby Head ha dei precedenti che supportano una reazione di questo tipo?»

«Nessuno.»

«È del posto?»

«Ho sentito dire che si è trasferito qui quando ha richiesto la licenza turistica.»

«Da dove?»

«Dalla terraferma. Ha un tatuaggio sul braccio. Sei-sei-uno. È il prefisso di Bakersfield.»

Juarez rimase in silenzio, riflettendo su come gestire la situazione. Stilwell guardò l'orologio. Si stava facendo tardi e voleva tornare in ufficio a controllare Gaston, prima di andare a casa per cena.

«Cosa ne pensi?» la incalzò. «Vuoi parlare con Gaston? Devo andare a prendere da mangiare per lui e un altro tizio che sta nell'altra cella. Dell'altro ti occuperai domani. Aggressione a un agente delle forze dell'ordine con lesioni aggravate.»

«Be'...» rispose Juarez. «Certo, possiamo andare a parlare con lui, ma questa è una cosa che dovrei portare all'Unità di integrità pubblica. Tutti i casi di corruzione di funzionari pubblici finiscono lì. Dovrebbero essere loro a decidere.»

Stilwell annuì. Lo sapeva, ma era deluso perché portare il caso alla UIP avrebbe rallentato tutto. Un'indagine su un funzionario eletto era sempre irta di conseguenze spiacevoli, pubblici ministeri e funzionari non potevano permettersi il minimo errore.

«Perché non andiamo a parlarci, in modo che tu possa

farti un'idea su di lui e sulla situazione?» suggerì. «Poi deciderai se passare la palla alla squadra di corruzione pubblica. Dopodiché possiamo incontrarci con Tash e andare a cena.»

«Benissimo» rispose Juarez. «Mi sembra un buon piano.»

# 31

Stilwell comprese immediatamente che qualcosa non andava. La porta principale della sottostazione era chiusa a chiave, e non avrebbe dovuto esserlo. Aveva due agenti in servizio per il turno serale, Esquivel e un altro di nome Porter, che aveva spostato dal turno di notte. Aveva detto a Esquivel di rimanere in ufficio mentre Porter si occupava dei compiti di pattuglia. Se Porter avesse avuto bisogno di rinforzi per qualsiasi motivo, Esquivel avrebbe dovuto avvertire Stilwell. In sostanza, voleva che in commissariato ci fosse sempre un uomo a proteggere Gaston.

Ma chiudere a chiave la porta d'ingresso non faceva parte del piano. Gli uffici dovevano essere aperti al pubblico ventiquattr'ore su ventiquattro, sette giorni su sette, e la porta si chiudeva a chiave solo quando tutto il personale era sul campo.

«Qualcosa non quadra» disse.

«In che senso?» chiese Juarez.

«Esquivel dovrebbe essere in ufficio e la porta non dovrebbe essere chiusa a chiave.»

«È un agente? Forse ha ricevuto una chiamata ed è uscito?»

«In tal caso avrebbe dovuto avvisarmi.»

Stilwell posò a terra la borsa contenente i pasti per Gaston e Spivak e prese le chiavi.

«Resta qui fuori finché non avrò controllato» disse.

Aprì la porta ed entrò. Attraversò la sala d'attesa e si diresse verso il box. Non c'era traccia di Esquivel e la prima cosa che notò fu che l'anta dell'armadietto tecnico era aperta. Guardò dentro e vide che il ripiano centrale era vuoto. Il disco rigido esterno era scomparso.

Estrasse la pistola e si diresse verso le celle. Nella prima avrebbe dovuto trovarsi Spivak, ma non c'era. Vide invece Esquivel, disteso a faccia in giù sul cemento, con i polsi ammanettati dietro la schiena, una camicia arancione avvolta intorno alla testa e intrisa di sangue.

Aprì rapidamente la porta e si avvicinò a Esquivel. Gli tolse la camicia dalla testa e gli posò due dita sulla carotide. Era vivo ma incosciente. Stilwell aprì le manette con la chiave e gli liberò i polsi, poi lo voltò sulla schiena. Sulla fronte c'era un profondo taglio e il sangue scorreva verso l'attaccatura dei capelli. Stilwell prese il cuscino e la coperta dalla branda, appoggiò il cuscino sotto la testa di Esquivel e usò il bordo della coperta per cercare di fermare l'emorragia.

Esquivel emise un gemito.

«Eddie, non è niente di grave» lo rassicurò Stilwell. «Provo a cercare aiuto. Resta con me.» Afferrò il ricetrasmettitore dalla cintura di Esquivel, chiamò Porter e gli ordinò di tornare alla sottostazione. Poi posò la radio sul pavimento e diede alcuni buffetti sulla guancia di Esquivel, il quale emise un altro gemito.

«Eddie, svegliati. Cosa è successo qui? Come...»

«Oh mio Dio!»

Stilwell si voltò. Juarez era entrata nella sezione celle. «Monika, controlla l'altra cella» le disse. «È quella di Gaston. Vai!»

Juarez andò all'altra cella e si portò subito una mano alla bocca per soffocare un urlo. Tra le due celle c'era un muro di blocchi di cemento e Stilwell non poteva vedere ciò che vedeva lei.

«Cosa c'è?» chiese.

«È... è morto» rispose lei. «Credo.»

Stilwell balzò in piedi e la raggiunse. Guardò attraverso le sbarre nella seconda cella. Henry Gaston era indubbiamente morto. Era seduto sul water d'acciaio della cella, con la testa all'indietro, un'ampia ferita al collo e una cascata di sangue sul davanti della camicia. Era stato quasi decapitato.

«Cosa sta succedendo qui?» gridò Juarez con voce impaurita.

«Sta' a sentire» disse Stilwell, con calma. «Devi uscire e andare alla stazione dei pompieri qui accanto. Di' loro che c'è un agente ferito che ha bisogno di cure mediche.»

Juarez non si mosse.

«Monika!» gridò Stilwell. «Vai alla porta accanto e chiama un'ambulanza. Ora!»

Juarez sembrò riprendersi. Fissò Stilwell e annuì.

«Va bene, va bene. Vado.»

Uscì e Stilwell prese il suo telefono. Chiamò il centro comunicazioni dello sceriffo sulla terraferma per segnalare un omicidio e un agente ferito. Chiese di allertare il capitano Corum e la Omicidi e che qualcuno dell'unità fosse inviato a Catalina.

Terminò la chiamata e sentì un altro gemito dalla prima cella. Tornò da Esquivel e vide che cercava di alzarsi dal pavimento.

«Eddie» disse. «Resta giù. Stanno arrivando i soccorsi. Lascia che i paramedici ti diano un'occhiata, prima di provare ad alzarti.»

«Sento che sto per vomitare» rispose Esquivel.

«Va tutto bene. Probabilmente significa che sei sotto shock. Sta' giù, resta calmo e gira la testa di lato. L'ambulanza è in arrivo.»

«D'accordo.»

«Ricordi che cosa è successo?»

«Sono stato colpito.»

«Da chi? Da Spivak?»

«Sì, è stato lui. Si è messo a strillare, io sono venuto a vedere che cosa stava succedendo e mi sono avvicinato troppo. Ha afferrato la mia camicia, mi ha tirato contro le sbarre e ho battuto la testa. Poi... non ricordo altro.»

«I ricordi torneranno. Ora sta' calmo.»

«Lui è scappato? Credo che abbia preso le mie chiavi.»

«Sì, è scappato.»

Stilwell pensò alla fuga di Spivak. Guardò l'orologio. L'ultimo traghetto per la terraferma era partito quarantacinque minuti prima. Le ferite di Esquivel sembravano fresche, perciò l'aggressione e la fuga dovevano essere avvenuti da poco, dopo la partenza del traghetto. Significava che Spivak era ancora sull'isola, oppure che era partito con una barca che aveva nascosto da qualche parte. Pensò che fosse più probabile la seconda ipotesi. L'istinto gli diceva che era una trappola fin dall'inizio: Spivak aveva fatto in modo di farsi mettere in cella per poter far fuori Gaston nel caso in cui si fosse costituito o fosse stato arrestato.

Il suo telefono squillò. Era il capitano Corum. «Stil, che diavolo sta succedendo laggiù?»

«Un casino, capitano. Abbiamo un agente ferito, ma per fortuna vivo, un detenuto morto e un altro in fuga.»

«Puoi bloccare l'isola?»

«Penso che sia troppo tardi per questo. Si tratta di un omicidio pianificato e molto probabilmente la fuga faceva parte del progetto.»

«Chi è la vittima?»

«Un tizio che si era offerto di testimoniare contro un gangster locale e il sindaco, in cambio di un accordo per un altro reato.»

«E gli hai creduto?»

«Sì, e a quanto pare gli ha creduto anche qualcun altro.»

«Sono in partenza con una squadra. Tieniti pronto a darci tutte le informazioni.»

«Vi aspetto qui e sarò pronto.»

# 32

Una volta arrivata la squadra dalla terraferma, le indagini si protrassero per tutta la notte. Stilwell fu interrogato ripetutamente da due diverse coppie di detective sotto il comando del capitano Corum. Anche Monika Juarez fu interrogata a lungo. Eduardo Esquivel fu portato nell'unica clinica dell'isola aperta ventiquattr'ore su ventiquattro e gli fu diagnosticata una commozione cerebrale, oltre alla profonda lacerazione che una barra di metallo gli aveva lasciato sulla fronte. Il suo racconto dell'accaduto sarebbe arrivato più tardi.

Gli investigatori di Corum guardarono il video dell'aggressione di Merris Spivak al vicesceriffo Dunne il sabato precedente, videro che l'attacco era intenzionale e compresero quello che Stilwell aveva capito troppo tardi: l'aggressione era stata pianificata. Spivak voleva farsi arrestare per essere già nel posto giusto nel caso in cui Henry Gaston fosse uscito allo scoperto e fosse stato portato in commissariato da Stilwell.

«Praticamente l'ho consegnato nelle sue mani» disse Stilwell.

«Non c'era modo di saperlo» ribatté Corum. E subito aggiunse: «Almeno, questa è la mia opinione».

Significava che se fosse stato necessario un capro espiatorio, Stilwell era il candidato principale.

L'indagine si protrasse fino alla mattina di venerdì, impedendo a Stilwell di andare a prendere il giudice Harrell al porto e fargli firmare il mandato di perquisizione per il Black Marlin Club. Ma non importava. La legge prevedeva che i mandati di perquisizione fossero eseguiti entro quarantotto ore dalla firma del giudice. Probabilmente sarebbe stato impossibile, ora che il caso Gaston richiedeva tutto il suo tempo e la sua attenzione. Decise che avrebbe aspettato la settimana successiva, poi sarebbe andato al tribunale di Harrell a Long Beach, gli avrebbe fatto firmare il mandato e sarebbe tornato con Sampedro e Ahearn per condurre la perquisizione.

Significava rallentare un'indagine per omicidio, ma erano le circostanze a dettare le sue mosse e le sue priorità. Lo spiegò a Corum e poi ad Ahearn, il quale lo chiamò non appena seppe dell'accaduto. Stilwell non capiva se avesse telefonato per sfotterlo o semplicemente per assicurargli che l'indagine su Leigh-Anne Moss stava continuando sulla terraferma.

«Noi andiamo avanti» disse Ahearn. «Tu fatti sentire quando sarai di nuovo libero e faremo quella perquisizione.»

Stilwell e gli investigatori non avevano dormito per tutta la notte ed era improbabile che anche gli abitanti ci fossero riusciti. Due elicotteri dello sceriffo erano stati inviati sull'isola a perlustrare la città, le spiagge e le acque costiere, in una ricerca a tappeto di Spivak. Il fatto che non l'avessero localizzato non era una sorpresa. O si stava nascondendo o era andato via da tempo.

Era sparito anche il disco rigido esterno dall'armadietto delle attrezzature, che conteneva la registrazione del colloquio di Stilwell con Gaston. Visto che Gaston era morto e la registrazione sparita, qualsiasi imputazione contro Baby Head Terranova rischiava di non trovare riscontri. Stilwell non aveva preso appunti durante l'intervista perché contava sulla registrazione. Una ricostruzione di ciò che Gaston aveva detto, a distanza di ore, sarebbe stata legittimamente contestata se offerta in tribunale come prova.

«Siamo completamente fottuti» commentò Corum quando gli spiegò il problema.

«Forse non completamente» rispose Stilwell.

Raccontò al capitano della perquisizione della rimessa e del manico della sega che era risultato positivo alla ricerca di tracce di sangue. Gli disse che non l'aveva ancora inviato per le analisi forensi. Il capitano accettò di portarlo personalmente al laboratorio e di usare la sua influenza per accelerare il confronto con il sangue del bufalo.

«Tuttavia, anche se corrisponde, non ci porterà lontano» disse poi. «Risolve la faccenda del bufalo, ma non l'omicidio di un testimone che aveva deciso di collaborare.»

«È un inizio» disse Stilwell. «E ci dà qualcosa per fare leva su Terranova. Forse abbastanza per indurlo a cambiare bandiera e a darci chi sta un gradino sopra di lui.»

Corum annuì, con riluttanza. Stilwell lo aveva informato di ciò che Gaston aveva detto sui presunti legami tra Terranova e il sindaco.

«Teniamoci alla larga da quei gradini finché non avremo maggiori prove, e molto solide.»

A metà mattina i media erano già sulla storia. Inizialmente c'era solo Lionel McKey, ma presto arrivarono reporter e cameraman dei canali d'informazione della terraferma e del *Los Angeles Times*. Poiché Spivak era fuggito, la seduta nell'aula del tribunale accanto alla sottostazione si concluse in pochi minuti. Il giudice Harrell e la sostituto procuratrice Juarez si occuparono di una breve serie di reati minori in cui gli imputati erano stati rilasciati senza cauzione dopo l'arresto. Una volta che l'udienza fu aggiornata e Harrell e Juarez furono tornati al porto, ai media fu detto di riunirsi nell'aula e di attendere la conferenza stampa che sarebbe stata tenuta da Corum.

McKey, l'unico reporter locale, non era contento di essere stato raggiunto dai giornalisti paracadutati dalla terraferma. Iniziò a cercare Stilwell al cellulare ogni dieci minuti. Quelle continue chiamate lo infastidivano anche perché non sapeva proprio come McKey avesse ottenuto il suo numero. Lui non glielo aveva mai dato.

Al quinto tentativo, infine, decise di rispondere, a bassa voce ma con decisione. Era seduto nel box, con diversi investigatori che lavoravano intorno a lui.

«Chi le ha dato questo numero?»

«Ah... non mi ricordo. Credo che l'abbia fatto lei, in realtà.»

«Bel tentativo. Al momento non ho commenti da fare, Lionel. E comunque, non è con queste continue chiamate e messaggi che mi farà venire voglia di parlare con lei.»

«Senta, le chiedo scusa, va bene? Ma questa è una storia locale, e sono arrivate firme importanti dalla terraferma, e devo consegnare un articolo al massimo fra tre ore. Mi serve qualcosa che loro non hanno. È una questione di orgoglio e ne ho bisogno subito. Ho pensato che avrebbe capito e avrebbe dato qualcosa al giornale della sua città.»

«Be', ha pensato male. Questa è un'indagine per omicidio e c'è un assassino in fuga là fuori. No comment.»

«Senta, perché non facciamo uno scambio? Le garantisco che un giorno avrà bisogno di me per scrivere un articolo che possa aiutarla con un caso e, se mi dà una mano ora, al momento giusto me ne ricorderò.»

Stilwell lo lasciò in sospeso per un lungo momento, prima di rispondere. «Tutto qui?» chiese infine. «È la sua migliore offerta?»

«Be', mi dica cosa vuole» esclamò McKey.

«Voglio che smetta di chiamarmi.»

Riattaccò e guardò il detective seduto alla scrivania di fronte. Si chiamava Crockett, come quello di *Miami Vice*.

«Giornalisti del cazzo» disse Crockett.

«Già» commentò Stilwell.

Si alzò e andò nel suo ufficio, che era stato requisito da Corum. Il capitano stava scrivendo su un blocchetto giallo.

«Vuoi riprenderti il tuo ufficio?» gli chiese.

«No» rispose Stilwell. «Cosa dirà alla stampa?»

«Gli darò della merda e ne saranno felici.»

«Pubblichiamo la foto di Spivak?»

«Certo.»

«Cosa dirà che è successo?»

«Che ha sopraffatto un agente, ha preso le chiavi ed è fuggito. Semplice e pulito.»

«Farà il nome di Esquivel?»

«Dovrei, ma non lo farò. Comunque non ha importanza. Ha chiuso con il dipartimento.»

«Non è un cattivo poliziotto. Che ne dice di una sospensione?»

«Non sono io a decidere. Ma ha lasciato scappare un detenuto che ha ucciso un uomo. E potrebbe ucciderne altri. È difficile essere clementi, in una situazione del genere.»

«E Gaston?»

«Gaston cosa?»

«Ha intenzione di dichiarare che lo avevamo messo in custodia protettiva?»

«Cazzo, no, vuoi scherzare? Era in cella per aver fatto a pezzi quel bufalo, fine della storia. Il caso è risolto, ed è il lato positivo di tutta questa faccenda. Il tizio che ha tagliato la testa al bufalo per poco non è stato decapitato a sua volta.»

Stilwell annuì. «Ha bisogno di qualcosa? Un caffè, una coca?»

«Mi sembra già di volare, da tanto caffè che ho bevuto» rispose Corum. «Ascolta, ti voglio là fuori con me davanti ai media. Sei il capo della polizia qui sull'isola e dovresti essere presente. Non c'è bisogno che tu dica nulla, io ti presento e tu resti lì al mio fianco.»

«Come vuole, capitano.»

Stilwell prese la sua tazza dalla scrivania e uscì dall'ufficio. Ma non andò a prendere il caffè in sala relax. Entrò nella prigione e vide che il cadavere e la squadra della Scientifica non c'erano più. Prese subito il telefono e richiamò McKey. Il giornalista rispose in tono eccitato.

«Detective Stilwell. Che cosa c'è?»

«Ricordi che non sono stato io a dirglielo.»

«Va bene.»

«Lo ripeta.»

«Non è stato lei a dirmelo, è tutto a livello non ufficiale. Qualunque cosa verrò a sapere, non la coinvolgerò in nessun modo.»

Stilwell si girò in modo da guardare la porta e vedere se arrivava qualcuno. Quando parlò di nuovo abbassò la voce.

«Mi dia una prova che posso fidarmi di lei» disse. «Alla conferenza stampa, il capitano dichiarerà che il prigioniero ucciso era in cella perché aveva ammesso di aver ucciso il bufalo nella riserva, la settimana scorsa.»

«È questo il movente dell'omicidio?»

«Non faccia domande, perché non risponderò. Quello che il capitano non dirà è che il morto lavorava per la Island Mystery Tours, alla manutenzione dei golf cart.»

«Va bene...»

McKey ovviamente non aveva collegato i puntini.

«Il bufalo mutilato alimenta le teorie sul fatto che a Catalina ci siano gli alieni...» lo incalzò Stilwell.

«Cazzo» disse McKey. «E questo a sua volta alimenta gli affari della Island Mystery Tours.»

«Causa ed effetto.»

«Il tizio che ha ucciso il bufalo aveva ammesso di averlo fatto per questo?»

«Ho detto che non rispondo alle domande. Ma perché l'avrebbe fatto, altrimenti?»

«La ditta è di Baby Head Terranova. È indagato?»

«Scriva un bell'articolo, Lionel. E mi tenga fuori.»

Stilwell riattaccò prima che McKey potesse rispondere e si mise il telefono in tasca.

# 33

Al tramonto di venerdì, Corum e la sua squadra di investigatori salirono su due elicotteri e tornarono sulla terraferma. I giornalisti erano partiti prima, così come il cadavere di Henry Gaston, che aveva attraversato la baia di Santa Monica su una barca dello sceriffo ed era stato portato all'ufficio del coroner per l'autopsia. Merris Spivak era ancora a piede libero e non si sapeva se fosse riuscito a lasciare l'isola o se si trovasse ancora ad Avalon, magari nascosto sulle montagne. Stilwell non aveva un'opinione al riguardo. Il suo obiettivo era incastrare l'uomo che, secondo lui, aveva fatto venire Spivak sull'isola con lo scopo di uccidere Gaston.

Quando arrivò a casa, era sveglio da trentotto ore. Pensava che Tash lo stesse aspettando, ma la casa era buia. Lei non aveva risposto ai suoi messaggi sui progetti per la serata o quello dove l'avvisava che stava tornando a casa. La verità era che era troppo stanco per mangiare o parlare della sua giornata. Voleva dormire. La chiamò, ma quando partì la segreteria telefonica, si sentì sollevato: era troppo stanco anche per reggere una semplice conversazione al telefono.

«Ciao, Tash» disse. «Sono a casa, distrutto. Mi metto a letto e dormo per una decina d'ore. Vieni a trovarmi se vuoi, ma non posso prometterti che sarò di buona compagnia. Ti amo.»

Riattaccò chiedendosi se fosse stata la stanchezza a fargli abbassare le difese tanto da pronunciare le ultime due parole. Non le aveva mai dette prima a Tash e si chiedeva quale sarebbe stata la sua reazione.

Circa un mese prima, avevano raggiunto un punto nel loro rapporto in cui si erano dati a vicenda il permesso di rintracciare la posizione del telefono dell'altro. Era stata Tash a suggerirlo, perché stare con un uomo che spesso era via per lavoro – o che doveva tornare sulla terraferma per questioni relative al suo precedente matrimonio – la rendeva insicura. Stilwell lo capiva e aveva acconsentito, anche se personalmente non sentiva alcun bisogno di sapere sempre dove fosse Tash. Ma ora, per la prima volta, provò a rintracciarla.

Aprì il contatto di Tash sulla rubrica e toccò la foto abbinata al numero; apparvero i suoi dati e una mappa. Secondo la mappa si trovava al Buffalo Nickel, un bar vicino all'impianto di desalinizzazione nella zona industriale dell'isola. Era un luogo di ritrovo per la gente del posto, lontano dalle destinazioni turistiche. Stilwell ci era stato con lei almeno due volte, e non era sorpreso che ci fosse andata dopo il lavoro, di venerdì sera. Ma sotto la mappa c'era scritto che la posizione risaliva a oltre due ore prima. Di solito, sotto la mappa c'era scritto «live», quindi Tash doveva aver spento il telefono, e questo era molto strano.

Stilwell si rese conto che stava finendo dritto nella stessa trappola di insicurezza in cui era caduta Tash e che la tecnologia moderna era un'arma a doppio taglio. Anche in questo caso, pensò che fosse un effetto della stanchezza e cercò di non dargli importanza. Collegò il telefono al caricabatterie sul comodino, puntò la sveglia alle sette del mattino dopo, si spogliò e si mise a letto. Nel giro di cinque minuti si addormentò.

Un'ora dopo fu svegliato dal telefono. Guardò lo schermo e vide che era Tash. Sperò che non volesse invitarlo a raggiungerla al Buffalo Nickel. Cercò di rispondere con una voce allegra.

«Ehi, sei ancora al Nickel? Hai ricevuto il mio messaggio?»

Non ci fu risposta.

«Tash?»

«Quindi la ami, eh?»

Era una voce maschile, in qualche modo ovattata. Stilwell non la riconobbe. Parlava in tono sprezzante.

«Chi parla?»

«Non importa. Ciò che conta è quello che farai per salvare la donna che ami.»

«Fammi parlare con Tash.»

«Non è possibile.»

«Dov'è? Di che si tratta?»

«Hai qualcosa che noi vogliamo.»

«Di che diavolo parli? Io non...»

«La sega. Vogliamo la sega.»

La nebbia della stanchezza si diradò all'improvviso e Stilwell capì cosa stava succedendo.

«Il manico della sega? Non ce l'ho. L'ho mandato al laboratorio di Los Angeles.»

«Non mentire, Stilwell. Se menti, Natasha scomparirà per sempre.»

L'uso del nome completo di Tash sottolineava in qualche modo la gravità della telefonata. Quell'uomo l'aveva sequestrata e aveva letto il suo nome sulla carta di credito o su un documento. Tash non aveva la patente perché non aveva mai guidato altro che un golf cart o una barca.

Stilwell si alzò e iniziò a camminare per non far trasparire il panico dalla voce. «Va bene. Cosa vuoi che faccia?»

«Vogliamo che tu prenda quel manico dalla cassaforte delle prove e lo distrugga.»

Stilwell credette di riconoscere la voce. Merris Spivak. I suoi neuroni sembravano impazziti e sudava freddo. L'immagine di Henry Gaston con il collo squarciato gli balenò nel cervello.

«Sta' a sentire, Spivak. Se le fai del male, ti darò la caccia fino in capo al mondo.»

«Non minacciarmi. Si tratta solo di affari. Di uno scambio. Abbiamo una telecamera piazzata sulla rampa per le barche. Recati lì con il manico e ti vedremo. C'è un cassonetto dei rifiuti. Lascialo lì dentro e va' via. Dopodiché, riavrai la tua ragazza tutta intera. Se ci prendi per il culo, i pezzi saranno due. O forse tre o quattro.»

Stilwell sapeva che la rampa per le barche faceva parte del Catalina Boat Yard, nel settore industriale, dietro il Buffalo Nickel e non lontano dalla rimessa di Baby Head Terranova.

Si rese conto che Spivak doveva aver acceso il cellulare di Tash per chiamarlo, perché così era certo che avrebbe risposto. Mise la chiamata in vivavoce e, mentre parlava, aprì il contatto di Tash per rintracciare la posizione del telefono.

«Va bene» disse. «Ma prima voglio parlare con lei. Non farò nulla senza una prova che è ancora viva. È chiaro?»

«Se vuoi una prova che è viva, l'avrai» rispose Spivak.

Il telefono indicava la sua posizione sul promontorio dietro l'impianto di desalinizzazione.

Sentì un fruscio e poi il suo nome. Era la voce di Tash. Quello che diceva era smorzato da un bavaglio o da una mano sulla bocca. Spivak tornò al telefono.

«Ecco la tua prova» disse. «Ora, abbiamo un accordo o devo occuparmi personalmente di lei?»

«Voglio parlarle.»

«Impossibile.»

«Quella che ho sentito potrebbe essere una registrazione e lei potrebbe essere già morta. Voglio parlarle, ho detto.»

«E va bene.»

Sentì di nuovo dei fruscii e un'istruzione di Spivak: «Rispondi solo "sì" o "no". Se dici qualcos'altro ti faccio male.»

«Bene, detective, parla pure» disse Spivak. «Hai dieci secondi.»

«Tash, stai bene?» chiese Stilwell.

«Sì» rispose lei, in tono teso per lo spavento.

«Ti fidi di me?»

«Sì.»

«Ti porterò a casa. Te lo prometto.»

«Ti credo» disse lei.

Poi tornò in linea Spivak.

«La rampa per le barche» disse. «Se non ti vedo sulla telecamera entro un'ora, lei è spacciata, amico.»

«Ci sarò» disse Stilwell.

Spivak chiuse la comunicazione. Stilwell abbassò lo sguardo sul telefono, entrò nel menu delle impostazioni e smise di condividere la sua posizione con il telefono di Tash. Non voleva che Spivak sapesse quando o come sarebbe andato a prenderlo.

## 34

Il mare era piatto e il riflesso di una falce di luna illuminava il percorso di Stilwell attraverso l'acqua nera. Gli ci vollero quindici minuti sullo Zodiac per arrivare dal molo dello sceriffo al porto, nel punto dietro l'impianto di desalinizzazione in cui il telefono di Tash era apparso per l'ultima volta sull'app di localizzazione. Correva a luci spente e rallentò quando mancava circa un chilometro all'impianto. Sollevò il binocolo e scrutò la riva. La localizzazione del telefono di Tash non era esatta. Doveva trovare un obiettivo. Ma Spivak e Tash potevano essere ovunque sul promontorio.

L'esterno dell'impianto era ben illuminato e c'erano diverse piccole costruzioni che circondavano i grandi serbatoi blu e la foresta di tubature e sistemi di filtraggio che producevano l'acqua dolce. La maggior parte dei capannoni e dei rimorchi era buia, ma dietro la finestra di una piccola costruzione vide il bagliore bianco-bluastro dello schermo di un computer. Si trattava di un container in metallo poggiato su pile di blocchi di cemento alte un metro e mezzo, una misura contro le inondazioni causate di tanto in tanto dalle maree. Tra le colonnine di blocchi c'erano dei graticci rimovibili. Stilwell contò sei gradini fino all'ingresso su una piattaforma. La porta aveva una finestrella quadrata attraverso la quale filtrava il bagliore. Tenne il binocolo puntato sul container per vari secondi, ma non vide alcun movimento. Poteva anche trattarsi semplicemente di un pc lasciato acceso dopo la fine del turno di lavoro, ma la maggior parte dei computer aveva un timer che spegneva lo schermo dopo un periodo di inattività.

Decise che doveva controllare quel container.

Era ormai a trecento metri dalla costa. Diede un colpo di acceleratore per prendere un po' di slancio e pochi secondi dopo spense il motore, per avvicinarsi in silenzio. Quando l'imbarcazione rallentò, gettò un'ancora di lato, aspettò che facesse presa e poi assicurò la cima a una galloccia. Indossava la muta della squadra subacquea. Mise sulle spalle uno zaino impermeabile, calò sulla fronte la maschera e scivolò nell'acqua fredda e scura oltre la fiancata dell'imbarcazione. Sentì il freddo trafiggergli le orecchie e il cuoio capelluto. Scalciò e si diresse verso la riva.

Dieci minuti dopo uscì dall'acqua e risalì la costa rocciosa verso il piazzale asfaltato che circondava l'impianto. Non c'erano recinzioni o altri ostacoli che impedissero di avvicinarsi dal mare.

Sul bordo esterno del piazzale si trovava una vecchia baracca per gli attrezzi in legno. Stilwell si avvicinò e la usò come riparo per dare un'occhiata guardinga, da dietro l'angolo, al container. Anche stavolta non vide alcun movimento, ma ancora non era convinto. Guardò l'orologio. Gli restavano dieci minuti dell'ora che gli era stata concessa.

Gettò lo zaino a terra e aprì la cerniera. Si tolse la maschera da sub e la muta, lasciandola a terra come una pelle di serpente. Dallo zaino estrasse degli abiti scuri e si vestì rapidamente. Tirò fuori il telefono e un coltello pieghevole e li mise nelle tasche, poi prese la pistola e la infilò sotto la cintura sul retro dei pantaloni.

Il container era a una quarantina di metri di distanza, oltre l'asfalto scoperto. Stilwell si spostò verso l'altro angolo del capanno per capire se c'era un percorso meno esposto. Vide che poteva fare un tratto di corsa fino alla cisterna d'acqua più vicina e un altro da lì fino all'estremità del container.

Prese un respiro profondo e corse verso il serbatoio dell'acqua. Coprì rapidamente la distanza senza fermarsi, poi seguì la parete curva dell'enorme serbatoio per metà della sua circonferenza. Non si fermò. Mantenne lo slancio e percorse gli ultimi dieci metri fino all'estremità del container. Si rannicchiò contro il graticcio e aspettò, con le orecchie tese per sentire il rumore della porta che si apriva o qualsiasi altro segno che era stato avvistato.

Ma sentì solo le onde che s'infrangevano contro gli scogli.

Guardò attraverso il graticcio per cercare di vedere sotto il container, ma era troppo buio. Lo strattonò e lo trovò allentato, con il legno marcio per la lunga esposizione all'aria di mare.

Afferrò il graticcio con entrambe le mani, ne staccò un pezzo e lo posò con cura sull'asfalto. Aspettò ancora una volta di vedere se le sue azioni avessero attirato l'attenzione, ma di nuovo sentì solo il rumore delle onde. Sbirciò dietro l'angolo la porta del container. Era sempre chiusa e il bagliore continuava a uscire dalla finestrella.

S'infilò nello spazio buio oltre il graticcio. Era ingombro di tubi arrugginiti e altra roba inutile. Cercò con lo sguardo un'altra via per entrare, ma era troppo buio per vedere qualcosa. Mentre si accingeva a fare marcia indietro, suonò un cellulare. Al secondo squillo qualcuno rispose. Sentì una voce maschile soffocata. Non riuscì a distinguere le parole, ma la chiamata gli ricordò che non aveva più molto tempo.

Uscì da sotto il container ed estrasse la pistola dalla cintura. Era di fronte alle scale, e la porta era sul lato destro della piattaforma d'ingresso. Non riusciva a vedere i cardini, il che gli fece capire che si apriva verso l'interno. Buono a sapersi.

Si diresse ai gradini e li salì due alla volta. In cima, si fece indietro contro il parapetto di legno, sollevò la gamba sinistra e colpì con il tallone il punto appena sopra la maniglia. Il legno si scheggiò con un forte rumore e la porta si spalancò. Lo slancio lo portò in avanti ed entrò, con la pistola puntata e in posizione accovacciata.

Guardò da sinistra a destra e vide Spivak, in piedi al centro del container. Era a torso nudo e aveva entrambe le mani in vita, nell'atto di slacciarsi la cintura. Sulla scrivania accanto a lui c'era una pistola, visibile alla luce dello schermo di un computer portatile. Si fissarono negli occhi per una frazione di secondo, poi Stilwell fece fuoco.

La testa di Spivak scattò all'indietro e l'uomo crollò a terra. Solo allora Stilwell vide Tash su una branda in fondo al container. Era imbavagliata e le mani erano in alto, legate alla testiera metallica della branda.

Andò verso di lei, fermandosi un attimo a controllare Spivak. Il proiettile lo aveva colpito sopra il sopracciglio destro. Morte istantanea. Aveva ancora gli occhi aperti.

Si avvicinò a Tash e le abbassò delicatamente il bavaglio sul mento.

«Sei al sicuro, Tash» disse. «Sei al sicuro.»

Non appena fu libera dal bavaglio, un grido le uscì dalla bocca e i suoi occhi si riempirono di lacrime. Stilwell lavorò sui nodi per liberarle i polsi.

«Lui non può più farti del male» disse. «Nessuno ti farà del male.»

Le liberò una mano e passò all'altra.

«Ha detto: "Il tempo è scaduto" e ha iniziato a togliersi i vestiti. Voleva violentarmi e uccidermi.»

«Lo so, lo so» disse Stilwell, in tono rassicurante.

Non riuscì a sciogliere l'ultimo nodo. Si frugò in tasca, tirò fuori il coltello, si mise in ginocchio e tagliò con cura la corda, cercando di allontanare l'immagine che gli era apparsa in mente di Spivak sul lettino sopra Tash.

Quando lei fu finalmente libera, scivolò dalla branda sul pavimento e gli strinse le braccia intorno al collo. Il suo corpo era scosso dai singhiozzi.

«Mi dispiace tanto» mormorò Stilwell. «È colpa mia, è tutta colpa mia.» Si strinsero forte. Poi le disse: «Devo portarti fuori di qui».

«Non ancora» disse Tash.

Si rifiutò di allentare la presa e tenne la testa poggiata sul petto di lui.

«Mi ha fatto ascoltare il tuo messaggio» gli confidò. «Hai detto: "Ti amo". Allora ho capito che saresti venuto.»

Lui la baciò sulla testa. «Avrei fatto qualunque cosa per salvarti» disse.

Alla fine Tash lo lasciò andare e guardò oltre la sua spalla il corpo di Spivak sul pavimento. Stilwell si alzò, tirandola su.

«Usciamo di qui» disse. «Devo chiamare i rinforzi.»

Le tenne un braccio intorno alla vita mentre oltrepassavano il corpo per andare verso la porta. Guardò il portatile. Lo schermo era diviso in due inquadrature. Una mostrava la rampa per le barche, più un tavolo da picnic e un bidone della spazzatura. L'altra era una vista sull'ingresso del cantiere nautico. Era una conferma che arrivare dall'acqua era stata la mossa giusta.

Tash si fermò all'improvviso. «Aspetta» disse.

Sulla scrivania c'era una scatola di cartone contenente dei fazzoletti. Ne prese uno e lo usò per raccogliere la pistola. Poi si chinò e l'appoggiò sul pavimento accanto al corpo di Spivak.

«Non dovresti...» cominciò Stilwell, poi tacque.

Annuì e si diressero verso la porta, stretti l'uno all'altro come se nulla potesse separarli.

Quasi sulla soglia, lo squillo di un telefono li spinse a fermarsi. Stilwell tornò a guardare il corpo sul pavimento e vide la luce di un cellulare che sporgeva dalla tasca sinistra dei pantaloni di Spivak.

Tornò indietro, prese il fazzoletto che aveva usato Tash, estrasse il telefono e lo posò sul pavimento. Sullo schermo c'era scritto NUMERO SCONOSCIUTO. Premette il pulsante di risposta e mise la chiamata in vivavoce.

L'interlocutore non disse nulla. Stilwell credette di sentire una debole musica in sottofondo.

«Baby Head, so che sei tu» disse Stilwell. «Il tuo uomo è morto... e ora vengo a prendere te.»

Ci fu un silenzio di qualche secondo, poi l'interlocutore riattaccò.

# 35

Il capitano Corum non era felice di dover passare nuovamente del tempo a Catalina a dirigere le indagini su un'altra morte. La sua squadra comprendeva due degli investigatori assegnati all'omicidio di Henry Gaston, ma questa volta erano affiancati da due agenti dello sceriffo che indagavano sullo scontro a fuoco che coinvolgeva uno dei loro. Stilwell e Tash Dano erano stati interrogati separatamente e più volte. Stilwell aveva accompagnato gli investigatori sulla scena del crimine, dalla costa rocciosa dove era approdato fino all'interno del container, dove il corpo dell'uomo che aveva ucciso giaceva ancora sul pavimento.

Fin dall'inizio dell'indagine, né Corum né Stilwell erano preoccupati: l'unico verdetto possibile era che la sparatoria rientrava nelle procedure del dipartimento. L'unico problema riguardava la decisione di Stilwell di salvare la donna rapita da solo, senza chiamare i rinforzi fino alla fine. Corum gli anticipò che poteva aspettarsi una sospensione, per quella mossa.

A un certo punto il capitano dovette rispondere a una telefonata e si allontanò dagli investigatori, parlando a bassa voce. La conversazione fu breve e di poche parole. Al termine, mise il cellulare in tasca e fece cenno a Stilwell di raggiungerlo.

«Era il sindaco Allen» disse. «Vuole che ti porti via dall'isola. Per sempre.»
«Ci avrei scommesso. Cosa gli ha risposto?»
«Gli ho detto solo che prenderò in considerazione la sua richiesta alla conclusione della nostra indagine.»
«Suderà freddo quando prenderemo Terranova e lo metteremo sotto torchio.»
«Sempre se lo troviamo.»
Corum aveva incaricato due dei suoi investigatori di trovare Baby Head e di interrogarlo. Finora, però, non avevano ancora avuto risultati.
«Un tipo come lui doveva avere per forza un piano di fuga» disse Stilwell. «Probabilmente era già sulla terraferma quando è successo tutto questo.»
«Comunque, non abbiamo molte prove contro di lui» osservò Corum.
«Ha ordinato a Spivak di sequestrare Tash, lo so. Ed è stato lui a chiamare per verificare che l'ordine fosse stato eseguito.»
«Ma non possiamo provare nulla.»
«Abbiamo il manico della sega.»
«Sì, è vero, ma non ci serve come prova riguardo alla morte di Gaston o per quello che è successo la notte scorsa. Se lo troveremo, vedremo cosa riusciremo a fagli ammettere.»
«Si limiterà a chiamare un avvocato» disse Stilwell. «Dobbiamo riuscire a imputarlo e a metterlo in carcere.»
«Allora ci servono altre prove.»
Stilwell scosse la testa. Era contrariato, ma sapeva che Corum aveva ragione e che anche a lui non piaceva quella situazione.
«Le troverò» disse.
Corum prese il telefono e lesse un messaggio.
«Non ora, però» disse. «Sei sospeso finché l'indagine

non sarà conclusa. Sono pronti a condurre l'interrogatorio formale in commissariato. Dirò a Ramos di accompagnarci lì.»

Quindici minuti dopo, Stilwell era seduto nella sala interrogatori della sottostazione, di fronte a Batchelor e Harrington, due investigatori dell'OIS, la squadra che si occupava degli scontri a fuoco in cui erano coinvolti dei poliziotti. Si trattava di un colloquio formale, registrato, e ciò che avrebbe raccontato sarebbe stato inserito in modo permanente nel fascicolo. Avrebbe rappresentato un punto di riferimento nel caso di azioni legali successive.

Corum si apprestò a seguire il colloquio in video. Era ormai la tarda mattinata di sabato e gli agenti incaricati avevano raccolto tutto il possibile dalla scena della sparatoria. Stilwell sapeva per esperienza che la situazione in cui si trovava non era affatto facile, ma, nonostante il debito di sonno, si sentiva pronto.

«Cominciamo dal processo decisionale» disse Harrington. «Riceve questa chiamata, le dicono che hanno la sua ragazza, lei chiede una prova che sia viva e la ottiene, e poi decide di andare da solo a salvarla. Può spiegarci come è arrivato a prendere questa decisione?»

«Certo» rispose Stilwell. «Era una questione di tempo. La persona al telefono mi ha dato un'ora. Questo significava che non avevo un minuto da perdere. Non potevo aspettare che arrivasse qualcuno dalla terraferma, nemmeno in elicottero. Avevo una sola agente in servizio sull'isola e non pensavo che sarebbe stata all'altezza.»

«Si trattava dell'agente Ramirez. In che senso pensava che non fosse all'altezza?»

«Non ha abbastanza esperienza. Sappiamo tutti che i poliziotti assegnati a quest'isola hanno mostrato qualche forma di... carenza nel loro lavoro. Ho lavorato con Ramirez negli ultimi nove mesi e questa era una missione di salvataggio, non un giro di pattuglia. Non avevo molta fiducia in lei e pensavo che avrebbe potuto farsi del male. Non volevo che accadesse.»

Harrington aveva un blocco giallo sul tavolo e tracciò un segno di spunta accanto a una nota scritta che Stilwell non riusciva a leggere, dalla sua posizione.

«Da quanto tempo ha una relazione con Natasha Dano?»

Evidentemente Harrington intendeva servirsi di continui cambi d'argomento per cercare di coglierlo di sorpresa. L'importante era non dissimulare o mentire apertamente. Se lo avesse fatto, le cose sarebbero precipitate in fretta.

«Abbiamo iniziato a vederci in modo occasionale dieci o undici mesi fa» rispose. «E la relazione ha iniziato a diventare più seria circa sei mesi fa.»

«Vivete insieme?» chiese Harrington.

«Tecnicamente, no. Ciascuno sta a casa sua, ma in pratica stiamo da me o da lei quasi ogni sera. Più spesso da me. L'appartamento è più grande e la cucina è più comoda.»

«E tenevate segreta la relazione?»

«Non proprio. Non la sbandieravamo in giro, se è questo che intende. Ma non abbiamo fatto molto per nasconderla. A Tash... a Natasha, non piace andare sulla terraferma, quindi spesso eravamo in giro qui, di sera, a cena fuori o tra amici.»

«Eravate già stati insieme al Buffalo Nickel?»

«Sì, alcune volte. È un locale per gente del posto. Fuori dal circuito turistico.»

«Sapeva che lei sarebbe andata lì, ieri sera?»

«No. Ero impegnato con il lavoro e le ho scritto che probabilmente non ci saremmo visti. Lei ha risposto dicendo che andava bene: sono sicuro che avete già controllato i nostri telefoni. Non sapevo che fosse al Nickel finché non sono tornato a casa a dormire. Ho controllato col telefono dove si trovava e ho visto che era lì già da un po' di tempo.»

«Non le ha detto come mai era così impegnato? La signorina non sapeva dell'omicidio di Gaston e della fuga di Spivak?»

«C'erano molti giornalisti qui fuori, ieri. Potrebbe aver visto o sentito qualcosa. Ma io non le ho detto nulla. Di solito non parlo del mio lavoro con lei.»

«Davvero? Come mai?»

«È cresciuta qui sull'isola ed era compagna di scuola di un giornalista del *Call*, Lionel McKey. Sono ancora amici e non ho mai voluto metterla in una posizione in cui fosse informata di cose che Lionel avrebbe voluto sapere.»

«Sa se c'è stato un caso in cui la signorina Dano ha passato al giornale informazioni che aveva sentito da lei?»

«No, non è mai successo. Quando la nostra relazione è diventata più seria, ne abbiamo parlato e lei ha capito. Ma io sono rimasto fedele all'idea di tenere per me le cose di lavoro.»

«Insomma, ci sta dicendo che la signorina non aveva idea di cosa stesse succedendo, quando ha deciso di andare al Buffalo Nickel ieri sera?»

«Esatto, almeno a quanto ne so. Il *Catalina Call* è l'unico giornale locale e viene pubblicato il sabato, quindi, a meno che non abbia sentito qualche pettegolezzo al lavoro o che McKey non l'abbia contattata per chiederle qualcosa in merito, probabilmente non lo sapeva. Sono sicuro che glielo avrete chiesto.»

«Stiamo solo cercando di capire come facevano a sapere di poterla sequestrare quando è uscita dal bar ieri sera. Ha qualche idea su come mai i rapitori sapevano che voi due siete una coppia?»

«Be', come ho detto, non abbiamo ufficializzato la nostra unione, ma non era difficile da scoprire. Dopo la mutilazione di quel bufalo nella riserva, un paio di settimane fa, probabilmente Oscar Terranova mi teneva d'occhio come una possibile minaccia. Magari mi ha fatto controllare e forse pedinare da uno dei suoi uomini. In tal caso, mi avranno visto con Tash. Potrete chiederglielo quando sarà stato catturato.»

Quella risposta spinse Batchelor a parlare per la prima volta durante il colloquio. «Non ci occupiamo di questo aspetto dell'indagine» disse. «Ci interessa solo lo scontro a fuoco in cui è stato coinvolto.»

«Peccato» ribatté Stilwell. «Perché quel caso è la causa di tutto.»

«Quell'indagine è già in buone mani.»

Stilwell distolse gli occhi da loro e li alzò verso la telecamera, sapendo che stava guardando Corum.

«Andiamo avanti» riprese Harrington. «Parliamo di quello che è successo nel container. C'è qualcosa che non ci torna.»

«Che cosa?»

Stilwell si fece coraggio. Quegli uomini avevano avuto ore per analizzare le azioni che lui aveva compiuto in pochi secondi.

«Ci ha detto di aver sfondato la porta e di essere entrato nel container» disse Harrington.

«Esatto.»

«Non si è identificato, né ha dato istruzioni a Spivak di non muoversi, giusto?»

«Sì. Non ce n'è stato il tempo. Ma non era necessario identificarmi: lui sapeva chi ero.»

«Nel container era quasi buio. L'unica luce veniva dallo schermo del computer. Spivak avrebbe potuto vederla in faccia e identificarla?»

«Bella domanda. Non lo so. Sono sicuro che quando ho aperto la porta è entrata un po' di luce in più. Ma io sono riuscito a vederlo in faccia e a identificarlo.»

«Ha detto che si era appena tolto la camicia e stava slacciando la cintura dei pantaloni.»

«Ho detto che era a torso nudo. Non so se si fosse appena tolto la camicia, perché ero appena entrato. Forse sta confondendo quello che ho detto io con quello che le ha detto Tash... Ehm, Natasha.»

«Errore mio. Quindi Spivak era senza camicia quando lei è entrato. Le sue mani erano sulla fibbia della cintura, è questo che ci ha detto?»

«È quello che ho detto ed è quello che è successo.»

«Perché ha sparato, se Spivak aveva le mani sulla fibbia della cintura?»

Stilwell era preparato per quella domanda, e sapeva che la risposta avrebbe infranto la sua regola di non mentire apertamente.

«La sua pistola era infilata nei pantaloni» disse. «Ha lasciato la cintura e stava per estrarla quando io ho fatto fuoco.»

«Infilata nei pantaloni davanti o dietro?»

«Davanti.»

«Ed eravate l'uno di fronte all'altro?»

«Sì.»

«Non è strano che non abbia tolto la pistola dai pantaloni, prima di slacciarsi la cintura?»

«Non saprei. Non posso parlare di quello che stava pensando, ma solo di quello che ho visto.»

«E ha detto che eravate di fronte.»

«Esatto.»

«Allora, da che lato del corpo si trovava la pistola?»

Stilwell sapeva che Tash aveva appoggiato la pistola a terra sul lato sinistro del corpo di Spivak, ma sapeva anche che solo una persona su dieci era mancina. Seguì le percentuali.

«Sul lato destro» rispose. «Il mio sinistro.»

Harrington guardò i suoi appunti e qualcosa sul suo volto fece capire a Stilwell che la risposta era sbagliata.

«È curioso» disse infine Harrington.

«In che senso?»

Harrington scambiò una rapida occhiata con il suo partner, prima di rispondere. «Be', l'arma è stata analizzata e abbiamo rilevato l'impronta di un palmo sul calcio» disse. «Non sappiamo ancora se corrisponda alla mano di Spivak, ma il palmo è sul lato sinistro dell'impugnatura, il che indica che era mancino. Ma lei ci ha appena detto che teneva la pistola infilata sul lato destro dei pantaloni. Questo...»

«Il calcio però era sul davanti» lo interruppe Stilwell. «Credo di averlo detto quando abbiamo ripercorso la scena dello scontro.»

Harrington e Batchelor si guardarono. «Non me lo ricordo» disse Batchelor.

«Nemmeno io» gli fece eco Harrington. «Quindi sta dicendo che la sua mano sinistra si è staccata dalla cintura e stava per afferrare l'arma dall'altra parte del corpo.»

«Esatto» rispose Stilwell. «La stava estraendo quando ho fatto fuoco. Poi è caduto a terra e la pistola è finita sul pavimento.»

Entrambi i suoi inquisitori lo guardarono in silenzio, probabilmente sperando che aggiungesse ulteriori dettagli, che avrebbero potuto valutare per individuare eventuali incongruenze. Ma Stilwell non disse altro.

«Va bene» concluse infine Harrington. «Direi che abbiamo tutto quello che ci serve.»

Informò ufficialmente Stilwell che era sospeso dal servizio ma che avrebbe continuato a percepire lo stipendio, fino a quando l'indagine non fosse stata conclusa e sottoposta all'ufficio del procuratore distrettuale per la revisione. A quel punto sarebbe stato stabilito se la sparatoria era conforme alle procedure del dipartimento e alla legge. Stilwell avrebbe anche dovuto fissare un appuntamento con l'unità di scienze comportamentali e sottoporsi a una valutazione psicologica, prima di ricevere l'eventuale ordine di rientro in servizio.

Era la routine, in un caso del genere.

«La contatteremo se avremo bisogno di altro» disse Harrington.

«E il capitano Corum la informerà quando l'indagine sarà conclusa» aggiunse Batchelor.

«Sapete come trovarmi» rispose Stilwell. «Quindi abbiamo finito?»

«Sì» confermò Batchelor.

Stilwell si alzò e uscì dalla stanza. Credeva di aver gestito bene il colloquio, ma sapeva anche che il suo futuro era nelle mani di persone e forze politiche del dipartimento che erano fuori dal suo controllo.

## 36

Stilwell lasciò l'isola con Tash domenica pomeriggio. Presero l'Express. Stilwell era stato informato che Oscar Terranova non era stato trovato. E, finché rimaneva in libertà, era meglio che Tash andasse via da Catalina. Avrebbero soggiornato in un resort sulla terraferma e avrebbero fatto del loro meglio per dimenticare gli eventi degli ultimi due giorni. Stilwell aveva anche programmato di presentarsi all'Unità di scienze comportamentali lunedì mattina, per cercare di ottenere una valutazione psicologica e accelerare il suo rientro in servizio.

Era stato sospeso, ma non intendeva interrompere le indagini. C'erano piste da seguire sulla terraferma e aveva intenzione di fare buon uso del suo tempo. Decise di non essere tirchio e presero una suite all'Huntington di Pasadena. Soggiornare lì aveva diversi vantaggi. Si trattava di un resort di lusso, lontano dalla città affollata che non piaceva affatto a Tash, con un centro benessere e un facile accesso agli Huntington Gardens, che Tash avrebbe adorato e dove avrebbe potuto trascorrere del tempo mentre lui si dedicava al suo lavoro. C'era anche un'autostrada che collegava direttamente Pasadena al centro città, dove doveva recarsi per la valutazione psicologica e le indagini. E, infine, l'indirizzo che Daniel Easterbrook aveva fornito alla motorizzazione era a Pasadena. Parlare con Easterbrook era la prima cosa che Stilwell voleva fare sulla terraferma, e riteneva che chiedergli di Leigh-Anne Moss a casa sua fosse meglio che andare a trovarlo nel suo studio legale in centro. Voleva affrontarlo quando aveva la guardia abbassata e non c'era modo migliore per farlo che bussare senza preavviso alla sua porta.

Ma i suoi piani andarono a monte in fretta. Lui e Tash si erano appena sistemati nella suite in cui avrebbero trascorso la loro permanenza sulla terraferma. Avevano appena finito di disfare i bagagli, e Stilwell era al computer. Alzò lo sguardo dal portatile, e vide Tash che camminava avanti e indietro, con le braccia conserte. Era un chiaro segnale che quella non sarebbe stata una fuga rilassante per lei e che forse era rimasta più traumatizzata dagli eventi del fine settimana di quanto avesse lasciato intendere. Stilwell si sentiva in colpa. Era successo tutto a causa sua.

«Vuoi parlare con qualcuno, mentre siamo qui?» le chiese.

«Cosa vuoi dire?»

«Be', io sono obbligato a incontrare uno strizzacervelli, di tanto in tanto. Capita, è la procedura. Ma devo dire che, quando ho dovuto farlo, mi ha aiutato. Potrei metterti in contatto con un professionista e...»

«Non voglio parlare con nessuno. Soprattutto non con uno psicologo del Dipartimento dello sceriffo.»

Il suo tono tagliente non lasciava spazio alle discussioni. Stilwell avrebbe voluto dirle che non affrontare il trauma adesso avrebbe potuto crearle problemi in seguito, ma la sua risposta era stata così netta che decise di lasciar perdere.

«Sto bene, Stil» disse lei. «Sul serio. Non devi preoccuparti per me.»

«Sei una donna forte» replicò Stilwell. «Pensavo solo che avessi bisogno di parlare con qualcuno. Tutto qui.»

«Grazie, ma preferisco di no.»
«Okay, va bene.»
«Ma avrei bisogno, invece, di andare a casa. Stare nel mio spazio. Venire qui è stato un errore.»
Ecco che la corrente sotterranea saliva in superficie.
«Tash, siamo appena arrivati» obiettò Stilwell. «Perché non vediamo come va per un paio di giorni? Ci rilassiamo, diamo un'occhiata alle terme... Intanto vediamo se prendono Terranova e...»
«No» lo interruppe Tash. «Hai detto che è improbabile che venga a cercarmi adesso.»
«È vero. Ma perché rischiare? Il posto non è male, no? Prendiamoci una vacanza. Che ne dici se restiamo...»
«Non mi piace qui. Mi sento più al sicuro a casa.»
«Va bene, va bene, ma non c'è modo di tornare a Long Beach oggi per prendere l'ultimo traghetto. Quindi dormiamoci su e domattina, se la pensi ancora così, possiamo parlare di tornare.»
Tash smise di camminare. «Non mi stai ascoltando. Non cambierò idea. Tutta questa storia è stata un errore. Voglio tornare indietro.» Ricominciò a camminare.
«Va bene, ho capito. Ma non voglio che torni da sola, e domani mattina devo andare all'Unità di scienze comportamentali. Tu puoi dormire fino a tardi, io spero di riuscire a fare la mia valutazione, poi torniamo a casa. Che ne dici?»
«Come vuoi» rispose Tash. «Vorrei che potessimo tornare stasera.»
Stilwell guardò l'orologio.
«Be', non possiamo» disse. «L'ultimo traghetto parte tra venti minuti e noi siamo a un'ora di distanza. Ecco perché ho scelto questo posto. È lontano da tutto ed è sicuro. Inoltre...»
«Inoltre cosa?»

Stilwell non era certo di come avrebbe preso quello che stava per dirle.

«Volevo fare due chiacchiere con qualcuno da queste parti, domani» disse. «Se partiamo, dovrei provare a farle stasera.»

«Due chiacchiere con...?»

«Riguarda l'altro caso a cui sto lavorando. Ho qualche domanda da fare a un tizio che conosceva Leigh-Anne e che vive qui. Potrei andare a casa sua ora e...»

«Aspetta, vuoi dire qui a Pasadena?»

«Sì, a circa dieci minuti da qui. Stavo per cercare l'indirizzo su Google. Faccio in fretta e magari ordiniamo la cena quando torno.»

«Quindi è per questo che siamo qui? Perché tu possa parlare con quel tale?»

«No, niente affatto. Ho scelto questo posto perché...»

«Lascia perdere.» Ora Tash sembrava arrabbiata, oltre che agitata. «Il tuo lavoro viene sempre prima di tutto. È a causa del tuo lavoro che mi sono trovata coinvolta in questa storia e che ora un criminale vuole uccidermi.»

«Ehi, aspetta un attimo.»

Stilwell chiuse il portatile e si alzò dalla piccola scrivania della stanza. Si avvicinò a Tash, ma lei alzò entrambe le mani per tenerlo lontano. Lui si fermò.

«Tash, cosa succede?» chiese.

«Succede che la mia vita è cambiata all'improvviso e non mi piace» rispose lei. «Non è la vita che voglio. Finché c'è quell'uomo là fuori, devo guardarmi le spalle. E a te non sembra importare. Stai già pensando al prossimo interrogatorio e al prossimo caso.»

«Non è vero. Prima di tutto, non devi guardarti le spalle. Non c'è nessuna possibilità che Baby Head venga a cercarti. È in fuga, Tash. Si sta nascondendo, e dare la caccia a te non ha alcun senso. Perché dovrebbe? Prima aveva bisogno di te per arrivare a me. Ora non è più così.»

«Allora, se sono così al sicuro, perché mi hai portato via dall'isola?»

«Perché ho pensato che ci avrebbe fatto bene allontanarci e stare un po' insieme. E sì, devo fare delle cose qui. Devo vedere lo psicologo prima di poter tornare al lavoro. Te l'ho detto.»

«E devi andare a parlare con quel tizio. Che altro?»

«Ho ancora il mio lavoro, Tash.»

«Sei stato sospeso.»

«Lo so, ma è una cosa temporanea. E i crimini non si fermano solo perché sono fuori servizio.»

«Non sarò mai la cosa più importante per te, vero?»

«Ma cosa dici? Certo che lo sei.»

Tash andò in camera da letto e aprì l'armadio. Stilwell la seguì e la guardò mentre tirava fuori la valigia, la posava sul letto e apriva la cerniera.

«Voglio solo tornare indietro» disse. «Voglio tornare a casa.»

«Tash, non possiamo» replicò Stilwell. «Non stasera.»

«Be', faccio comunque i bagagli.»

Stilwell si avvicinò e mise una mano sulla valigia, per impedirle di aprirla.

«Puoi aspettare fino a domani, Tash.»

«Voglio farlo adesso» ribatté lei. «Perché non ti dedichi al tuo lavoro? Va' a parlare con quello là. Voglio stare da sola per un po'. Visto che qui è così sicuro.»

Il sarcasmo di quell'ultima frase fu una pugnalata al cuore per Stilwell.

«Sei davvero al sicuro, Tash» disse. «Vorrei che ti fidassi di me.»

«Va bene. Ora posso aprire la mia valigia, per favore?»

Stilwell tolse la mano.
«Senti, vai e basta» disse Tash. «Vai a fare le tue cose. Ho davvero bisogno di stare da sola, in questo momento.»
Stilwell annuì. Si allontanò dal letto. «Va bene» disse. «Farò in fretta, così potremo parlare di nuovo.»
«Sono stanca di parlare» disse Tash. «Voglio solo tornare indietro.» Si era voltata di spalle, e il suo tono era triste. Stilwell annuì, non sapendo se volesse dire tornare all'isola o a come erano le cose prima di conoscerlo.
Si diresse verso la porta.
«Ti prego, non arrabbiarti» disse Tash.
Stilwell si fermò e si voltò a guardarla.
«Non sono arrabbiato» disse. «Sono preoccupato per te. Ti è successo qualcosa di terribile e vorrei prendermi cura di te. Ma tu non me lo permetti.»
«Lo apprezzo molto. Davvero. Ma so prendermi cura di me stessa. So cosa è giusto per me.»
«Lo spero. Sai che ti amo.»
«Lo so. E io amo te.»
Stilwell si avvicinò di nuovo a lei con esitazione. Questa volta Tash non alzò le mani per fermarlo. L'abbracciò e la strinse a lungo. La baciò sulla testa.
«Sto bene, Stil» disse lei. «Puoi andare.»
«Torno presto» disse Stilwell. La lasciò e si diresse verso la porta.

# 37

L'indirizzo sulla patente di guida di Daniel Easterbrook corrispondeva a una villa recintata in Orange Grove Boulevard. All'ingresso c'era un citofono, montato su un braccio metallico che lo rendeva facile da raggiungere dal finestrino del Bronco. Stilwell premette il pulsante due volte prima di ricevere una risposta.

«Sì?» Era una voce di donna.

«Dipartimento dello sceriffo della contea di Los Angeles» disse. «Devo parlare con Daniel Easterbrook.»

«Non vive più qui» fu la risposta.

Il tono di voce indicava che la donna era stanca di ripetere sempre lo stesso messaggio.

«Può dirmi quando si è trasferito?» chiese Stilwell.

«Un mese fa.»

«Lei è la signora Easterbrook?»

«Sì. Di cosa si tratta?»

«Può dirmi dove vive ora, signora? Ho bisogno parlargli stasera, se possibile.»

«C'è qualcosa che non va?»

Una nota di preoccupazione si era insinuata nella voce dura e tagliente che aveva usato fino a quel momento.

«No, signora» rispose Stilwell. «Ho solo bisogno di parlargli.»

Non ci fu risposta. Spinse di nuovo il pulsante per parlare. «Signora Easterbrook?»

«Lo sto cercando» disse la donna. «Non lo ricordo a memoria.»

Stilwell attese, poi lei recitò un indirizzo su Oxley, a South Pasadena. La ringraziò, si allontanò dal cancello in retromarcia e si diresse a sud.

Al nuovo indirizzo trovò una villetta molto più piccola, senza cancello e con l'aspetto di una casa in affitto. Niente aiuole curate, niente mobili da giardino sotto il portico. Parcheggiò sulla strada di fronte. All'interno c'erano delle luci accese e stavolta andò a bussare direttamente alla porta. Venne ad aprire un uomo sulla quarantina, con una mascella cesellata e folti capelli castani dal taglio impeccabile. Era in tenuta da allenamento, con macchie di sudore sotto le maniche di una maglietta grigia con la scritta LAKERS sul petto in viola sbiadito.

Stilwell aveva già in mano il distintivo.

«Dipartimento dello sceriffo» disse. «Daniel Easterbrook?»

«Sono io» confermò l'uomo. «Mia moglie mi ha detto che sarebbe venuto. Si tratta di Leigh, vero?»

Nei suoi occhi c'era uno sguardo angosciato. Stilwell rimase sorpreso per un istante. «Sì» rispose infine. «Leigh-Anne Moss. Devo farle alcune domande. Posso entrare?»

«È lei che hanno trovato nel porto, vero?» chiese ancora Easterbrook.

«Penso sia meglio se parliamo dentro.»

«Sì, certo.»

Si tirò indietro e lo lasciò entrare. Lo condusse in un piccolo soggiorno con i mobili scompagnati. Sembrava arredato con cose prese da altre case e messe insieme. Gli indicò un divano in pelle nera e si sedette su una poltrona con i braccioli imbottiti e un motivo floreale. Stilwell iniziò identificandosi e dicendo che era assegnato alla sottostazione di Catalina. Easterbrook annuì.

«Lo sapevo» disse. «Quando ha smesso di rispondere alle mie chiamate, ho capito che doveva trattarsi di lei.»

«Aveva una relazione con lei» disse Stilwell, come se fosse un dato di fatto, non come una domanda.

«Ero innamorato perso» disse Easterbrook. «Non riesco a credere che non ci sia più. Chi può aver fatto una cosa del genere?»

«È quello che stiamo cercando di scoprire» rispose Stilwell. «Quando è stata l'ultima volta che l'ha vista?»

«Ormai saranno più di due settimane.»

«A Catalina?»

«No, qui. Ha dormito da me, poi è tornata sull'isola per dire loro che aveva chiuso.»

«Può essere più preciso sulla data e l'ora in cui l'ha vista l'ultima volta?»

«Sì, deve essere stato un sabato mattina, il... diciassette. L'ho accompagnata al molo dell'Express a Long Beach. Ha preso il traghetto delle otto e quindici.»

Stilwell non mostrò alcuna reazione, ma sapeva che probabilmente quello era il giorno in cui Leigh-Anne era stata uccisa. Il traghetto delle otto e quindici doveva essere arrivato ad Avalon poco dopo le nove. Questo corrispondeva a ciò che sapeva delle sue attività di quella mattina, prima che si recasse al Black Marlin.

«Con chi voleva chiudere sull'isola?» domandò Stilwell.

«Il direttore del club, un tizio di nome Crane» rispose Easterbrook. «Lei voleva ritirare il suo ultimo stipendio e licenziarsi. Le avevo detto di non preoccuparsi dei soldi, glieli avrei dati io. Ma aveva lasciato anche alcune delle sue cose in un appartamento sull'isola e voleva riprenderle.»

«Quindi non è stata licenziata dal club, per quanto ne sa lei?»

«Licenziata? Intende dire mandata via? No, non che io sappia. Leigh doveva trasferirsi qui con me. Io... ho lasciato tutto, per lei. Ho distrutto il mio matrimonio, i miei figli mi odiano. Ma non m'importava. Cioè, m'importava, ma volevo lei. Avevo bisogno di lei. Ora cosa farò?»

Stilwell non pensava che volesse una risposta da lui.

«Signor Easterbrook, quando è iniziata la sua relazione con Leigh-Anne?» chiese.

«Deve essere stato... tre mesi fa» disse Easterbrook. «L'avevo già vista al club, ma una sera lei era di servizio al bar e io ero lì da solo e abbiamo iniziato a parlare. In modo molto informale, solo qualche battuta e poi... è scattato qualcosa. So cosa sta pensando: uomo maturo, donna giovane. Ma era reale. Per tutti e due. Leigh era divertente e colta. Era... un fiore di campo. Si fece una ciocca di capelli viola. Disse che era per me. Era il nostro segreto, come un segnale per me quando eravamo al club ma dovevamo tenere la nostra relazione sotto silenzio.»

«Il colore della belladonna.»

«Esattamente. All'inizio ho pensato che fosse il colore della salvia di Catalina, come quella che si trova sulle colline dietro il Mount Ada. Ma lei disse che era belladonna, o *nightshade*. Iniziai a chiamarla così, era il nomignolo che le avevo dato. Provavo per lei una passione che non sapevo neanche di poter concepire. Mi ha fatto ripensare a tutto, a ogni aspetto della mia vita.»

Con due dita si pizzicò la radice del naso, in quello che sembrava uno sforzo per fermare le lacrime. Stilwell si chiese se Easterbrook avesse mai cercato la belladonna in rete e avesse appreso che quel bellissimo fiore era anche un veleno mortale.

«Cosa farò?» disse di nuovo Easterbrook. «So che non riuscirò mai a riempire questo vuoto. Indietro non si torna, ma io non so neanche come andare avanti.»

Stilwell credeva che il suo dolore fosse autentico, quanto la passione che provava per la sua Nightshade. Ma il fatto che l'amasse non lo scagionava come possibile sospettato. Spesso le donne venivano uccise da uomini che professavano di amarle. L'istinto gli diceva che Easterbrook era innocente, ma avrebbe dovuto indagare a fondo per poterlo confermare.

Lasciò passare qualche istante per dargli il tempo di ricomporsi. Doveva spuntare delle caselle, mettendo insieme i fatti noti del caso con le esperienze e i ricordi di Easterbrook.

«Mi dispiace doverlo chiedere» disse. «Ma quando è stata l'ultima volta che lei e Leigh avete avuto rapporti intimi?»

«La sera prima che tornasse sull'isola» rispose Easterbrook.

«E avete usato il preservativo?»

Easterbrook restò qualche secondo in silenzio.

«Non voglio neanche pensare al motivo per cui ha bisogno di queste informazioni» disse infine. «Ma la risposta è no. Se ne occupava lei.»

«Intende dire che prendeva la pillola?»

«Esatto. Perché me lo chiede? È stata violentata?»

La sua voce prese un tono indignato.

«Sto solo raccogliendo i fatti» disse Stilwell, in fretta. «Dobbiamo chiedere tutto, perché non sappiamo cosa potrebbe rivelarsi importante per l'indagine.»

Poteva già vedere la complicazione dovuta a quell'informazione. Se il dna trovato durante l'autopsia era quello di Easterbrook, l'avvocato difensore di un eventuale imputato avrebbe potuto trovare facilmente un indiziato alternativo. Cercò di accantonare quel pensiero e continuò con le domande.

«Quel sabato, cos'ha fatto dopo aver lasciato Leigh al molo dell'Express?» chiese.

«Ho fatto inversione e sono tornato a casa» rispose Easterbrook. «Aspetti... no. Mi sono fermato prima in ufficio, per prendere dei documenti su cui avrei lavorato a casa.»

«L'ha vista qualcuno in ufficio?»

«No, era un sabato.»

«E nel palazzo? C'è un sistema di sicurezza o una procedura per entrare? Telecamere?»

«Ci sono telecamere e guardie giurate, ma non ricordo di aver visto nessuno. Mi sta chiedendo se ho un alibi, vero? Non mi crede.»

«Non voglio mentirle, signor Easterbrook. Se ha un alibi, devo verificarlo. Perché quando prenderemo l'omicida e andremo a processo, anche la mia indagine sarà sotto processo. Non importa se io le credo o no. Ho bisogno di una prova di innocenza prima di cancellarla dalla lista degli indiziati.»

Easterbrook annuì. «Capisco» disse. «Mi scusi.»

«Allora, l'edificio era chiuso a chiave?» continuò Stilwell. «C'è un garage?»

«La risposta è sì a tutte e due le domande. Ho una chiave elettronica che apre il cancello del garage, il portone del palazzo e la porta del mio ufficio. Sono sicuro che può controllare.»

«Certo, ma questo dimostrerà solo che la sua tessera magnetica è stata usata. Non prova che sia stato lei a farlo. Dove sono le telecamere?»

«In realtà non lo so. Ho solo visto i monitor al bancone della sicurezza.»

«Ma non c'era nessuno a quel bancone quando è entrato?»

«Non ricordo di aver visto nessuno. Forse erano in pausa o stavano facendo un giro di controllo. Era un sabato, quindi sono sicuro che il personale era ridotto.»

«E quando è andato via con i suoi documenti ha visto qualcuno?»

«Non mi sembra.»

«A che ora è arrivato e a che ora è andato via?»

«Credo di essere arrivato un po' prima delle dieci, e sono rimasto circa un'ora. Ho dovuto stampare alcuni documenti, in modo che gli originali rimanessero in ufficio.»

Anche se il suo istinto gli diceva che Easterbrook stava dicendo la verità, Stilwell sapeva che era necessario un ulteriore sforzo per provare il suo alibi. Andò avanti con le domande.

«Torniamo al rapporto che aveva con Leigh» disse. «Le ha mai comprato regali costosi?»

«Sì» rispose Easterbrook. «Le ho comprato un paio di scarpe eleganti, le desiderava da tanto.»

«Ricorda la marca?»

«Prada.»

«E le è capitato di prendere una stanza con lei al Mount Ada?»

«Sì, era lì che ci incontravamo sull'isola. Così lei poteva lavorare. E io l'aspettavo in camera. Mi mettevo sul balcone della nostra stanza e guardavo il club, sperando di vederla quando usciva.»

Arrivarono altre lacrime, e stavolta non cercò di fermarle o di nasconderle.

«Sa di qualcuno che avrebbe voluto farle del male?» chiese Stilwell. «Ha parlato di qualcuno che l'ha minacciata o cose del genere? Sull'isola o sulla terraferma? O addirittura al club?»

«No, niente del genere» rispose Easterbrook. «È questo che non capisco. Come è potuto succedere? Ci amavamo. Ero innamorato per quella che mi sembrava la prima volta nella mia vita. Avevamo un piano. Avremmo preso la barca e saremmo andati a Tahiti. E ora non c'è più niente. Non ho niente.»

Stilwell gli rivolse qualche altra domanda sul club e sui piani che aveva fatto con Leigh-Anne Moss. Decise di suggerire a Sampedro e Ahearn di condurre un colloquio di approfondimento con Easterbrook, in una situazione formale e con una registrazione, e verificare il suo alibi. Avrebbero anche dovuto prendere un campione di dna. Ma riteneva di aver ottenuto tutto quello che voleva, per il momento. Easterbrook gli aveva indicato la prossima mossa. O lui o Charles Crane avevano mentito sull'ultima visita di Leigh-Anne al Black Marlin Club, e lui avrebbe scoperto chi.

# 38

Tash era a letto e dormiva quando Stilwell tornò nella suite. Vide la sua valigia in verticale vicino alla porta. Afferrò la maniglia e la sollevò: era pesante e piena. Lei era pronta a tornare sull'isola la mattina dopo e capì che non ci sarebbero state altre discussioni. Entrò in camera da letto, si spogliò senza far rumore e s'infilò sotto le coperte accanto a lei. Mentre cercava di addormentarsi, la sua mente si affollò di pensieri sul futuro della loro relazione e sul fatto che la cosa migliore che aveva trovato a Catalina stesse per scomparire.

Sapeva che pensieri del genere lo avrebbero tenuto sveglio tutta la notte, così cambiò marcia e iniziò a riflettere sui casi. Questo spesso lo aiutava a dormire. Per prima cosa riesaminò il suo colloquio con Easterbrook e il lavoro di approfondimento necessario. L'avrebbero svolto Ahearn e Sampedro. Anche se Stilwell non si fidava molto delle loro capacità, credeva che anche loro lo avrebbero ritenuto innocente. Forse avrebbero messo Easterbrook sotto maggiore pressione e gli avrebbero chiesto di sottoporsi alla macchina della verità, ma Stilwell credeva che alla fine l'avvocato sarebbe stato scagionato. Il liquido seminale recuperato durante l'autopsia probabilmente era suo, ma non indicava altro che un rapporto intimo consensuale.

Da lì passò al caso di Oscar Terranova. Pensando allo scontro a fuoco con Merris Spivak e all'indagine che ne era seguita, ricordò una domanda alla quale non aveva avuto risposta. Perché Spivak – e Terranova, naturalmente – pensava che il manico della sega fosse ancora sull'isola e non già al laboratorio? Mentre rimuginava sulla domanda, quasi sul punto di cedere al sonno, giunse a una risposta che non gli piaceva, ma che spiegava tutto. Aprì gli occhi, rendendosi conto che non avrebbe più dormito per quella notte.

Poco dopo l'alba, mentre Tash dormiva ancora, scese in città. Le aveva lasciato un biglietto sul comodino, dicendole che sarebbe tornato per mezzogiorno e che sarebbero andati subito al molo dei traghetti. In autostrada chiamò l'Unità di scienze comportamentali e gli dissero che i due terapisti di turno quel giorno non erano ancora arrivati, ma comunque erano al completo e non potevano accettare appuntamenti senza preavviso. Stilwell lasciò il suo nome e il numero di cellulare, chiedendo di essere avvisato in caso di una cancellazione.

Continuò a guidare. Era abbastanza presto e il traffico sulla 110 procedeva a un ritmo lento ma costante, almeno fino in centro, dove c'erano ingorghi come a qualsiasi ora del giorno. Una volta superato il centro congressi, l'autostrada si liberò, dato che stava andando nella direzione opposta rispetto ai pendolari del centro. Si diresse verso sud-ovest fino a Long Beach.

Il palazzo di giustizia di Long Beach su Magnolia era uno dei tribunali più recenti della contea. Il design era moderno, con esterni in vetro a specchio e colonne in cemento. La succursale dell'ufficio del procuratore distrettuale si trovava al terzo piano. Stilwell si presentò alla reception, s'identificò e chiese di vedere Monika Juarez. Gli fu risposto che si stava occupando dei casi del mattino nell'aula del giudice Kyle Hawthorne, al secondo piano.

Stilwell scese e trovò l'aula affollata di rappresentanti di ogni ambito del sistema giudiziario, dai procuratori ai poliziotti, dagli avvocati difensori agli imputati: c'erano anche familiari venuti a dare sostegno agli accusati o alle loro presunte vittime. Si sedette in un posto libero su una panca in fondo all'aula.

Con un tono piatto che rifletteva l'abitudinarietà della seduta, il giudice chiamava metodicamente i casi per ascoltare i rapporti sullo stato di avanzamento del loro lento percorso nel sistema già sovraccarico. Juarez era seduta a un tavolo con altri tre procuratori, di fronte a un altro tavolo affollato da un numero ancora maggiore di avvocati difensori. Ogni volta che si alzava per un caso che la riguardava, informava il giudice che era pronta a fissare una data per il processo, ma che la difesa temporeggiava con prolungate trattative di patteggiamento, problemi di conformità con l'accesso alle prove o altri pretesti. L'avvocato della difesa si alzava e protestava per le sue insinuazioni, e il giudice si pronunciava su come e quando procedere. Era tutto noioso e prevedibile.

Un'ora dopo, Stilwell ricevette una telefonata dall'Unità di scienze comportamentali. Uscì di corsa dall'aula e rispose in corridoio.

«Si è liberato un posto all'una» disse una voce.

«Accetto» rispose Stilwell.

«Non arrivi in ritardo.»

«Arriverò in anticipo. Con chi è l'appuntamento?»

«Con il dottor Perez.»

«Ho capito.»

Nel corso dei suoi diciotto anni di servizio, Stilwell era stato mandato dagli strizzacervelli quattro volte, per vari motivi. Non aveva mai fatto una seduta con Perez e non sapeva se fosse un uomo o una donna. In precedenza, aveva trovato più facile parlare con una donna.

Quando aprì la porta dell'aula per rientrare, incontrò Juarez che stava uscendo. Fu sorpresa di vederlo.

«Stil, cosa ci fai qui?»

«Ho bisogno di parlarti. Hai finito lì dentro o è solo una pausa?»

«Per oggi ho finito.»

«Hai qualche minuto?»

«Certo. Vuoi salire nel mio ufficio?»

Stilwell l'aveva già incontrata lì e sapeva che condivideva lo spazio con altri tre procuratori.

«No, devo parlarti in privato» disse. «C'è un altro posto disponibile?»

«Be', visto che è una bella giornata» replicò Juarez «andiamo fuori in cortile.»

Si avviò, facendogli strada. Ma Stilwell pensava che non l'avrebbe considerata una bella giornata ancora per molto.

# 39

Stilwell e Juarez uscirono da una porta di servizio in una piazza triangolare disseminata di tavoli, sedie e palme in vaso, tra i quali si aggiravano persone che esibivano il cartellino da giurati. C'era un tavolo libero vicino a una delle colonne di cemento dell'edificio e Juarez si diresse da quella parte.

«Ho saputo quello che è successo venerdì sera» disse. «Come sta Tash?»

«Sta bene, grazie» rispose Stilwell.

«E tu?»

«Anch'io. Come l'hai saputo?»

«Stai scherzando? Era su tutti i notiziari.»

«Già, è vero.»

Juarez si sedette e posò sul tavolo la pila di documenti che portava con sé. Stilwell prese una sedia di fronte a lei.

«Avremmo potuto ordinare un caffè» disse Juarez. «Vuoi che torni indietro e prenda un paio di tazze dalla caffetteria? I procuratori possono saltare la fila.»

«No» rispose Stilwell. «Penso che sarò breve.»

In realtà non sapeva quanto tempo ci sarebbe voluto, ma non voleva che lei avesse in mano qualcosa da tirargli in faccia, soprattutto del caffè bollente.

«Sei già stato autorizzato a tornare al lavoro?» chiese Juarez.

«No, ho una seduta dallo psicologo all'una. E la squadra per gli scontri a fuoco non ha ancora concluso l'indagine.»

«Be', buona fortuna. Da quello che ho visto, non hai nulla di cui preoccuparti per quel che riguarda il CAPO.»

Il Crimes Against Police Officers della procura era un ufficio che si occupava di revisionare tutti i casi di scontri a fuoco che coinvolgessero poliziotti. Tali incidenti rientravano nella loro giurisdizione perché in parecchi dei casi si trattava di reazioni di difesa da parte di agenti che vedevano minacciata la propria sicurezza.

«Non sono preoccupato» rispose Stilwell.

«Allora, che succede?»

Stilwell non era sicuro di come voleva giocarsela. Prese la decisione in quel momento.

«Tu sei originaria di Bakersfield, vero?» chiese. «Prefisso sei-sei-uno.»

«Sì» rispose Juarez con diffidenza. «Com'è che lo sai?»

«Ho fatto un po' di controlli su di te, stamattina. Ho trovato l'articolo che Lionel McKey ha scritto per il *Call* quando sei stata assegnata al tribunale di Catalina. Da quello che ho letto, sei stata tu a chiedere l'assegnazione. È vero?»

Juarez aggrottò la fronte e fece un sorriso inquieto. «Sì» disse. «Ho pensato che venire sull'isola sarebbe stato piacevole. Ma perché mi hai controllato, Stil?»

Stilwell ignorò la domanda e proseguì con le sue.

«È lì che hai incontrato per la prima volta Oscar Terranova? Lassù a Bakersfield?»

«Cosa? Di che stai parlando?»

Sia la sorpresa sia l'indignazione sembravano finte, come se si fosse preparata da tempo per quel momento.

Stilwell osservò la sua reazione e capì di essere sulla strada giusta.

«Avete la stessa età» proseguì. «L'articolo dice che sei cresciuta in un quartiere di gang di East Bakersfield, ma sei riuscita ad andare al college e poi alla facoltà di legge alla Davies. Immagino che vi conosciate da allora. È stato al liceo o in una gang? Forse entrambe le cose? L'articolo del *Call* non lo dice.»

Si trattava di un'ipotesi, ma piuttosto realistica.

«Senti» disse Juarez. «So che probabilmente sei stato sottoposto a un forte stress, ma sta' molto attento a quello che dici.»

«Lo stesso vale per te, Monika» ribatté Stilwell. «Ti sto dando il beneficio del dubbio. Spero davvero di poterti aiutare e che tu possa fare lo stesso con me, e che magari questa cosa rimanga tra noi.»

In realtà, non era sicuro di potersi trattenere. Faceva fatica a contenere la furia che provava.

«Di cosa si tratta, Stilwell?»

«Penso che tu lo sappia e credo proprio che dovresti parlarmene, altrimenti sarò costretto a seguire la via ufficiale. Se lo inserisco nella mia dichiarazione formale per il CAPO, ti ritroverai a dover spiegare parecchie cose all'Unità per l'integrità della giustizia.»

Juarez spinse indietro la sedia e si alzò in piedi. «Non ho intenzione di ascoltare oltre» esclamò, cominciando a raccogliere i suoi documenti.

«Monika» disse Stilwell. «Spivak mi ha detto che eri tu la talpa di Terranova. Proprio prima che lo uccidessi. Ha detto che voi due eravate amici dai tempi di Bakersfield. Per ora, non ho menzionato da nessuna parte quello che so su di te. E posso continuare a farlo.»

Era un bluff. Juarez lo fissò, restando in piedi, poi si rimise lentamente a sedere. Era praticamente una confessione. «Tu sei l'unica a cui ho detto che non avevo mandato il manico della sega al laboratorio e che si trovava ancora sull'isola» continuò Stilwell. «Ecco perché hanno preso Tash. Hai detto loro che era chiuso a chiave nella sottostazione.»

Mentre Stilwell parlava, Juarez guardava verso gli altri tavoli. Sembrava vedere la sua carriera scappare come un criminale in fuga. Ma Stilwell era più interessato a servirsi di lei per arrivare al pesce più grosso.

«Dov'è lui, Monika?»

«Non lo so.»

«Parla con me. Posso aiutarti. Possiamo aiutarci a vicenda.»

Stilwell sapeva che stava per cedere. Juarez incrociò le braccia sul petto, come aveva fatto Tash la sera prima.

«Senti, ho commesso un errore, va bene?» disse. «Mi ha chiesto quanto tempo ci avrebbe messo il laboratorio ad analizzarlo e sono stata stupida. Ho detto che il laboratorio non ce l'aveva ancora. Tutto qui. Non avevo idea di cosa stesse per fare. Era solo... una conversazione.»

«Una conversazione con l'indiziato principale di un'indagine» precisò Stilwell. «E che ha portato una donna innocente a essere rapita e terrorizzata da un assassino che aveva tagliato la gola a un uomo ventiquattr'ore prima.»

«Non credi che mi senta in colpa per questo? Ma non avrei mai, mai pensato che sarebbe successo.»

«Non sei così stupida, Monika. Hai dato informazioni riservate a un assassino, cazzo.»

«Lo so!» gridò lei, attirando sguardi dagli occupanti degli altri tavoli nella piazza. Poi fece un respiro profondo e continuò, con voce calma e tranquilla.

«Mi ha detto che non è stato lui a far uccidere Gaston. Che è stato qualcun altro.»

«Quando hai parlato con lui?»

«Mi ha chiamato venerdì mattina ed era sorpreso quanto me. Ha detto che l'omicidio l'aveva organizzato qualcun altro.»

«Chi?»

«Non ha voluto dirmelo. Ha aggiunto che era il suo asso nella manica. Mi avrebbe rivelato il nome solo se gli avessi proposto un accordo.»

«E cosa gli hai detto?»

«Non ho accettato perché sapevo che mi avrebbe danneggiato. Non c'era modo di stringere un accordo con lui senza finire io stessa radiata o in prigione.»

Stilwell scosse la testa. «No» disse. «Non capisci? Non si sarebbe rivolto a te, se avesse avuto intenzione di denunciarti. Non ha senso. Il suo asso nella manica è il sindaco Allen. Baby Head è disposto a tradirlo per salvarsi il culo.»

«Di questo non so nulla» disse Juarez.

«Dammi il numero da cui ti ha chiamata.»

«È inutile. Si serve di telefoni usa e getta e li cambia tutte le volte. Non usa mai lo stesso numero.»

«Allora dov'è?»

«Te lo ripeto: non ne ho idea. Questo è un incubo. Se avessi saputo cosa sarebbe successo, ti avrei avvertito. L'avrei fermato.»

«Vorrei che l'avessi fatto.»

«Ma non lo sapevo! Stil, devi credermi.»

Stilwell non rispose. Stava pensando a ciò che Juarez gli aveva appena detto: Terranova era disposto a fare un accordo e a consegnare alla giustizia un pesce più grosso di lui. Doveva essere per forza il sindaco.

«Chi è Baby Head?» chiese. «Come mai non ha precedenti? Nemmeno un arresto da minorenne a Bakersfield. Ho controllato.»

«Perché è intelligente» rispose Juarez. «Rimane pulito

e fa in modo che altri svolgano il lavoro sporco per lui. Come nel mio caso. Si procura qualcosa sul tuo conto e poi non hai scelta. Probabilmente è così che ha manipolato il sindaco. Aveva qualcosa con cui ricattarlo.»

«Che cos'ha su di te, Monika?»

«Noi...» Juarez scosse la testa, disgustata dalla domanda e da sé stessa. «Abbiamo fatto delle cose, da ragazzi» disse. «Cose di cui non vado fiera. Lui ha delle foto, va bene? Foto che mi distruggerebbero. Non aggiungerò altro, è tutto quello che devi sapere.»

«Allora questa potrebbe essere la tua via d'uscita. Devi provare a fargli arrivare un messaggio.»

«Quale messaggio? Mi farà uccidere se fiuta una trappola e, credimi, lo saprà.»

Indicò la cicatrice biancastra che correva lungo il lato sinistro della mascella.

«Questa me l'ha fatta lui» spiegò. «Quando gli ho detto che lasciavo Bakersfield per frequentare l'università, che volevo diventare avvocato. E sai una cosa? Non sono nemmeno andata alla polizia. Ho mentito a mia madre, dicendo che avevo avuto un incidente in bicicletta, perché sapevo che lui mi avrebbe fatto di peggio, se lo avessi denunciato.»

Era una storia terribile e, suo malgrado, Stilwell provò della compassione per Juarez e per la situazione in cui si trovava. Ma non era sufficiente a fargli dimenticare le sue bugie.

«Senti, devi trovare un modo per contattarlo» riprese Stilwell. «Fagli sapere che ci hai pensato e vuoi parlargli. Ha detto che non è stato lui, quindi lo ascolteremo. Se si presenta e ci dà il pesce più grosso, gli proporrai l'accordo.»

Juarez ci pensò un attimo, poi scosse la testa.

«E cosa mi succede se l'accordo va in porto?» chiese.

«Cosa gli impedisce di sputtanare anche me per ottenere condizioni migliori?»

«Hai detto che è intelligente» rispose Stilwell. «Se ottiene ciò che vuole, perché dovrebbe bruciarti? Vorrà tenerti buona per il prossimo momento in cui avrà bisogno d'aiuto.»

Juarez ci pensò e Stilwell comprese la sua espressione. Aveva capito che era una mossa intelligente.

«E tu?» chiese lei. «Cosa mi succede con te?»

«Non lo so» rispose Stilwell. «Se mi aiuti a togliere di mezzo loro, cercherò di non pensare più al resto.»

«Come posso accontentarmi di questo?»

«Dovrai farlo e basta.»

Juarez scosse la testa. «Tutto questo per un bufalo morto. È assurdo.»

«Non si tratta del bufalo» replicò Stilwell. «Ma di avidità e di potere.»

«Come sempre, direi.»

«Allora, puoi contattare Terranova o no?»

«Forse. Una volta è venuto da me perché aveva bisogno di un buon avvocato. Per una questione di affari. Gli ho dato il nome di Bryson, uno con cui ho studiato legge e che si occupa di diritto societario. Lui lo ha assunto. È stato qualche anno fa, ma l'avvocato potrebbe ancora avere un modo per...»

«Bryson? Bryson chi?»

«Bryson Long. Ha uno studio a Seal Beach, dove lavora da solo.»

Stilwell annuì.

«È l'avvocato del progetto della ruota panoramica» disse. «Stavo controllando proprio quella storia, quando ci siamo visti giovedì sera allo Zane Grey. Di sicuro lavora ancora per Terranova. E deve avere un modo per contattarlo.»

«Lo chiamerò» disse Juarez.

«Quando trovi Terranova, organizza un incontro all'interno del tribunale» disse Stilwell. «Così dovrà passare attraverso un metal detector.»

«E se volesse portare con sé Bryson o un avvocato penalista?»

«È un suo diritto. Ma se provano questo trucco, Terranova finirà in cella e ci resterà fino alla firma dell'accordo. Diglielo.»

«E ci sarai anche tu?»

«Non me lo perderei per nulla al mondo.»

# 40

Mentre si dirigeva in centro, Stilwell telefonò a Sampedro per riassumergli la conversazione con Easterbrook della sera precedente. Suggerì un colloquio più formale e registrato, un tampone di dna da confrontare con quello recuperato durante l'autopsia di Leigh-Anne Moss e un controllo approfondito del suo alibi.

«Non ti sembra plausibile, come indiziato?» chiese Sampedro.

«La mia impressione è che il suo dolore sia autentico» disse Stilwell. «Questo però non significa che non l'abbia uccisa.»

«Giusto.»

«Ma se era davvero nel suo ufficio a Los Angeles mentre lei era al Black Marlin Club, penso che possiamo cancellarlo dalla lista. Ci deve essere un modo per confermarlo.»

«Il dna lo metterà nei guai.»

«Non è emersa alcuna indicazione fisica di stupro. E non abbiamo nient'altro che confermi questa possibilità. Un riscontro confermerebbe solo che avevano una relazione, come mi ha raccontato.»

«Sì, ma forse si è fatto un'ultima scopata con lei e poi le ha dato una botta in testa, mettendo fine al problema. In tanti ci hanno detto che quella ragazza era un cattivo soggetto. E forse lui se n'era accorto.»

Stilwell pensò alla belladonna, che era un veleno mortale.

«Il mio istinto dice che non si tratta di Easterbrook» esclamò.

«Tu e il tuo istinto. Lo portiamo qui, lo mettiamo in una stanza e vediamo cosa riusciamo a tirar fuori. Che altro hai?»

«Questo è tutto per il...»

«Aspetta un attimo. Il mio collega vuole parlarti.»

Stilwell represse un gemito. Sapeva come sarebbe andata a finire. Sampedro passò il telefono ad Ahearn.

«Ehi, pistolero, come mai lavori ancora al caso?» chiese il detective. «Ho sentito che sei stato sospeso per la tua ultima impresa in stile "prima sparo e poi faccio le domande".»

Stilwell aspettò finché non fu sicuro che Ahearn avesse finito di fare del sarcasmo, poi disse: «Per una volta, Ahearn, hai assolutamente ragione. Sono sollevato dall'incarico, ed è proprio per questo che stavo dando al tuo partner il nome di un testimone da interrogare. Voi due potete seguire il suggerimento o meno. A me non importa.»

«Sai da cosa sono sollevato io?» disse Ahearn. «Dal fatto che non devo più lavorare a questo caso con te.»

Riattaccò e Stilwell si sentì arrossire. Controllò il suo viso nello specchietto retrovisore e vide che era proprio così. Cercò di lasciar perdere. Non aveva parlato con Sampedro del fatto che, se Daniel Easterbrook stava dicendo la verità su Leigh-Anne Moss, allora Charles Crane aveva mentito. Se l'era tenuto per sé, perché era un'informazione che avrebbe riportato l'indagine sull'isola, e quella parte del caso toccava a lui, che fosse in servizio o no. Si sentiva in colpa per aver nascosto informazioni importanti ai colleghi: non era mai il modo migliore di condurre un'indagine. Ma se c'era di mezzo Ahearn, per lui diventava una necessità.

Prese di nuovo il telefono e chiamò Tash. Le disse che lo avevano fatto aspettare ma finalmente aveva ottenuto un appuntamento con uno psicologo. Dopo la seduta sarebbe tornato all'Huntington a prenderla e avrebbero potuto salire sul traghetto delle tre e mezza per tornare ad Avalon. Tash era più calma del giorno prima e sembrava soddisfatta del piano.

«Mi faccio trovare pronta» disse.

«Se vuoi accelerare le cose, metti la mia roba nella valigia, per favore» disse Stilwell. «Poi chiama la reception e di' loro di portare i bagagli all'ingresso. Ti darò un preavviso di trenta minuti, poi passo e partiamo subito. Si risparmierà un sacco di tempo.»

«Come ho detto, sarò pronta.»

«Bene. Ci vediamo dopo.»

Stilwell riattaccò e ripensò al tono di voce di Tash e alle sue brevi risposte e dovette ammettere che non aveva idea di dove stesse andando la loro relazione. Solo settantadue ore prima avrebbe detto con sicurezza che la loro storia era fatta per durare. Ora non ne era più tanto sicuro. Tash era troppo difficile da capire, al momento.

L'Unità di scienze comportamentali si trovava al nono piano del grattacielo dei trasporti della contea, sopra la Union Station, a diversi isolati dagli uffici e dagli occhi indiscreti del quartier generale dello sceriffo su Temple. All'inizio, la seduta con la dottoressa Olga Perez andò come si aspettava. Lei fece le solite domande su come si sentiva per aver ucciso una persona e Stilwell diede le solite risposte. Spiegò che non aveva avuto scelta, che si trattava di uccidere o essere ucciso, e che era in gioco anche la sicurezza di una persona innocente. Ma poi la dottoressa si concentrò sul suo rapporto con quella persona e sul suo stato d'animo nei minuti frenetici che avevano preceduto la sparatoria.

«Lei ha usato l'espressione "uccidere o essere ucciso"» disse. «In una situazione del genere, il corpo si riempie di una sostanza chimica chiamata epinefrina. È un ormone dello stress che aumenta la lucidità e la rapidità dei riflessi e dei processi cerebrali. Decisioni che normalmente richiederebbero alcuni minuti vengono prese in frazioni di secondo. E a volte sono sbagliate.»

«Sta dicendo che sparare a Spivak è stata una decisione sbagliata?» chiese Stilwell.

«No. Come sa, non sta a me dirlo e non è lo scopo di questa seduta. Le sto chiedendo se *lei* ritiene che sia stata una decisione sbagliata. Ha dei ripensamenti o dei dubbi al riguardo?»

«Niente affatto. Nella stessa situazione, lo rifarei.»

«Bene. Il mio scopo è anche quello di capire se ha qualche residuo di stress o di rammarico per l'incidente e di assicurarmi che manterrebbe la lucidità se si ripresentasse una situazione simile. L'esitazione in un confronto mortale potrebbe esserle fatale.»

«Non ho rimpianti per aver sparato a Spivak e averlo ucciso. Il mio unico rimpianto è di non aver capito prima chi fosse e che tutte le sue azioni facevano parte di un piano. Sapevo che c'era qualcosa di strano nell'aggressione al mio agente, ma non ho collegato i puntini. È colpa mia, ma tutto quello che è successo dopo è colpa sua e non mi sento responsabile per come è finita.»

Continuarono a parlare intorno all'argomento per un'altra mezz'ora e, al termine della seduta, Perez disse che avrebbe approvato il suo ritorno in servizio, ma avrebbe aspettato quarantott'ore prima di farlo. Voleva che lui si prendesse almeno quel periodo di tempo prima di tornare al lavoro, sempre che l'indagine ufficiale sulla sparatoria si fosse conclusa in modo favorevole.

Sulla strada per Pasadena, Stilwell chiamò Tash per dirle che sarebbe passato a prenderla nel giro di una mezz'ora.

«Com'è andata dallo psicologo?» chiese lei.

«Bene. Ci vorranno un paio di giorni, ma ha detto che firmerà il mio ritorno in servizio. Crede che sia pronto per lavorare di nuovo.»

«A Catalina?»

«Sì, certo. Vuoi che torni, vero?»

«Sì. L'ho chiesto solo perché il sindaco ha detto al tuo capitano che non ti vuole più sull'isola.»

«Be', il sindaco non ha voce in capitolo. Ma tu sei sicura di volere che torni?»

«Naturalmente.»

«Bene. Allora ci vediamo tra una trentina di minuti. Hai preparato la mia roba?»

«Lo faccio ora. E, per tua fortuna, non "dimenticherò" di mettere in valigia la tua maglietta di Willie Nelson.»

Era una T-shirt comprata a un concerto all'Hollywood Bowl per celebrare il novantesimo compleanno del cantante. Stilwell aveva amato quel concerto e amava la maglietta, anche se ormai era vecchia. La indossava solo per dormire. Ma Tash era una fan di Taylor Swift e non apprezzava né Willie né quella maglietta rosso vivo, anche se lui le aveva fatto notare che entrambi gli artisti cantavano di dolore e resilienza, solo in modi diversi.

«Non te lo perdonerei mai» disse Stilwell, nel suo stesso tono scherzoso. «Ci vediamo presto.»

Quando riattaccò, si sentiva meglio. Quell'ultima battuta sembrava proprio della vecchia Tash.

Mentre guidava verso Pasadena, sentì crescere la fiducia. Forse le cose stavano tornando al loro posto.

# 41

Il mare era agitato durante il viaggio di ritorno dell'Express a Catalina, ma tra Stil e Tash andava tutto bene. Si sedettero all'interno, al riparo dagli spruzzi, ed erano così presi dalla loro conversazione che non si preoccuparono di alzarsi insieme a tutti i turisti e di andare sul ponte di poppa per osservare il branco di focene che saltavano nella scia della barca. Più si avvicinavano ad Avalon, più Stilwell vedeva la tensione attenuarsi sul volto di Tash. Era rassicurante, ma rafforzava anche la sua convinzione che l'unico futuro possibile con lei sarebbe stato sull'isola. Non era un problema, per ora. Si sentiva a casa lì. Ma non gli piaceva l'idea che il resto della sua vita fosse già deciso.

Il rombo dei motori e il ritmo altalenante delle onde lo aiutarono a rilassarsi. Lei gli teneva la mano destra, prendendo un dito alla volta e massaggiando le articolazioni. Gli disse che voleva cucinare la cena quella sera e che sarebbe andata direttamente dal molo a Vons a fare la spesa, se lui era in grado di portare da solo valigie e zaino.

«Non c'è problema» rispose. «Andiamo da me o da te?»

«A casa tua» disse Tash.

Un altro buon segno, pensò Stilwell. «Cosa vuoi cucinare?»

«Non lo so ancora. Sarà una sorpresa.»

«Benissimo.»

«Sai che ho detto a Dennis che mi prendevo qualche giorno di vacanza. Ho promesso di tornare solo per il fine settimana. Ti va di andare in campeggio a Two Harbors, ora che non puoi lavorare finché la psicologa non avrà firmato il tuo ritorno in servizio?»

«Forse. Sì, mi sembra una buona idea. Quando vuoi andare?»

«Domani.»

«Ah...»

«Cosa c'è?»

«Mi chiedevo solo se dovrò presentarmi a rispondere alle ultime domande sulla sparatoria. Va bene se controllo domattina e poi facciamo un piano?»

«Sì, va bene.»

Lo disse in tono freddo. Stilwell non voleva mentirle, ma doveva essere pronto a tornare a Long Beach se Juarez fosse riuscita a organizzare l'incontro con Terranova.

«Potrei dover tornare sulla terraferma per un altro incontro.»

«Perché? Hai già detto loro tutto quello che sai. Cos'altro possono volere?»

«È così che lavorano. Ti fanno raccontare la storia più e più volte in momenti diversi, per vedere se cadi in contraddizione o cambi qualcosa. Lo faranno a breve, perciò domani dovrei saperlo. Se siamo in campeggio da qualche parte e non ho il cellulare, potrebbe essere un problema. Tecnicamente, anche se sono sospeso, devo rimanere a disposizione degli investigatori.»

«Che incubo.»

Stilwell voleva interrompere quella cascata di bugie e alleggerire l'atmosfera.

«Vuoi noleggiare una barca e andare a pescare?» chiese. «O rimaniamo a terra?»

«Andiamo a pescare» disse lei. «Sarà divertente.»
«Allora noleggiamo una barca. Oppure potremmo prenderne una con un pilota. Conosco un tizio che lavora ai charter, da quelle parti.»
«No, solo io e te. Magari uso il mio kayak e ne noleggiamo uno per te.»
«Sarebbe perfetto.»
Sembrava che avesse superato con successo le acque agitate del senso di colpa e della menzogna. Ma come un giocatore d'azzardo che vuol sempre fare un'altra scommessa, Stilwell spinse nel piatto l'intera pila di fiches.
«Posso chiederti una cosa?» disse. «È una questione di lavoro.»
«Di che si tratta?»
«Sai chi è Daniel Easterbrook? Hai mai avuto a che fare con lui direttamente?»
«Lo conosco perché è proprietario di una barca. Una bella barca. Ho a che fare con lui ogni tanto. Perché?»
«È lui che sono andato a trovare ieri sera.»
«A Pasadena? Non sapevo che vivesse lì.»
«Vive a South Pasadena, adesso. Cosa pensi di lui? È un brav'uomo oppure no?»
«Be', il tipo di relazioni che abbiamo con i proprietari di barche non consente di capirlo. Ma in genere si dividono in due categorie. Ci sono i ricchi presuntuosi, che ti trattano come se fossi lì solo per dare loro quello che vogliono, e ci sono quelli che non si comportano così. Il signor Easterbrook rientra nel secondo gruppo. Sembra una persona gentile. Ringrazia sempre via radio quando lavora con la torre o con le barche dei piloti. Perché? Aveva una storia con la ragazza dai capelli viola?»
«La conosceva. Molto bene.»
«È un sospettato?»
«Forse. Come minimo è una persona d'interesse.» Non

avrebbe dovuto continuare a parlargliene, ma non riusciva a fermarsi. «Che tipo di barca ha?»

«Credo sia una Hylas. Più di cinquanta piedi. È molto bella.»

«È uno yacht o una barca a vela?»

«A vela.»

«Da viaggi oceanici? Potrebbe andare fino a Tahiti?»

«Sì, se lui è un bravo navigatore. Quegli sloop oceanici possono facilmente coprire duecento miglia in un giorno. Ma è comunque un lungo viaggio.»

Un lungo viaggio che ora Easterbrook avrebbe dovuto compiere da solo. Stilwell si chiese se fosse il caso di sentire Sampedro per sapere se avevano incontrato Easterbrook, come lui aveva suggerito, anche se questo avrebbe potuto far innervosire Ahearn. Decise che era troppo presto. Aveva parlato a Sampedro di Easterbrook solo poche ore prima. Avrebbe aspettato fino al mattino successivo per chiamarlo di nuovo.

«E Charles Crane, del Black Marlin?» chiese. «Hai mai avuto a che fare con lui?»

«Oh, sì, di tanto in tanto, quando un membro del club si lamenta di qualcosa nel porto» rispose Tash. «Ci chiama e ci spiega il reclamo del socio. Rientra sicuramente nel primo gruppo di cui ti parlavo. Ma in un certo senso è ridicolo. Fa sempre l'arrogante mentre alla fine è solo un servitore stipendiato. Non è un riccone ma si comporta come se lo fosse.»

«Ricordi qualche lamentela in particolare?»

Stilwell sentì i motori decelerare mentre il traghetto si avvicinava all'imboccatura del porto di Avalon. Era stato sull'Express così tante volte che seppe che mancavano dieci minuti all'attracco. Né lui né Tash si alzarono dai loro posti.

«Se non sbaglio, l'ultima volta ha chiamato per lamentarsi del fatto che il giudice Harrell faceva una scia troppo grossa con la sua barca» rispose Tash.

«Sul serio? Non credo che quel vecchio Viking possa fare poi tanta scia. Inoltre, lo vado a prendere quasi tutti i venerdì e non arriva mai a tutta velocità.»

«È quando riparte. Ha sempre fretta di tornare, credo. Quando percorre la corsia dietro il BMC, fa oscillare il molo galleggiante e i tender. A volte là fuori ci sono dei soci e si arrabbiano.»

«Hai mai detto al giudice di rallentare un po'?»

«Sì, ma temo di aver ottenuto l'effetto contrario. Non credo che gli piacciano quei ricchi, da quando lo hanno sbattuto fuori.»

«Aspetta un attimo. L'hanno sbattuto fuori? Quando è successo? E per quale motivo?»

«In realtà non ha fatto nulla. Ma per circa cinquant'anni il club ha dato al giudice che gestisce il tribunale dell'isola una tessera onoraria.»

«Come al sindaco.»

«Esatto, e credo fosse soprattutto perché il giudice potesse pranzare al club dopo le udienze. Harrell, però, ha una barca e questa era una novità. I giudici prima di lui probabilmente andavano e venivano in traghetto. Ma Harrell viene in barca e così ha iniziato a frequentare davvero il club: viene nei fine settimana, usa i loro ormeggi, si comporta come un socio a tutti gli effetti, non come un onorario.»

«E a loro la cosa non piaceva.»

«No. Così gli hanno ritirato la tessera, con la scusa che si trattava di una mossa per ridurre le spese. Ma tutti conoscevano il vero motivo, compreso il giudice. A quelli del club non piace che gli estranei si comportino come se fossero dei membri effettivi.»

Stilwell annuì. E quindi il giudice Harrell aveva un conto aperto con il Black Marlin Club. Se un socio gli fosse comparso davanti in veste d'imputato, se la sarebbe vista brutta.

I passeggeri cominciarono a mettersi in fila nei corridoi prima ancora che il traghetto attraccasse. Stil e Tash aspettarono ad alzarsi fino a dopo l'urto dell'imbarcazione contro i parabordi in gomma del molo. Stilwell si caricò lo zaino sulle spalle e trascinò i due trolley mentre scendevano. Tash gli chiese se voleva che prendesse qualcosa di specifico da Vons e le disse che forse in casa c'era bisogno di caffè.

Si divisero su Crescent: Stilwell si diresse verso casa e Tash salì lungo Sumner fino al negozio di alimentari.

Due minuti dopo, Stilwell si stava trascinando dietro i due trolley attraverso una modesta folla di turisti, quando sentì squillare il telefono in tasca. Non riconobbe il numero sul display, ma si fermò e rispose comunque alla chiamata, prevedendo di dover dire a qualcuno che era fuori servizio fino a nuovo ordine.

Ma si trattava di Lionel McKey, il giornalista del *Call*, che si cimentava nel trucco da reporter di chiamare da un numero diverso nella speranza che un informatore riluttante rispondesse.

«Che cosa vuole, Lionel?» disse Stilwell. «Sono fuori servizio e, se si tratta di venerdì, sa che non posso fare commenti in attesa dei risultati delle indagini.»

«Non si tratta di venerdì» rispose il giornalista «ma del comunicato stampa che l'ufficio dello sceriffo ha appena rilasciato.»

«Non ne so nulla. Deve chiamare...»

«Dicono di aver risolto il caso della donna nell'acqua. È la nostra storia, e speravo che mi avrebbe almeno avvisato, prima che venisse diffusa in tutte le redazioni di questa dannata contea.»

«Un momento. Aspetti solo un momento.»

«Va bene.»

Stilwell si guardò intorno. C'era traffico di turisti intorno a lui e non era il posto giusto per una chiamata del genere. Individuò una panchina vuota di fronte al porto. Infilò il telefono nel taschino della camicia, afferrò le maniglie dei trolley e li trascinò fino alla panchina.

Riprese il telefono dalla tasca. «Lionel, ha con lei il comunicato stampa?» chiese.

«Sì, è appena arrivato.»

«Me lo legga, per favore.»

«È un po' lungo.»

«Lo legga lo stesso. Non l'ho visto, e non posso commentare se non so cosa c'è scritto, no?»

Era un vecchio trucco da poliziotto. Fingere di essere disposti a rilasciare un commento se il giornalista rivela quello che sa.

«Va bene, ecco qua» disse McKey. «Dice testualmente: "Oggi il Dipartimento dello sceriffo della contea di Los Angeles ha annunciato le sue conclusioni sull'omicidio della ventottenne Leigh-Anne Moss, il cui corpo è stato trovato il 23 maggio nel porto di Avalon, sull'isola di Santa Catalina. Moss è stata colpita a morte prima che il suo corpo fosse appesantito con un'ancora e sommerso nel porto. Nel corso di un'intensa indagine durata dieci giorni, gli investigatori della Omicidi e della sottostazione di Avalon sono riusciti a identificare Daniel Easterbrook, quarantaquattro anni, di South Pasadena, come sospettato dell'omicidio. Oggi..."»

«Oh, Gesù» disse Stilwell.

«Cosa c'è? Devo fermarmi?»

«No, continui a leggere.»

«"Oggi, quando gli investigatori si sono recati a casa di Easterbrook per interrogarlo sull'omicidio, lo hanno trovato morto per apparente suicidio. Il capitano Roger Corum ha detto che Easterbrook, sposato ma recentemente separato dalla moglie, aveva una relazione sentimentale con la vittima, e che Leigh-Anne Moss aveva cercato di interromperla. Gli investigatori ritengono che Easterbrook, avvocato, avesse conosciuto Moss ad Avalon, dove lei lavorava come cameriera al Black Marlin Club. Corum ha detto che è in corso l'analisi del dna, che probabilmente collegherà in modo più stretto Easterbrook alla morte della signorina Moss. Il capitano ha dichiarato inoltre che l'indagine è ancora in corso e che non verranno forniti ulteriori dettagli fino al suo completamento. Ha ringraziato gli investigatori della Omicidi e della sottostazione di Catalina per il loro instancabile lavoro..." e poi bla bla, e questo è tutto. Ora, può dirmi cosa esattamente vi ha condotti a Easterbrook?»

«No, non posso.»

«Era un membro del Black Marlin Club?»

«No comment.»

«Senta, ha detto che avrebbe commentato se le avessi letto il comunicato. Ho bisogno di qualcosa che non ha nessun altro. Questo è il nostro territorio. La nostra storia.»

«Non è la storia di nessuno. Si sono sbagliati.»

«Cosa? Cosa intende?»

«Glielo dico, ma non può scriverlo.»

«No, non funziona così. Non può rivelare qualcosa ma vietarmi di scriverlo. Cosa significa che si sono sbagliati?»

«Devo andare, Lionel.»

Stilwell riattaccò e si alzò dalla panchina.

# 42

Stilwell aspettò di arrivare a casa per chiamare Corum al cellulare. Non voleva disturbare Ahearn e Sampedro e non era sicuro di riuscire a controllarsi se avesse parlato con uno di loro. Quando il capitano rispose, capì che stava guidando.

«Pensavo che mi avresti chiamato» disse, in segno di saluto. «Ottimo lavoro su Easterbrook.»

«Sta scherzando?» ribatté Stilwell. «Non credo che abbia ucciso Leigh-Anne Moss e l'ho detto a quei due idioti stamattina.»

Ci fu un lungo silenzio, mentre Corum digeriva la notizia. Stilwell ascoltò i rumori del traffico attraverso il telefono.

«Che novità è questa, Stil?» chiese infine Corum. «Mi hanno detto che la pista gliel'hai fornita tu. Sono andati a casa sua e il tizio si era impiccato.»

«Il suicidio non è una prova che l'abbia uccisa lui» disse Stilwell. «C'era un biglietto?»

«Nessun biglietto. Ma c'erano foto della vittima. Foto intime, mi hanno detto.»

«E questa sarebbe una prova che l'ha uccisa?»

«Hanno detto che lei lo stava manipolando per i suoi soldi. Era un cattivo soggetto.»

«Cioè, stiamo dando la colpa alla vittima.»

«Non è una cosa che si può dichiarare in pubblico. Sto solo dicendo che lei si prendeva gioco di lui, lui se n'è accorto, ha reagito e ha finito per ucciderla.»

«Easterbrook era innamorato di lei, sì. Me l'aveva detto. Sembra che stessero progettando di salpare per Tahiti con la sua barca. Ho detto a quei due che secondo me non era lui il colpevole, ma che dovevano sottoporlo a un interrogatorio formale, fare un tampone del dna e controllare il suo alibi. Perché aveva un alibi, capitano. Questo è un casino. Ahearn gli sta scaricando addosso un omicidio. La storia si ripete.»

«No, Stil, non è così e devi stare attento. Ti ho salvato il posto la prima volta. Non posso farlo una seconda.»

«Dovrà ritirare quel comunicato stampa, capitano.»

«Stil, il caso è chiuso. I miei ragazzi compileranno tutte le scartoffie e le porteranno al procuratore distrettuale per l'approvazione. E tu tornerai alle tue occupazioni sull'isola. Capito?»

La porta d'ingresso si aprì e Tash entrò portando due sacchetti di plastica della spesa. Si fermò improvvisamente quando vide il suo volto. Gli chiese sussurrando se stesse bene. Stilwell annuì, anche se non era affatto così.

«Voglio sentirtelo dire, Stil» disse Corum. «Hai capito?»

«Ho capito» rispose Stilwell.

«Bene, allora abbiamo finito. Sono appena arrivato a casa e non voglio portare questa merda in casa mia.»

«Bene. Buonanotte, capitano.»

«Buonanotte, Stil.»

Stilwell riattaccò. Tash aveva appoggiato le borse sul bancone della cucina e le stava svuotando.

«Formaggio alla griglia e chili» disse. «Per tirarci un po' su. Va bene?»

«Va bene» disse Stilwell.
«Cosa c'è che non va?»
«Quel cazzo di Ahearn.»
«In che senso?»
«È un *déjà vu* che si ripete. Sta incolpando dell'omicidio la persona sbagliata. È un fottuto incompetente, e il capitano se ne frega, perché ottiene una facile soluzione per un caso complicato. Nel frattempo, il vero assassino la fa franca.»
Tash si fermò, con un barattolo di fagioli in mano.
«Cos'hai intenzione di fare, Stil?»
«Non lo so ancora... ma non posso lasciar passare la cosa.»
Afferrò la maniglia del trolley e lo trascinò in camera. Lo aprì sul letto e iniziò a disfarlo, rimettendo gli abiti non indossati nei cassetti e sulle grucce dell'armadio. Era a metà dell'opera quando il telefono squillò. Riconobbe subito il numero.
«Che cosa vuoi, Ahearn?»
«Voglio sapere come cazzo ti è venuto in mente di dire al capitano che abbiamo preso l'uomo sbagliato.»
«Perché è così, Ahearn. Hai fatto quello che fai sempre: hai preso la strada più facile. Ma era quella sbagliata.»
Ahearn rise. «Sai di cosa si tratta? Di invidia. Pensavo che saresti stato felice del fatto che abbiamo condiviso il merito con te, ma no, tu vuoi...»
«Proprio non lo capisci, eh, idiota? Non è lui il nostro uomo.»
«Questo lo dici tu.»
«Il vostro comunicato stampa dice che lei lo stava lasciando. Dove hai preso questa informazione, Ahearn? Perché meno di ventiquattr'ore fa lui non mi ha detto nulla del genere. Ha solo parlato del fatto che lei aveva lasciato il lavoro sull'isola per poter salpare per Tahiti con lui.»

«Così ti ha detto. Ti ha mentito, Stillborn, e non riesci a sopportare il fatto che ci sei cascato in pieno.»

«Hai almeno provato a controllare il suo alibi? No, non importa. Conosco già la risposta: non avete fatto un cazzo. Siete andati a casa del tizio, lo avete trovato morto e avete pensato: "Possiamo chiudere questo caso rapidamente". Hai inventato alcuni dettagli che non avevi e hai rilasciato il comunicato stampa. Speravi solo che fosse tutto vero. Ma è una stronzata, proprio come te.»

«Sei tu lo stronzo, Stillborn.»

«No, sai cosa sono? Sono quello che arresterà il vero assassino.»

«È meglio che tu non faccia...»

Stilwell riattaccò. Alzò il braccio per lanciare il telefono contro il muro, ma si trattenne all'ultimo momento quando entrò Tash.

«Stai bene?» chiese lei.

«Sì.»

«Che succede?»

«Niente.» Intascò il cellulare.

«Vuoi ancora che prepari la cena?»

«Certo. Ho già fame.»

«Allora apri una bottiglia di vino. Ho bisogno di un'ora.»

«Rosso o bianco?» chiese Stilwell.

«Rosso.»

«Benissimo. Non appena avrò finito qui.»

Tash uscì dalla stanza. Stilwell chiuse la cerniera della valigia vuota e la mise su una mensola dell'armadio, poi si sedette sul bordo del letto e cercò di ricomporsi. Doveva togliersi dalla testa Ahearn e Sampedro e concentrarsi sul caso, non sul fatto che avevano tradito Leigh-Anne Moss. Perché di questo si trattava, di un tradimento del sacro legame tra una vittima e coloro che erano incaricati di renderle giustizia. Chiuse gli occhi e promise a sé stesso che non si sarebbe comportato nello stesso modo.

Il telefono vibrò in tasca, un breve ronzio che indicava la presenza di un messaggio. Lo tirò fuori, aspettandosi che fosse di Ahearn. Invece era di Monika Juarez.

*Ci siamo. Arriva alle 10. Senza avvocato, per il momento. Ci sarài?*

Stilwell digitò una breve risposta.

*Ci sarò.*

# 43

Juarez era riuscita a riservare una stanza privata per quella che doveva essere una «discussione» con Oscar Terranova. Stilwell le ricordò che, sebbene non ci fossero mandati d'arresto o accuse a suo nome, Terranova era ricercato per essere interrogato su un omicidio. Per questo non poteva promettere di non arrestarlo, tutto dipendeva dall'andamento della discussione. Juarez gli ricordò che era ancora sospeso dal servizio, e che un arresto avrebbe probabilmente comportato un'indagine interna e un provvedimento disciplinare per non aver rispettato gli ordini e le politiche del dipartimento.

«Parleremo e basta» disse. «E quando avremo finito, lui se ne andrà.»

«Ma sa che ci sono anch'io?» chiese Stilwell.

«Gli ho detto che doveva essere presente un investigatore.»

«Ma non immagina che sarò io.»

«No, sarà una sorpresa.»

«E non molto piacevole.»

Stilwell sospettava che Baby Head avrebbe fatto un rapido dietrofront, non appena l'avesse visto nella stanza.

«Allora, qual è lo scenario migliore?» chiese.

«Deve avere delle prove» rispose Juarez. «Non può trattarsi di cose che ha sentito dire. Cose del genere non le archiviamo nemmeno.»

«Glielo hai già detto?»

«Sì. Ha risposto che ha qualcosa che ci piacerà.»

«Be', lui...»

S'interruppe quando il telefono di Juarez iniziò a suonare. Lei rispose, ascoltò e poi disse che sarebbe andata a prendere il visitatore in arrivo.

«Ci siamo» disse, dirigendosi verso la porta. Le tremava la voce. Era nervosa e Stilwell sapeva perché. Terranova l'aveva già segnata a vita. Non c'era modo di sapere come si sarebbe comportato se durante l'ora successiva le cose non fossero andate come voleva lui.

La stanza era diversa da qualsiasi altra sala interrogatori di uno sceriffo. Veniva usata soprattutto per le trattative tra procuratori e avvocati difensori. Il tavolo a cui Stilwell si sedette era di legno grezzo, lucidato con la cera e non con il sudore e le lacrime degli accusati.

La porta si riaprì e Juarez entrò per prima, seguita da Oscar Terranova, vestito con pantaloni bianchi e una camicia Tommy Bahama fuori dai pantaloni, con pappagalli blu in campo giallo. Quando vide Stilwell si fermò improvvisamente.

«Che ci fa lui qui?» disse. «Non siamo sull'isola.»

«Ti avevo detto che avrei fatto partecipare un investigatore alla riunione» disse Juarez.

«Sì, ma non lui» ribatté Terranova. «Me ne vado.»

Come aveva previsto Stilwell, si voltò verso la porta.

«Oscar» disse Stilwell. «Se esce, l'accordo non vale più. Fuori ci sono degli agenti che l'arresteranno e la metteranno in cella. È questo che vuole?»

Terranova si voltò a guardare Juarez per conferma.

«Oscar, siediti, per favore» disse lei. «L'unico modo in cui puoi andartene libero è che tu mantenga il nostro accordo. Quindi siediti e spiega cos'hai in mano. Se è roba buona come sostieni, non ci sarà alcun problema.»

«Vaffanculo» disse Terranova.

Ma si diresse al tavolo, prese una sedia e si sedette di fronte a Stilwell.

Juarez prese posto accanto a Stilwell.

«Come abbiamo concordato, non registreremo la conversazione» spiegò. «Parleremo e ascolteremo. Mi hai detto di non avere nulla a che fare con i crimini avvenuti di recente a Catalina e di poterlo dimostrare. Questa è la tua occasione.»

Terranova allungò una mano sul tavolo e tamburellò le dita sul legno, come se stesse valutando una combinazione in una partita di poker. Infine parlò.

«Va bene. Quello che dovete sapere è che sono completamente pulito su Gaston e su quello che è successo con la sua ragazza, Stilwell. È stato qualcun altro a prendere le decisioni, senza dirmi un cazzo. Quel figlio di puttana di Spivak è il suo uomo, non il mio.»

Juarez guardò Stilwell e annuì leggermente, cedendogli il controllo.

«Chi era a prendere le decisioni?» chiese Stilwell.

«È il mio asso nella manica, *jefe*. Non lo rivelo finché non siamo d'accordo.»

«In che senso?»

«Nel senso che voglio la garanzia che non sarò incarcerato. Un po' come avete fatto con Henry Gaston per arrivare a me.»

«Non ci sarà alcun accordo finché non sapremo cos'ha da offrire. La smetta di girarci intorno, Oscar. So che il suo socio silenzioso è il sindaco Allen e che le impronte del suo avvocato sono ovunque nell'affare della ruota panoramica. Perché non comincia a dirci in che modo siete collegati lei e il sindaco?»

Stilwell lo fissava negli occhi, in cerca di una reazione. Terranova non si mostrò sorpreso che sapessero di lui e di Allen.

«Sì, abbiamo degli affari in corso» disse. «Ho guadagnato un po' di soldi a casa e sono venuto a Catalina per investirli. Volevo avviare un'azienda regolare, quindi ho fatto le mie ricerche e ho visto che sull'isola si poteva guadagnare con il turismo e i golf cart. Ho chiesto la licenza per aprire una ditta e così l'ho conosciuto.»

«A causa della richiesta di una licenza commerciale?»

«Sì. Si è fatto vivo presto e mi ha detto che potevano volerci tre anni o tre mesi per ottenere la licenza di operatore turistico, a seconda di come decidevo di gestire la cosa.»

«Voleva una tangente.»

«Io lo chiamo semplicemente fare affari. Tutti vogliono sempre una parte di qualcosa di buono. A me non dispiace, vivo e lascio vivere.»

«Sapeva che era una strada a doppio senso. Se paghi una tangente, hai uno strumento di pressione da usare in futuro.»

«È così.»

«E tiene un registro di queste... transazioni?»

«Diciamo che ho abbastanza per concludere un accordo. Se volete il mio aiuto, tenetemi fuori di prigione, per sempre.»

«Se questo è tutto ciò che ha, allora abbiamo finito, Oscar. Questa è un'indagine per omicidio, non un piccolo caso di corruzione. Ma posso darle un passaggio in centro, dove ci sono persone che desiderano parlare con lei.»

Terranova sorrise, come se fosse l'unico dei tre a conoscere la situazione reale.

«Non faccia il grand'uomo» rispose. «Pensa di essere

uno sveglio, un duro. Le dico una cosa: se non avesse quel distintivo, le cose tra noi sarebbero molto diverse, Stilwell.»

Il sergente lo fissò e si scambiarono uno sguardo di odio reciproco. Juarez ruppe la tensione.

«Oscar, ha ragione lui» disse. «Parlaci dell'uccisione di Henry Gaston. E ricordati che qualsiasi cosa tu ci dica è inutile se non puoi provarla.»

«Te l'ho già detto al telefono» si innervosì Terranova. «Posso provare ogni cazzo di cosa che dico. Ho documenti e nastri. Vuol sentire cosa ho, Stilwell?»

«Vogliamo sentirlo entrambi» rispose Juarez.

«Bene, allora. Lasciate che vi dia un piccolo assaggio.»

Spostò la mano sotto il tavolo per metterla in tasca.

Stilwell scattò in piedi, pronto a intervenire. Terranova alzò immediatamente le mani.

«Piano, amico» disse. «Sto solo prendendo il telefono.»

«Lentamente» ordinò Stilwell.

Rimase in piedi mentre Terranova prendeva il cellulare e lo sollevava per dimostrare che non era un'arma. Stilwell tornò a sedersi.

«Cosa vuoi farci vedere?» chiese Juarez.

«Non c'è niente da vedere» rispose Terranova. «Dovete ascoltare.»

Aprì l'app di registrazione e riprodusse una telefonata. Stilwell riconobbe sia la sua voce, sia quella di Douglas Allen, dal momento in cui rispose alla chiamata.

«*Pronto?*»

«*Che cazzo stai facendo, Allen?*»

«*Ti avevo detto di non chiamare mai questo numero.*»

«*Lascia stare, è un usa e getta. Che diavolo succede? Ho appena sentito che Gaston è morto in cella, cazzo.*»

«*Avrebbe fatto la spia. Non era un rischio che volevo correre. Ho protetto anche te.*»

*«Ora mi hai collegato a un omicidio, amico. Avresti dovuto parlarne prima con...»*

*«Non ho bisogno di parlare con te o di chiederti il permesso di nulla, è chiaro? E non chiamarmi più a questo numero.»*

La telefonata terminò. Terranova digitò un comando sul telefono e lo posò sul tavolo.

«Cancellato» disse. «Ne ho mandato una copia al mio avvocato, però. Non l'avrete se non facciamo un accordo.»

Stilwell lanciò un'occhiata a Juarez per capire se avesse intenzione di rispondere, ma lei sembrava paralizzata. Era chiaro che Terranova aveva ancora una forte presa su di lei. Questo gli fece capire che doveva mantenere il controllo del colloquio.

«E il rapimento di Tash Dano?» chiese. «Cosa le ha detto Allen a questo proposito?»

«Nulla» rispose Terranova. «L'ho letto sul giornale.»

«Non è stato lei a chiamare Spivak nel container, quella sera?»

«No. Non gli ho mai parlato nemmeno una volta. Come ho detto, era un uomo del sindaco, non mio. Non ho niente a che fare neppure con il sequestro.»

«Stronzate. È stata rapita perché pensavano che il manico della sega fosse ancora sull'isola e non al laboratorio. Quell'informazione è arrivata da lei, quindi non provi a fingere di essere innocente. Tutto quel casino è successo per colpa sua.»

«Forse sì e forse no. Ma se vuole andare in quella direzione, la sua amica qui è parte della questione. Se questo venisse alla luce, non so come si risolverebbe la faccenda.»

Terranova aveva studiato a fondo le mosse da fare. Stilwell sarebbe stato costretto a gettare Juarez in pasto ai lupi, se avesse cercato di perseguirlo per il rapimento di

Tash. Non voleva dover prendere quella decisione, quindi la mise da parte per il momento.

«Mi parli di Spivak» disse. «Che tipo di relazione c'era tra lui e il sindaco?»

«Per quanto ne so, si conoscevano da tempo» disse Terranova. «Il sindaco si era servito di lui in passato. Era una specie di guardia del corpo, disposto a fare qualsiasi cosa fosse necessaria.»

«Compreso un omicidio? E l'aggressione a un agente per farsi mettere in carcere e compiere il suddetto omicidio?»

«Con il giusto prezzo, si può convincere la gente a fare qualsiasi cosa» disse Terranova. «Dovrebbe saperlo anche lei, sergente.»

Terranova lo fissò e Stilwell vide la minaccia nei suoi occhi. Poi il suo volto si aprì in un sorriso.

«Allora, abbiamo un accordo, sì o no?» chiese, e guardò Juarez in cerca di una risposta.

«Che tipo di accordo hai in mente?» chiese lei. «Hai commesso dei crimini molto gravi. Non puoi aspettarti...»

«Voglio un paracadute e un bel materasso comodo sotto di me» la interruppe Terranova. «Ecco cosa voglio. Nessuna condanna e niente carcere, altrimenti non se ne fa nulla. Provate a usare quello che avete contro di me, e vedremo come andrà a finire, senza testimoni e con un pubblico ministero... compromesso.»

Scese un lungo silenzio nella stanza. Stilwell non sapeva se rispondere, perché quel tipo di accordi erano di competenza di Juarez.

«Usciamo un attimo» disse infine Juarez. «Resta qui, Oscar.»

«Non vado da nessuna parte» rispose Terranova. «Per ora.»

Stilwell seguì Juarez fuori. Lei si chiuse la porta alle

spalle e fecero alcuni passi lungo il corridoio, in modo che Baby Head non potesse sentirli. Juarez parlò per prima.

«Allora, cosa ne pensi?» chiese.

«Faccio fatica ad accettare che possa cavarsela così» rispose Stilwell. «Mi dà fastidio.»

«Forse è l'unico modo.»

«Ma non mi piace.»

«Non piace a nessuno. Solo che mi sembra non ci sia scelta. Quella registrazione da sola è una prova solida, e lui dice di averne altre. Stiamo parlando di un sindaco corrotto che ha fatto uccidere un uomo.»

«E Baby Head è stato suo complice.»

«Può darsi, ma ha in mano le carte giuste e se le sta giocando bene.»

«Già, e tu sei una di quelle carte.»

«Credi che non lo sappia? Non preoccuparti. Non appena avremo risolto questa faccenda, se ci riusciremo, mi dimetto e non metterò mai più piede in un'aula di tribunale.»

Stilwell si allontanò un attimo, per riflettere e smaltire la rabbia. Si costrinse a concentrarsi su ciò che stava succedendo adesso, non sulle cose accadute in passato. Tornò da Juarez.

«Va bene» disse. «Cosa farai, lo porterai davanti al gran giurì?»

«È possibile» rispose Juarez. «Ma va ben oltre le mie competenze. Devo discutere della questione in centro e vedere come se la vogliono giocare loro.»

«Quando?»

«Oggi non ho udienze. Posso andarci non appena lo lasciamo andare.»

«Cosa dirai loro?»

«Che questo tizio è venuto da noi con prove solide che il sindaco di Avalon è corrotto e probabilmente ha commissionato l'omicidio di un testimone in un caso che lo vedeva coinvolto. Dirò che il testimone che ci sta chiedendo un accordo è egli stesso un criminale, ma condividerà prove convincenti e incontrovertibili, tra cui delle registrazioni, che superano il peso dei suoi reati.»

Stilwell si limitò ad annuire. Non era contento, ma era così che andava nella maggior parte dei casi. Le persone facevano accordi, scendevano a patti con la propria lealtà per salvarsi la pelle. La giustizia non era mai completa. Ma se Baby Head avesse ottenuto il suo paracadute e fosse rimasto in affari e sull'isola, Stilwell sapeva che avrebbe avuto un'altra possibilità contro di lui in futuro. E allora sarebbe stata fatta davvero giustizia.

# 44

Una volta tornato sull'isola, Stilwell tentò di chiamare Tash, ma lei non rispose. Pensò che fosse ancora arrabbiata o forse si trovava in un posto dove non c'era campo. O entrambe le cose. Era tornata a casa sua la sera prima, dopo che lui le aveva detto del suo appuntamento la mattina seguente al tribunale di Long Beach. Avevano appena finito di mangiare il chili e i panini al formaggio grigliato. Si era alzata da tavola, aveva portato il suo piatto e la ciotola nel lavandino ed era andata in camera da letto a prendere la valigia. Le sue ultime parole mentre usciva erano state che sarebbe andata in campeggio da sola e che, se lui avesse voluto, avrebbe potuto raggiungerla al ritorno dalla terraferma. Stilwell le aveva gridato dietro che l'avrebbe fatto.

Voleva davvero raggiungerla, ma prima c'era del lavoro da fare. Dopo essere tornato in commissariato, evitando di rispondere alle domande sul suo rientro in servizio, prese il John Deere e si recò al Sandtrap per vedere se Leslie Sneed stava lavorando. Era il turno del pranzo, ma non la vide servire ai tavoli. Alla fine chiese a una cameriera di passaggio se Leslie era al lavoro e lei rispose che il martedì aveva il giorno libero.

Dieci minuti dopo bussò alla porta del suo appartamento e la trovò in casa. Quando gli aprì la porta, uscì una zaffata di marijuana. Ricordò che Leslie gli aveva detto che era pulita da quando si era trasferita sull'isola. Forse per lei fumare erba non contava.

«Congratulazioni» gli disse, a mo' di saluto.

«Per cosa?» Stilwell era perplesso.

«Ha risolto il caso» rispose la giovane. «L'ho visto al telegiornale.»

«In realtà sono qui per questo. Non è ancora stata resa pubblica tutta la storia e volevo chiederle se è disposta a darmi una mano con le indagini.»

«Ma hanno detto che il colpevole si è suicidato.»

«Non è la storia completa, Leslie. Se posso entrare, vorrei spiegarle cosa potrebbe fare per aiutarci con il caso.»

Sneed si voltò a guardare dentro l'appartamento e sembrò esitare. Stilwell parlò in fretta.

«Non so se l'ha saputo, ma il Black Marlin Club ha offerto una ricompensa pari a quella del Comune. Quindi ora siamo a ventimila. È una bella cifra.»

«Merda, sì, è davvero tanto.»

«E ho un'idea su come lei potrebbe ottenerli.»

Leslie fece un passo indietro per lasciarlo entrare. Si spostarono nel minuscolo soggiorno.

«Che cosa vuole che faccia?» chiese.

«Voglio che invii un messaggio a una persona per organizzare un incontro.»

«Un incontro dove?»

«Allo Zane Grey.»

«In pratica io sono l'esca.»

«Sì, ma sarò presente anch'io e sarà al sicuro. Se il tizio si presenta, lo arresto.»

«E se lo faccio, farà il mio nome per la ricompensa?»

«Questo è l'accordo. Se la cosa va come spero, riceverà l'intera somma.»

«Va bene, ci sto.»

# 45

Leslie Sneed inviò il messaggio a Charles Crane alle tre e mezzo e fissò l'incontro due ore dopo, al bar dello Zane Grey, dove c'era sempre l'happy hour serale e una garanzia di sicurezza in mezzo alla gente. In questo modo Crane aveva tutto il tempo di andare in banca a ritirare quello che nel messaggio aveva definito un anticipo sul suo silenzio. Crane non inviò alcuna risposta, ma il fatto che non avesse chiesto chi fosse o che non avesse cercato scuse per rifiutare fece capire a Stilwell che forse aveva abboccato.

Le due ore di intervallo gli diedero anche il tempo di arrivare all'hotel e di ottenere la collaborazione del direttore, Fred Nettles. Aveva bisogno di entrare nel bar prima dell'apertura e nascondere un microfono direzionale tra le bottiglie di bourbon sullo scaffale di fronte allo sgabello dove si sarebbe seduta Sneed.

Il messaggio che Stilwell aveva composto e chiesto a Leslie di inviare a Crane conteneva una chiara minaccia: *So che sei stato tu. Lei mi aveva parlato di voi due. Pensi che lo sceriffo arresterà il vero assassino, quando glielo dirò? C'è una ricompensa, quindi fammi un'offerta migliore. Porta un anticipo sul mio silenzio allo Zane Grey alle 17.30. Non fare tardi. Se non ti vedo, chiamo la polizia.*

Alle 17.15 Stilwell era posizionato nell'ufficio dell'hotel, davanti a uno schermo diviso in due inquadrature, che mostravano le immagini del bar nell'atrio. Due coppie erano sedute ai tavoli e Leslie Sneed era seduta da sola al bancone di fronte a una fila di bottiglie di bourbon, con un bicchiere di sauvignon blanc davanti a sé. A cinque sgabelli da lei sedeva Starkey, lo scrittore che era stato coinvolto nel tentativo di sfratto della settimana precedente. A quanto pareva, era tornato nelle grazie dell'hotel e alloggiava ancora nella sua stanza.

Stilwell spostò la sedia dalla scrivania a una finestra con vista su Chimes Tower Road, una strada che saliva dal porto. Non era l'unica via per salire allo Zane Grey, ma era quella che probabilmente Crane avrebbe preso venendo dal Black Marlin Club. Attraverso l'impianto di registrazione Stilwell ascoltò, con le cuffie collegate a un registratore wireless, i tentativi di Starkey di attaccare bottone con Leslie. Il sergente le aveva mostrato una foto di Charles Crane perché potesse riconoscerlo, perciò Leslie, una volta capito che lo scrittore non era la persona giusta, gli disse che aspettava qualcuno e lui la lasciò in pace.

Controllò di nuovo la strada e non vide arrivare nessun golf cart. Cominciava a credere che Crane non avesse abboccato all'esca e avesse semplicemente ignorato il messaggio di Sneed. Si domandò se si fosse sbagliato su di lui. Pensò al gestore del bar, Buddy Callahan. Era uno dei dipendenti del club che, secondo Crane, si era lamentato del fatto che Leigh-Anne flirtava con i soci. Era a lui che Sneed avrebbe dovuto inviare il messaggio?

Sentì squillare il cellulare e vide che si trattava di Juarez. Decise di rispondere.

«Sono nel bel mezzo di un'operazione» disse in fretta. «Posso chiamarti tra un'oretta?»

«Certo. Volevo solo farti sapere che siamo d'accordo per domani.»

«In che senso? Siamo d'accordo per cosa?»

«Oscar comparirà davanti al gran giurì in centro.»

«Così presto? Non abbiamo bisogno di tempo per prepararci? Sai già cosa dirà?»

«Ho parlato varie volte con il suo avvocato, questo pomeriggio. E con l'Unità di integrità pubblica. Credimi, siamo pronti. Proporremo un'accusa di associazione a delinquere contro Allen, e Oscar risulterà come complice ma non verrà imputato.»

«Tutto qui?»

«Inizieremo con quello. Poi aggiungeremo l'istigazione all'omicidio e le accuse per il caso Dano.»

«Cos'altro ha in mano Terranova come prova?»

«Il suo avvocato mi ha fatto ascoltare un'altra registrazione telefonica. È migliore di quella che Oscar ci ha già fatto sentire. Si tratta del rapimento di Tash; Oscar dice ad Allen che ha superato il limite e che non vuole entrarci in nessun modo. Allen fa un'ammissione. Dice di essere stanco di rimediare agli errori di Oscar e che l'unico modo per arrivare a te è quello di coinvolgere Tash. È perfetta, Stil. L'abbiamo in pugno.»

Stilwell annuì. Sebbene l'omicidio di Henry Gaston fosse il crimine più grave, voleva che qualcuno pagasse per il rapimento di Tash. Sembrava che Allen avrebbe dovuto rispondere di entrambi i crimini.

«Complice ma non imputato» disse. «Quindi Baby Head avrà il suo bel paracadute. I tuoi capi sono d'accordo?»

«Direi di sì» rispose Juarez. «Tutti qui hanno dato il loro consenso. Avrà un accordo formale prima di testimoniare in aula.»

«E non ci sarà giustizia per quel povero bufalo ucciso.»

«Non oggi, almeno. Ma il bene superiore è servito. O, meglio, il male maggiore viene eliminato.»

Stilwell non ne era tanto sicuro. Guardò di nuovo dalla finestra e vide un golf cart che saliva. Aveva un particolare tettuccio a strisce marroni e bianche, come la tenda da sole che riparava la terrazza posteriore del Black Marlin Club. Crane stava arrivando.

«Monika, devo lasciarti» disse.

«Ho bisogno che ci sia anche tu domani per la presentazione davanti al gran giurì» aggiunse lei.

Stilwell pensò a Tash accampata da sola vicino a Two Harbors.

«A che ora?» chiese.

«È il primo della giornata» rispose Juarez. «Saranno tutti lì alle dieci.»

«Va bene. Dov'è?»

«Al tribunale penale, stanza tre-zero-otto. Non c'è il numero sulla porta, quindi aspettami nel corridoio. Ci sarete tu e Oscar, e non dovremmo avere bisogno d'altro.»

«E riguardo a Tash?»

«Ne abbiamo parlato e non c'è bisogno che venga domani. Ma avremo sicuramente bisogno di lei se andremo a processo. Sarà il fulcro emotivo del caso e la giuria prenderà le sue parti.»

Stilwell lo capiva e sapeva che sarebbe toccato a lui convincere Tash a testimoniare e poi prepararla per il processo.

«Bene, e Corum?» domandò. «È stato aggiornato?»

«Pensavo di chiamarlo ora, a meno che non voglia farlo tu.»

«Non posso. Come ho detto, sono occupato.»

«Va bene, ci penso io.»

«C'è un mandato di comparizione a mio nome, per domani?»

«Ehm... no. Contavo sul fatto che ti presentassi spontaneamente. Devo davvero inviarti un mandato?»

«Sarà d'aiuto per Corum, visto che tecnicamente sono ancora sospeso.»

«Capisco. Lo troverai pronto domani mattina. Avrò bisogno che illustri al gran giurì l'intero caso, a partire da quando hai notificato il mandato di perquisizione alla rimessa.»

«L'inizio è stato la decapitazione del bufalo.»

«Sai che cosa voglio dire. Allora, siamo a posto?»

«Sì. Ci vediamo domani alle dieci.»

Stilwell riattaccò e si allontanò dalla finestra, per non essere visto mentre Crane parcheggiava il golf cart del BMC e si dirigeva verso la hall dell'hotel. Tornò a sedersi davanti allo schermo e indossò le cuffie. Lo spettacolo stava per iniziare.

L'affluenza per l'happy hour infrasettimanale era bassa, e questo era un vantaggio. Riuscì a sentire le battute tra il barista e Starkey, anche se non erano nel raggio d'azione del microfono. La familiarità tra i due gli fece capire che Starkey era un habitué del bar.

Il nervosismo lo spinse ad alzarsi in piedi mentre guardava lo schermo. Aveva pensato di chiedere a uno dei suoi agenti fuori servizio di starsene al bar per precauzione, ma aveva scartato l'idea, preoccupato che Crane potesse riconoscerlo. Non c'era nessun altro presente oltre a lui e, sebbene si trovasse a una sola porta di distanza dal bar, doveva essere pronto a muoversi velocemente nel caso in cui Crane fosse diventato aggressivo con Leslie Sneed.

Puntuale, il direttore del BMC entrò nel bar dall'atrio, si guardò intorno e osservò le coppie ai due tavoli e poi le due persone sedute al bancone e separate da tre sgabelli vuoti. Si posizionò tra loro e disse a Starkey qualcosa a bassa voce che Stilwell non riuscì a capire. Ma sentì la risposta di Starkey.

«Mi dispiace, amico, gioco per l'altra squadra.»

Starkey aveva preso le sue parole per un'avance. Crane fece spallucce e si rivolse a Sneed. Anche in questo caso la sua voce era troppo bassa perché Stilwell potesse distinguere le parole. Il microfono nascosto era puntato direttamente su Sneed, ma Crane era in piedi a due sgabelli di distanza. La voce di Leslie gli arrivò chiara.

«Esatto» disse lei. «Hai portato qualcosa per me?»

Crane si avvicinò e si sedette sullo sgabello accanto. Lanciò un'occhiata sospettosa a Starkey e, quando tornò a voltarsi, il barista era già lì per prendere la sua ordinazione.

«Dammi quello che hai dato a lei» disse Crane.

L'uomo prese un calice e si spostò lungo il bancone verso il refrigeratore del vino. Sneed lo seguì con lo sguardo e, nello stesso momento, Crane le si avvicinò e le fece scorrere una mano lungo la schiena e una sul davanti dell'ampia camicetta che indossava.

«Ehi!» esclamò Sneed, allarmata.

Il barista si girò per capire che cosa stava succedendo. Crane alzò le mani, con i palmi rivolti verso l'esterno.

«Dovevo controllare» disse a Sneed. «Fammi vedere il tuo telefono.»

«Non ci penso proprio» ribatté lei.

«O me lo fai controllare, o me ne vado. Li vuoi i soldi o no?»

«E va bene.»

Leslie aprì la borsetta sul bancone accanto al suo bicchiere. Tirò fuori il cellulare e glielo porse. Era una mossa che Stilwell aveva previsto e per la quale aveva pianificato una strategia.

«Sbloccalo» disse Crane.

Tenne il telefono verso di lei e Sneed digitò una password. Crane iniziò a sfogliare le sue applicazioni. Il barista gli mise davanti un calice di vino e si allontanò. Alla fine Crane trovò l'app dei promemoria vocali, l'aprì e vide che era in corso una registrazione.

«Dilettante» disse. «Mi credi stupido?»

Interruppe la registrazione, la cancellò e appoggiò il telefono sul bancone.

«Pensavi di potermi fregare così?» disse. «Vaffanculo, tesoro. Questa conversazione finisce qui.»

Si alzò in piedi e allontanò lo sgabello con un piede.

«Se te ne vai, te ne pentirai» disse Sneed, pronunciando la frase che le aveva suggerito Stilwell.

Crane rimase in piedi ma non si mosse verso l'uscita. Si chinò verso di lei, con l'intento di intimidirla.

«Che cosa vuoi?» chiese.

«Te l'ho già detto» rispose la giovane. «Voglio soldi. E ho deciso che voglio anche un lavoro al Black Marlin. Sono stanca di servire turisti e golfisti sudati che pensano di essere divertenti. Voglio quello che aveva Leigh-Anne.»

«Altrimenti?»

«Altrimenti chiamo Stilwell, il detective che è venuto a chiedermi di Leigh-Anne, e gli racconto quello che lei mi ha detto la mattina prima di essere uccisa. Quando è venuto a interrogarmi ho tralasciato questa parte.»

«Di cosa si tratta, esattamente?»

«Che sarebbe venuta in ufficio da te per farsi dare i suoi soldi e dirti che lasciava il club... e anche te.»

Era un'altra battuta suggerita da Stilwell, una supposizione basata su ciò che aveva appreso durante l'indagine. Il modo in cui Crane avrebbe reagito a quell'ultima frase gli avrebbe fatto capire se la supposizione era fondata.

«Stai dicendo un sacco di stronzate» rispose Crane. «E lo sai.»

«Davvero?» ribatté Sneed. «Lei viveva con me, stupido.

Sono sicuro che te l'ha detto. E si lasciava scopare da te solo per potersi tenere il lavoro e agganciare uno di quei ricchi stronzi come Easterbrook. Quella mattina ha scherzato sul fatto di scaricarti. Ha detto che eri disgustoso e che non avresti preso bene la notizia. Immagino che tu non l'abbia presa bene, infatti.»

Leslie Sneed era uscita dal copione. Stilwell si chiese se la conversazione che aveva appena riferito fosse realmente accaduta o se stesse solo inventando. In ogni caso, era brava e le sue parole avevano colpito Crane. Anche se la telecamera era a una certa distanza, poté vedere la sua reazione furiosa e capì che organizzare l'incontro in un luogo pubblico era stata la scelta giusta. Era l'unico motivo per cui Crane si stava controllando. Era teso e pronto a scagliarsi contro Sneed.

In quel momento, capì che Crane aveva ucciso Leigh-Anne Moss.

«Che cos'ha detto che ti ha fatto incazzare tanto?» chiese Sneed. «Deve essere stato difficile da accettare, dopo tutto il tempo in cui pensavi di essere tu a comandare. È stato brutto scoprire che era lei a manipolare te e non il contrario. Devi aver avuto paura di quello che avrebbe fatto dopo, a chi lo avrebbe raccontato.»

Crane si chinò di nuovo verso di lei per rispondere al fuoco.

«Siete tutte uguali» disse, a denti stretti. «Il modo in cui pensate di poter distruggere un uomo. Be', la tua amichetta ha avuto esattamente ciò che si meritava e lo avrai anche tu, se pensi di togliermi ciò che è mio.»

Non era una confessione completa, ma ci andava vicino. Stilwell sentì un brivido lungo la schiena. Aveva quasi ottenuto quello di cui aveva bisogno. Le parole di Crane inoltre rivelavano che forse Leigh-Anne l'aveva minacciato, durante il loro ultimo incontro. Magari aveva detto che avrebbe reso nota la loro relazione, cosa che a lui sarebbe costata il lavoro e lo stipendio.

«Senti, tagliamo corto» disse Sneed. «Sai che il municipio ha istituito una ricompensa. Diecimila dollari... e i membri del tuo club hanno annunciato che ne verserebbero altrettanti. Dammi tu quei soldi oppure li otterrò dopo averti denunciato. Cosa scegli?»

«Pensi che io abbia ventimila dollari?» replicò Crane. «Sei come lei. Non era venuta solo a ritirare il suo stipendio. Voleva di più. Voleva tutto quello che avevo, e non glielo avrei mai dato. Hai fatto un grosso errore, tesoro. Proprio come lei.»

«Non cercare di spaventarmi. Ti mando in galera.»

«Mi stai ricattando e questa è una pessima idea. Ti basta chiedere alla tua amichetta. Oh, aspetta, non puoi, perché è morta.»

La rabbia e l'odio di Crane trasparivano sullo schermo e Stilwell all'improvviso non era più certo che Leslie fosse al sicuro anche in mezzo a tanta gente. Crane non si era ancora compromesso del tutto, ma aveva detto abbastanza per convincere una giuria. Stilwell si tolse le cuffie e si allontanò dal monitor. Intascò il registratore e uscì rapidamente. Attraversò l'atrio dell'hotel ed entrò nel bar. Arrivò alle spalle di Crane senza essere visto, gli mise una mano sulla nuca e lo spinse giù, con il petto sul bancone del bar, rovesciando il suo bicchiere di vino.

«Charles Crane» disse. «È in arresto per l'omicidio di Leigh-Anne Moss.»

Tirò fuori dalla tasca le manette e con perizia ammanettò i polsi di Crane dietro la schiena.

«Che diavolo sta facendo?» protestò Crane.

«Mi ha sentito» replicò Stilwell. «È in arresto.» Poi guardò Sneed. «Ottimo lavoro, Leslie» disse. «Abbiamo ottenuto quello che ci serviva. Ora puoi andare, se vuoi.»

Sneed scese dallo sgabello e guardò Crane prima di allontanarsi. «È stato un piacere fare affari con te, tesoro» disse.

Crane cercò di saltarle addosso, ma Stilwell lo trattenne facilmente e lo spinse di nuovo con forza contro il bancone.

«Non ha in mano un cazzo!» urlò Crane. «Non ho fatto niente. Si trattava di un tentativo di estorsione e stavo solo cercando di spaventarla.»

Stilwell lo tenne contro il bancone e gli frugò nelle tasche. Da una estrasse un fascio di banconote da cento. Le gettò sul bancone del bar e si separarono. Sembravano più di mille dollari.

«Sul serio?» disse. «Voleva liberarsi di lei con qualche centinaio di dollari?»

«Non erano per lei» ribatté Crane. «Non ha nessuna prova.»

«Se lo dice lei, Crane. Ora ascolti questo.»

Stilwell gli lesse i suoi diritti. Mentre pronunciava le parole, pensava a Leigh-Anne Moss e a Daniel Easterbrook e a come il crimine commesso da Crane avesse distrutto più di una vita.

# 46

Crane sedeva nella sala interrogatori della sottostazione, ammanettato ai braccioli metallici della sedia. Stilwell lo aveva sistemato lì e lo aveva lasciato solo per una mezz'ora, prima di tornare. Entrò e cominciò a parlare senza preamboli, come se fossero già nel bel mezzo di una conversazione.

«Sa cosa non riesco a capire?» disse. «Perché ha denunciato la scomparsa della statua e ha incolpato Leigh-Anne del furto. Se l'avesse pulita e rimessa al suo posto dopo l'omicidio, forse ora staremmo ancora cercando di identificare la donna trovata nell'acqua e lei non sarebbe seduto lì ammanettato.»

«Non ho ucciso nessuno» protestò Crane.

«La mia ipotesi è che si sia rotta. La statua, dico. Era così arrabbiato e l'ha colpita così forte che si è rotta, e quindi non poteva rimetterla al suo posto. Ha dovuto inventare una storia per giustificare il fatto che era sparita. È andata così, vero?»

«Non so di cosa parla. Se vuol essere così gentile da portarmi il mio telefono, vorrei chiamare il mio avvocato.»

«Ecco, questo è un problema, perché il suo telefono è una prova in un caso di omicidio. Controlleremo se dentro c'è qualcosa che suggerisca che lei era in comunicazione con la vittima.»

«Lavorava per me e parlavamo al telefono. Non è una prova di nulla. Posso contattare il mio avvocato, adesso?»

«Visto che ha invocato il suo diritto ad avere un avvocato, non posso farle altre domande...»

«Grazie a Dio.»

«Ma posso dirle alcune cose che forse saranno utili a lei e al suo avvocato.»

Tirò fuori di tasca il registratore e premette il tasto PLAY. Aveva impostato la riproduzione sulla dichiarazione più incriminante che Crane aveva fatto a Leslie Sneed appena un'ora prima: «*Siete tutte uguali. Il modo in cui pensate di poter distruggere un uomo. Be', la tua amichetta ha avuto esattamente ciò che si meritava, e lo avrai anche tu se pensi di togliermi ciò che è mio*».

Cliccò e lo spense.

«Ha avuto esattamente ciò che si meritava» ripeté. «Penso che a una giuria piacerà molto questa sua dichiarazione.»

«Una giuria non sentirà mai quella registrazione» replicò Crane. «Perché non esiste un caso contro di me. E per andare a processo le servono delle accuse fondate.»

«Non lo so, Charlie. Voglio dire, lei si è rivelato per ciò che è in quel bar. Tra l'altro, abbiamo anche un video registrato da una telecamera dell'hotel. L'intera conversazione sarà trasmessa davanti a dei giurati e vedranno la sua anima oscura. Secondo me, c'è un grossa probabilità che succeda.»

«Non succederà. È una montatura.»

«Oh, su questo sono d'accordo con lei. L'abbiamo incastrata per bene con quel messaggio. E lei ha abboccato.»

«Il giudice respingerà il caso. Mi avete teso una trappola.»

«Guardi, si tratta di un crimine commesso a Catalina, quindi il caso spetta al giudice Harrell, almeno per le memorie e mozioni iniziali, e ho sentito che lui non è un grande fan del Black Marlin Club.»

Crane batté le palpebre e sembrò sorpreso, primo segno che la sua sicurezza si stava incrinando.

Stilwell prese il registratore e andò indietro, fino a che non arrivò al momento desiderato. Riprodusse una versione velocizzata di quello che avevano già ascoltato. Ripeterlo era una tattica di interrogatorio, per rafforzare il fatto che Crane si era messo nei guai con le sue stesse parole.

«*...Pensate di poter distruggere un uomo. Be', la tua amichetta ha avuto esattamente ciò che si meritava e lo avrai anche tu se pensi di togliermi ciò che è mio.*»

Premette il pulsante di STOP.

«A proposito di affermazioni che piaceranno alla giuria. Ha detto che una donna a cui è stato sfondato il cranio ha avuto proprio quello che si meritava. Non so, mi sembra che non ci faccia una bella figura. I migliori avvocati dello Stato non riusciranno a mettere insieme una giuria solo al maschile. Penso che se lei deciderà di giocare la carta dell'innocenza e si andrà a processo, sarà condannato. Sarei disposto a scommetterci.»

Questa volta Crane non trovò nulla da ribattere. Stilwell sentì che stava per cedere.

«Allora, rivediamo un attimo la situazione» disse. «Abbiamo un video e prove fisiche che dimostrano che il corpo di Leigh-Anne Moss è stato caricato sull'*Emerald Sea* nel cuore della notte, portato nella baia e gettato nel Pacifico. Sappiamo inoltre che, in quanto gestore del club, lei aveva accesso all'*Emerald Sea*.»

«Molte persone hanno accesso a quella barca» disse Crane. «Non prova nulla.»

«Ma poi, come un fantasma, ha detto qualcuno, il corpo di Leigh-Anne Moss torna nel porto a causa delle correnti sottomarine. E chi si trova per caso nel porto a raschiare scafi? Denzel Abbott. Denzel vede il corpo e a questo punto abbiamo un omicidio. Il giorno dopo lei denuncia il furto della statua e indica Leigh-Anne come colpevole. Penso che si sia fatto prendere dal panico, Charles, e si sia inventato una storia, ma non era un granché, perché come vede ora siamo qui.»

Fece una pausa per vedere se Crane volesse rispondere. Non disse nulla, ma aveva gli occhi bassi. Stilwell continuò.

«Poi ha ricevuto un messaggio dalla coinquilina di Leigh-Anne ed è salito sulla collina fino allo Zane Grey per incontrarla e minacciarla. Deve capire che l'accusa presenterà alla giuria questa storia, un fatto dopo l'altro, come un martello che pianta i chiodi su una bara. E, prima di arrivare al processo, io continuerò a lavorarci, cercando altri testimoni e prove. Perquisiremo il club da cima a fondo. Se lì ha pulito come sull'*Emerald Sea*, sarà ancora più nei guai. E non ho nemmeno iniziato a interrogare i membri del club e i dipendenti, a parte Buddy Callahan, che mi aveva indicato lei per fornirmi una falsa pista.»

Crane si voltò atterrito, come se il pensiero che i membri del club venissero coinvolti in un'indagine di polizia fosse per lui più imbarazzante di un'accusa di omicidio.

Stilwell continuò ad aumentare la pressione.

«Ora, lei gestisce un club nautico, quindi deve sapere cos'è lo Yacht Lock, giusto? È un gps nascosto che aiuta le autorità a rintracciare gli yacht rubati. Abbiamo notificato un mandato alla ditta che lo produce e otterremo la mappatura gps di tutti gli spostamenti dell'*Emerald Sea*. Una volta individuato il punto in cui ha portato la barca e scaricato il corpo, manderemo una squadra di sommozzatori. Credo che troveranno la statua scomparsa, che è l'arma del delitto, e il cellulare di Leigh-Anne. Quello che non troveremo sul suo telefono, nel caso lei si servisse di un usa e getta, lo troveremo sulla sim di quello di Leigh-Anne. Tutti i messaggi e forse qualche foto. E poi avremo quel che ci serve per ottenere una condanna e metterla in prigione a vita.»

«Lei vive in un mondo di fantasia, Stilwell» disse Crane. «Pura fantasia.»

Era una risposta debole, priva del tono di sfida che aveva mantenuto fino a pochi istanti prima.

«Può darsi, ma non credo. Credo invece che le prove siano solide, e un procuratore le userà per guadagnarsi titoli di giornali e gloria. Mentre lei passerà il resto della vita in una cella.»

Si alzò e andò verso la porta, ma si voltò prima di aprirla.

«C'è solo una via d'uscita per lei» disse. «Si assuma le sue responsabilità. Mi dica cos'è successo. Leigh-Anne l'ha presa in giro, l'ha usata. L'ha fatta andare in collera e lei ha reagito. Senza pensarci. L'ha seguita fino alla porta e ha afferrato la prima cosa su cui è riuscito a mettere le mani. Si è scagliato contro di lei e l'ha colpita. Non voleva ucciderla, voleva solo farle del male. Occhio per occhio. Questo è un omicidio preterintenzionale, e ci sarebbe luce alla fine del tunnel. Se invece la dichiareranno colpevole di omicidio di primo grado, ci sarà un buio completo.»

Crane sorrise e sembrò fare appello alla sua ultima briciola di spavalderia.

«Bel tentativo» disse. «Posso chiamare il mio avvocato, adesso?»

«Certo.»

Aprì la porta e si voltò di nuovo a guardarlo.

«Se devo essere sincero, preferisco che lei non voglia fare accordi» disse. «In questo modo non potrà mai più usare un'altra donna o farle del male.»

Uscì e chiuse la porta.

# 47

Stilwell era furioso con sé stesso. I suoi bluff non avevano funzionato con Crane e ora si ritrovava con un caso che nessun procuratore avrebbe potuto definire blindato. La prova più forte poteva anche essere la più debole. Le dichiarazioni di Crane potevano essere facilmente interpretate in modi diversi. A lui e al suo avvocato sarebbe bastato convincere un solo giurato che stava semplicemente cercando di spaventare una donna che voleva estorcergli del denaro. L'accusa sarebbe partita indebolita, a causa della sciagurata dichiarazione del dipartimento sulla colpevolezza di Easterbrook. Anche un avvocato difensore appena laureato sarebbe riuscito a persuadere la giuria che l'indagine era stata condotta in maniera inadeguata.

Mentre Crane chiamava il suo avvocato dalla sala interrogatori chiusa a chiave, Stilwell andò nel suo ufficio e prese il telefono. Vide che aveva perso tre chiamate del capitano Corum. Sapeva di cosa si trattava e decise di affrontare il confronto. Aprì sul monitor il video della sala e disattivò l'audio, per poter tenere d'occhio Crane senza violare il segreto professionale, poi richiamò Corum. Il capitano rispose a metà del primo squillo. Ben presto Stilwell dovette allontanare il telefono dall'orecchio, mentre Corum urlava.

«Ma che cazzo, Stilwell? Vuoi arrestare il sindaco di Avalon e non pensi nemmeno di avvisarmi?»

«Di cosa parla, capitano? Le avevo detto che il sindaco nascondeva qualcosa di losco.»

«Sì, ma poi ti sei dimenticato di aggiungere che è stato stretto un accordo e che si andrà davanti a un cazzo di gran giurì.»

«Senta, capitano, io qui non c'entro. Oscar Terranova si è consegnato al procuratore distrettuale, non a me. Hanno fatto un accordo e, a quanto pare, anch'io dovrò testimoniare davanti al gran giurì. Ma l'ho saputo più o meno quando l'ha saputo lei.»

«Stilwell, sei stato sospeso in attesa che si concluda l'indagine sulla sparatoria che ti vede coinvolto. Non capisci cosa significa? Non puoi testimoniare in un caso del gran giurì.»

«Capitano, la procuratrice ha detto che c'è un mandato di comparizione a mio nome. Non ho scelta. Non credo che voglia che io infranga la legge. Devo testimoniare. Non c'entra nulla il fatto che io sia sospeso o meno.»

Ci fu un lungo silenzio. Corum capì che Stilwell aveva ragione e si calmò.

«Va bene, quanto è forte questo caso?» chiese infine.

«Abbastanza, direi, se lo stanno portando davanti al gran giurì» rispose Stilwell. «Ho parlato con la sostituto procuratrice un'oretta fa e mi ha detto che Terranova è in possesso di alcune registrazioni schiaccianti di colloqui tra lui e il sindaco. Sembra che abbiano Allen in pugno sia per l'omicidio di Henry Gaston, sia per il rapimento di Tash Dano.»

«Hai ascoltato queste registrazioni?»

«Ne ho sentita una, ma solo in parte. Penso che ce la faranno. Juarez, la sostituto procuratrice, sostiene che l'altra è ancora meglio, ma non me l'ha fatta ascoltare. Era troppo impegnata.»

«Si tratta di registrazioni pulite? Questa è la cosa importante.»

Stava chiedendo se fossero state ottenute legalmente e fossero accettabili come prova in un processo.

«Juarez pensa che lo siano» rispose Stilwell. «Sono sicuro che la difesa cercherà di screditarle, ma è prevedibile. A me sembra che reggeranno.»

«Non mi piace che non siamo stati coinvolti nel caso» disse Corum. «Non è così che avrebbe dovuto essere gestita questa storia. Avremmo dovuto essere presenti fin dall'inizio.»

«Sono d'accordo, capitano. Ma ormai è andata così. Terranova è un tipo intelligente. Probabilmente lui e il suo avvocato hanno pensato che questa fosse la mossa migliore. E di fatto hanno ottenuto un buon accordo.»

Sebbene la conversazione fosse piena di omissioni, Stilwell era riuscito finora a non mentire apertamente. Il capitano sarebbe potuto venire a conoscenza del ruolo che lui aveva avuto nell'accordo con Terranova, ma sperava che la cosa emergesse solo dopo l'incriminazione e l'arresto del sindaco Douglas Allen.

«Va bene, voglio che mi chiami domani, Stil» disse Corum. «Quando ci sarà un'incriminazione, mi chiami subito e ipotizziamo un piano di arresto. Avremo bisogno di una strategia per gestire anche i media.»

«La chiamerò senz'altro.»

«Dopo aver testimoniato, possiamo mandarti indietro con un elicottero. Effettui l'arresto, poi noi portiamo qui il sospettato e lo registriamo direttamente nel carcere della contea.»

«Mi sembra una buona idea. Ma... va bene se riportiamo indietro due sospettati da registrare nel carcere della contea?»

«Due? Di cosa parli? Mi hanno detto che Terranova non sarà incriminato.»

«Ed è così. Ma ho appena effettuato un arresto riguardante un altro caso.»

«Quale caso?»

«L'omicidio di Leigh-Anne Moss.»

Ci fu un momento di silenzio e Stilwell si preparò all'assalto che stava per arrivare.

«Gesù Cristo, Stilwell, che cos'hai fatto?»

Questa volta, almeno, l'esclamazione non fu così forte da costringerlo ad allontanare il telefono dall'orecchio.

# 48

Dopo aver terminato la sua testimonianza davanti al gran giurì, Stilwell entrò nel corridoio al terzo piano del tribunale penale e vide Oscar Terranova seduto su una panca con un uomo che doveva essere il suo avvocato. Juarez lo seguì fuori, dopo aver parlato ai giurati del testimone successivo. Tenne la porta aperta e salutò Terranova.

«Oscar» disse. «È ora.»

Baby Head indossava un abito gessato e una cravatta. Si alzò in piedi, ma il suo avvocato restò seduto, perché non era autorizzato a entrare nell'aula del gran giurì. Terranova si diresse verso Juarez abbottonandosi la giacca. L'abito era elegante e costoso, ma per Stilwell aveva ancora l'aspetto di un gangster.

«Sei stato bravo, Stil» disse Juarez. «Li hai preparati per l'attrazione principale.»

«Non dovrebbe andare così» rispose lui. «Terranova dovrebbe andare in galera con il sindaco.»

Juarez lo ignorò. «Ti chiamerò quando avremo l'atto d'accusa.»

«Sarò pronto.»

Terranova li raggiunse e si fermò.

«Pronto per cosa?» chiese.

«Non sono affari suoi» disse Stilwell.

Terranova sorrise con disinvoltura e lo valutò con lo sguardo. Si aggiustò la cravatta.

«Le fa male, vero?» disse. «L'accordo che ho ottenuto.»

«No, Baby Head, non mi fa male» disse Stilwell. «So che ci sarà una prossima occasione. Per uno come lei, c'è sempre.»

«Oscar» intervenne Juarez. «Ci stanno aspettando.»

Terranova sorrise, passò accanto a Stilwell ed entrò nell'aula. Avrebbe raccontato a sedici sconosciuti di come la sua vita criminale avesse provocato l'uccisione di due suoi soci, il traumatico sequestro di una donna innocente e la decapitazione di un bufalo.

«Ora vai, Stil» disse Juarez. «Ti chiamo non appena ho notizie.»

# 49

Tornato a Catalina, Stilwell andò subito in ufficio. Mercy era alla sua scrivania e quando lo vide le si illuminarono gli occhi.

«Stil, finalmente.»

«Sono qui. Come sta il soggetto in custodia?»

«Ora è tranquillo. Angel ha detto che è stato sveglio tutta la notte a camminare e a urlare.»

Stilwell annuì. Succedeva spesso con chi veniva arrestato per la prima volta. Restavano svegli la notte, dormivano tutto il giorno. La sera prima, aveva richiamato Angel Fernando dal servizio di pattuglia per fare da babysitter a Crane durante il turno di notte.

«Ho sentito che è appena atterrato l'elicottero dello sceriffo» disse Mercy. «Eri tu?»

«Sì, avevo un mandato di comparizione in tribunale sulla terraferma.»

«L'elicottero non è decollato di nuovo. Trasporteranno il nostro prigioniero al carcere della contea?»

«Sì, ma non subito. Forse aggiungeremo un passeggero.»

«Davvero? Chi?»

«Non lo so ancora.»

Stilwell si fidava di Mercy, ma era sempre meglio non

parlare degli arresti prima che avvenissero. Lei avrebbe saputo presto che stava per essere effettuato l'arresto più importante nella storia dell'isola, sempre che la testimonianza di Oscar Terranova avesse convinto il gran giurì a formulare un'accusa.

Si diresse alle celle per controllare Crane. Come si aspettava, era sulla sua branda e sembrava addormentato. Tornò nel box e prese una Diet Coke dal frigorifero, poi andò nel suo ufficio e chiuse la porta. Doveva preparare la documentazione per gli arresti di Crane e di Allen.

La telefonata di Juarez arrivò poco prima delle due. A quel punto, Stilwell aveva attraversato vari livelli di ansia, chiedendosi cosa fosse andato storto e temendo che i giurati non avessero creduto né a lui né a Terranova.

«Va' ad arrestarlo» disse Juarez.

«Bene» rispose Stilwell. «Qual è stato il verdetto?»

«Quello che ci attendevamo. Associazione a delinquere finalizzata a un omicidio, ma hanno aggiunto anche intralcio alla giustizia per quanto riguarda il sequestro.»

«È stato più che un intralcio.»

«Non preoccuparti, gli muoveremo altre accuse lungo il percorso.»

Stilwell lo avrebbe riferito senz'altro a Tash.

«Bene» disse. «Andiamo a prenderlo e ve lo mandiamo con l'elicottero.»

«Tu verrai con lui?»

«Probabilmente no. Non ce n'è realmente bisogno e ho altro da fare.»

«Vai da Tash?»

Stilwell esitò. Sembrava che Juarez stesse cercando di recuperare il rapporto di confidenza che avevano condiviso fino a così poco tempo prima. Ma le cose non sarebbero più state le stesse. Non avrebbe mai più potuto fidarsi di lei.

Juarez ruppe il silenzio. Sembrava aver capito che il suo tentativo era inutile.

«Va bene, Stil, va' pure.»

Stilwell si scollegò e procedette a stampare i documenti a cui stava lavorando.

Uscì dall'ufficio e raccolse i fogli stampati prima che Mercy potesse vederli. «Mercy, chi è di pattuglia?» chiese.

«Ilsa e Ralph.»

«Stanno rispondendo a qualche chiamata?»

«No. L'ultima volta che Ralph ha chiamato, era appostato vicino al campo da golf. È stato lui a chiedere come mai c'era l'elicottero dello sceriffo. L'ha visto arrivare.»

«E Ramirez?»

«Era su Crescent, vicino al molo dei traghetti.»

«Puoi contattarli via radio e dire loro di andare subito al municipio? Io li raggiungo lì.»

«Devo anticipare loro di cosa si tratta?»

«No. Digli solo di venirmi incontro. Non si tratta di una richiesta di rinforzi.»

L'ultima cosa che voleva era trasmettere via radio una richiesta di rinforzi al municipio. Piegò i documenti, li infilò nella tasca posteriore e andò a mettere in moto il John Deere.

# 50

Il municipio si trovava in Avalon Canyon Road. Non era consentito parcheggiare lì davanti, ma Stilwell lo fece ugualmente, fermandosi proprio di fronte alle porte a vetri con gli infissi verdi dell'ingresso principale. Mentre aspettava Lampley e Ramirez, chiamò il capitano Corum. Come al solito, Corum non rispose con un saluto.

«Sei in posizione?»

«Sì. Sto aspettando rinforzi.»

«Rinforzi? Prevedi problemi?»

«No. Ma voglio qualche agente in più, in modo che nessuno si faccia venire strane idee.»

«Bene. L'elicottero è in posizione?»

«È in attesa. Manderemo due prigionieri.»

«E noi andremo a prenderli.»

«Avete già messo il Dipartimento comunicazioni al lavoro sui comunicati stampa?»

«Sì. È un giorno importante per Catalina.»

«Un brutto giorno.»

Ilsa Ramirez fermò il suo golf cart accanto a quello di Stilwell.

«Sono arrivati i rinforzi» disse Stil a Corum. «Devo andare.»

«Chiamami quando saranno in volo.»

«Lo farò.»
«A proposito, ho appena saputo che si è conclusa l'indagine sul tuo scontro a fuoco. Abbiamo ricevuto anche la valutazione psicologica, quindi sei di nuovo in servizio.»
Stilwell non disse nulla.
«Mi hai sentito?» insistette Corum.
«È un'ottima cosa, capitano. Ma quando sarà tutto finito avrò bisogno di prendermi un paio di giorni di riposo. Per una questione personale.»
«Non c'è problema. Ma sarebbe bene che ci fossi nel fine settimana.»
«Perfetto.»
Dopo aver terminato la telefonata, Stilwell vide Lampley accostare dietro Ramirez. Scese e si mise tra i loro golf cart.
«Come va, capo?» disse Lampley. «Di nuovo in servizio?»
«Sono rientrato proprio ora» rispose Stilwell.
«Bentornato» disse Ramirez. «Cosa ci facciamo qui?»
«Dobbiamo arrestare il sindaco. Per associazione a delinquere finalizzata a un omicidio.»
Entrambi gli agenti rimasero senza parole.
«Non mi aspetto nulla più che una reazione verbale» continuò Stilwell. «Ma tenetevi pronti. Lui ha molti amici in questo edificio. State all'erta.»
«Ricevuto» disse Lampley.
«Idem» rispose Ramirez.
Costruito da William Wrigley Jr. nel 1929, il municipio era una struttura a un solo piano che presentava lo stesso mix di design Art Déco e Mediterranean Revival del casinò. I tre dovettero attraversare un labirinto di corridoi e seguire molte indicazioni, prima di raggiungere il grande ufficio del sindaco, attirando l'attenzione di tutti con cin-

turoni e distintivi. Durante il tragitto, Stilwell tirò fuori il telefono e scrisse un rapido messaggio. Lo inviò proprio quando arrivarono davanti a una doppia porta in legno scuro, con impresso il sigillo della città di Avalon.

L'attraversarono. Nell'anticamera dell'ufficio del sindaco, due scrivanie gemelle erano occupate dalle sue segretarie. Quando videro i poliziotti armati, sui loro volti apparvero espressioni scioccate. La più anziana parlò per prima.

«C'è qualcosa che non va?» chiese. «È un'evacuazione?»

«No» rispose Stilwell. «Dobbiamo solo vedere il sindaco Allen.»

La donna abbassò gli occhi sulla scrivania, dove sembrava esserci un foglio con gli impegni giornalieri del sindaco, e scosse la testa.

«Mi dispiace, ma non vedo...»

«Non abbiamo un appuntamento» la interruppe Stilwell. «Lui è in ufficio?»

«È con delle persone. Potrei riuscire a trovarle uno spazio questo pomeriggio, se mi dice cosa...»

«No, non funziona così.»

Stilwell passò tra le due scrivanie e si diresse verso un'altra doppia porta, che conduceva al sancta sanctorum. Era stato nell'ufficio del sindaco solo una volta. Il suo primo giorno di lavoro sull'isola, era stato convocato per un incontro, durante il quale Allen aveva chiarito che lui aveva il controllo della città in modo stabile e permanente, mentre Stilwell era un poliziotto paracadutato lì per fare più o meno quello che gli avrebbe ordinato lui.

«Mi scusi» disse la guardiana più anziana. «Non potete entrare. Il sindaco è...»

«Impegnato» disse Stilwell. «Sì, lo so.»

Continuò ad avanzare, seguito da Ramirez e Lampley.

Attraversò le porte, spalancandole entrambe, ed entrò nello spazioso ufficio. C'era una scrivania a sinistra e una specie di salottino a destra. Allen era accomodato su una poltrona, un uomo era seduto su un divano alla sua sinistra e un terzo era in piedi davanti a un cavalletto a indicare un disegno che sembrava rappresentare un piccolo hotel o un edificio di appartamenti.

L'uomo vicino al cavalletto interruppe bruscamente la sua presentazione, con aria spaventata. Allen si voltò per vedere chi era entrato e balzò immediatamente in piedi.

«Stilwell» abbaiò. «Non può piombare qui come una specie di...»

«Douglas Allen» disse Stilwell a voce alta, bloccando le sue proteste. «È in arresto. Non opponga resistenza e metta le mani dietro la schiena.»

Stilwell fece segno a Lampley e Ramirez di intervenire per ammanettare il sindaco. Lampley esitò, come se temesse che si trattasse di un errore, ma Ramirez si avvicinò ad Allen, che cercò di scacciarla con una mano.

«Che cazzo pensa di fare, Stilwell?»

«Lei è stato incriminato dal gran giurì della contea di Los Angeles con l'accusa di associazione a delinquere finalizzata a un omicidio e ostruzione alla giustizia» dichiarò Stilwell con calma. «Se tenta di opporre resistenza, sarà gettato a terra con la forza. Metta le mani dietro la schiena e si arrenda pacificamente.»

Imbarazzato dalla propria esitazione, Lampley si diresse verso Allen, superando Ramirez, e lo afferrò per un braccio, nel tentativo di girarlo per ammanettarlo. Allen si divincolò e alzò una mano per indicare Stilwell.

«È stato lei» disse. «Si è inventato tutto.»

«Ammanettatelo» ordinò Stilwell. «Subito.»

Lampley afferrò di nuovo con forza il braccio di Allen e lo fece ruotare e cadere contro la poltrona su cui prima era seduto. Fece scattare una manetta su un polso, poi si dedicò all'altro braccio.

«Mi fa male!» urlò Allen.

«Perché lei sta opponendo resistenza» ribatté Stilwell.

Con l'aiuto di Ramirez, l'altro braccio di Allen fu tirato indietro e ammanettato.

«Fatelo sedere» disse Stilwell.

Guardò gli altri due membri della riunione. Avevano gli occhi spalancati e i loro volti erano sempre più pallidi.

«Voi due, fuori» ordinò. «Subito.»

Uno dei due si diresse subito verso la porta; l'altro afferrò il cavalletto, senza nemmeno chiuderlo, e gli andò dietro. Stilwell li seguì con lo sguardo e vide le segretarie in piedi sulla porta, che bloccavano l'uscita.

«E voi due, tornate ai vostri posti» disse. «Ora.»

La più giovane si girò e andò alla sua scrivania. L'altra mantenne la sua posizione.

«Sindaco, chi devo chiamare?» chiese.

Stilwell si mosse verso di lei per spingerla fuori dalla stanza. La donna allora cominciò a indietreggiare, mentre Allen le urlava dietro: «Dotty, chiama Derek Haas. Digli di trovarmi qualcuno. Ho bisogno di un avvocato che faccia saltare la testa a questi stronzi».

«Ci penso io» rispose Dotty.

«Ha commesso un grosso errore, Stilwell» disse Allen. «Non so che cosa pensa di avere in mano, ma sarà lei ad andare a fondo. È un uomo finito.»

Stilwell lo ignorò.

«Signor sindaco, c'è un elicottero che la sta aspettando» disse. «Verrà registrato presso la prigione della contea per le imputazioni contenute nell'atto d'accusa.»

Poi guardò Lampley e Ramirez. «Portatelo via.»

I due agenti presero Allen per un braccio ciascuno e iniziarono ad accompagnarlo verso le porte. Quando passarono davanti a Stilwell, Allen lo fissò, con gli occhi carichi di odio.

«Lei è un uomo finito» ripeté. «Mi ha sentito? Finito!»

Con i due agenti ai lati, fu accompagnato attraverso l'edificio, i cui corridoi erano ora pieni di impiegati che in qualche modo avevano già ricevuto la notizia. Videro molte bocche aperte e sentirono bisbigliare al loro passaggio. Allen tenne la testa bassa e non li degnò di uno sguardo. Una volta fuori, trovarono Lionel McKey lì ad aspettare con il telefono acceso, pronto a filmare. Fece delle domande ad Allen, ma il sindaco le ignorò finché non fu seduto sul sedile del passeggero del golf cart di Lampley. A quel punto guardò direttamente la telecamera e parlò.

«Sono innocente» dichiarò. «Sono vittima di un complotto ordito da un ufficiale di polizia corrotto e dimostrerò la mia innocenza in tribunale.»

Stilwell batté due volte il palmo della mano sulla parte superiore del veicolo e guardò Lampley.

«Portatelo all'elicottero» disse. «Ramirez, tu seguilo. Non fermarti per nessun motivo e sospendi il decollo finché non arrivo con l'altra persona che devo prendere in custodia.»

«Ricevuto» Lampley.

«Benissimo, capo» disse Ramirez.

I due veicoli elettrici si allontanarono, lasciando Stilwell solo accanto a McKey.

«Grazie per il messaggio» disse il giornalista.

«Mi deve un favore» disse Stilwell.

«Quali sono le accuse contro di lui?»

«Emetteranno un comunicato stampa non appena sarà stato schedato.»

«Non può dirmelo lei?»

«Associazione a delinquere finalizzata a un omicidio.»

«Porca puttana! Sta parlando della donna nell'acqua?»

«No. Di Henry Gaston.»

Stilwell si avvicinò al John Deere. McKey lo seguì.

«Non capisco» disse.

Stilwell salì al volante. «Per questo le ho detto di aspettare il comunicato stampa. Ora ha un video e delle foto. Il comunicato le fornirà le parole per commentarli.»

«Andiamo, Stilwell. Non può farmi questo.»

«L'ho appena fatto.»

Girò la chiave e mise in moto. Ruotò il volante e premette l'acceleratore. Il veicolo partì, lasciando indietro McKey.

Il giornalista gli gridò dietro: «Chi è l'altra persona da arrestare?»

Stilwell non rispose e continuò ad allontanarsi.

# EPILOGO

Tash non gli aveva detto esattamente dove sarebbe andata, ma Stilwell sapeva che il suo posto preferito per accamparsi sull'isola era Long Point Beach. Era quello che si poteva definire un campeggio spartano, senza acqua né servizi igienici, ma era isolato e per questo le piaceva. C'era un sentiero che saliva e superava il crinale per raggiungere Button Shell Beach, dove erano disponibili quelle comodità. Ma Long Point rimaneva incontaminata. Si trovava sotto una parete rocciosa a strapiombo che cambiava colore alla luce del sole del mattino e forniva ombra nel pomeriggio.

Stilwell portò il gommone del commissariato fuori dal porto e poi in direzione di Two Harbors, prima di tagliare verso Long Point. A un centinaio di metri di distanza, notò la tenda blu e verde di Tash dietro la vegetazione che costeggiava la spiaggia rocciosa. Non c'erano altre barche o tende in vista.

Il sole aveva trasformato la cattedrale di roccia che si ergeva sopra la tenda in una parete di un grigio violaceo. Stilwell spense il motore, mentre il gommone superava il letto di alghe e arrivava sulla spiaggia rocciosa. Facendo attenzione ai coralli appuntiti che potevano danneggiare l'imbarcazione, Stilwell saltò giù e tirò il gommone in sicurezza oltre la linea di marea.

Tash non era nella tenda e il kayak appoggiato alla parete di roccia lì dietro era asciutto. La canna da pesca era al suo posto nei morsetti del kayak e la muta era ad asciugare su un ramo basso di una *manzanita* lì vicino. Stilwell pensò che fosse andata a pesca al mattino e poi avesse preso il sentiero fino a Button Shell per farsi una doccia o per andare a trovare gli amici che gestivano il campeggio giovanile dove lei aveva trascorso molte estati durante la sua adolescenza. Controllò le provviste che aveva riposto nella tenda e trovò la borsa termica con un bel branzino sopra un letto di ghiaccio.

Tornò al gommone e prese le due sedie pieghevoli che aveva portato con sé e lo zaino impermeabile con le sue provviste. Quando tornò alla tenda, vide Tash che scendeva dal sentiero. Posò tutto a terra e si tenne pronto per vedere come lo avrebbe salutato.

Sentì un sollievo nel cuore quando gli occhi di Tash si illuminarono sotto l'ampia tesa del vecchio cappello che indossava.

«Sei venuto» disse.

«Te l'avevo detto.»

«Quanto tempo puoi restare?»

«Finché vuoi.»

«Sicuro?»

«Sicuro. Sempre che tu voglia condividere un po' del pesce che hai pescato.»

«Forse la tua cena potresti pescartela da solo» disse Tash con un sorriso canzonatorio.

«Posso provarci» rispose Stilwell.

Lei gli venne incontro e si strinsero in un abbraccio che lui desiderava da tempo. Tash appoggiò la fronte sul suo petto, come faceva sempre, e Stil abbassò il naso tra i suoi capelli.

«È tutto a posto?» chiese lei.

«Sì, sei al sicuro» rispose Stilwell.
«Ed è finita?»
«È tutto finito.»
Lei alzò gli occhi a fissarlo.
«Bene. Andiamo in tenda.»

*Ringraziamenti*

Grazie a tutti coloro che hanno contribuito alla stesura di questo libro. Tra questi Asya Muchnick, Emad Akhtar, Bill Massey, Jane Davis, Heather Rizzo, Tracy Roe, Betsy Uhrig, Pamela Marshall, Linda Connelly e Dennis Wojciechowski.

Eventuali errori relativi alla geografia, alla fauna o ai costumi dell'isola di Santa Catalina sono imputabili esclusivamente all'autore. Chi ha familiarità con Catalina e con lo Zane Grey Pueblo Hotel saprà che il bar descritto in questo romanzo è fittizio, così come il Black Marlin Club e la torre della capitaneria di porto. Catalina è un posto bellissimo. Vi consiglio di visitare e di sostenere il Catalina Island Conservancy all'indirizzo *catalinaconservancy.org*.

Finito di stampare nel mese di settembre 2025
su carta holmen
con fibra vergine proveniente da foreste sostenibili holmen.com/paper
presso Grafica Veneta S.p.A.
Via Malcanton, 2 – Trebaseleghe (PD)
Printed in Italy

Certificato PEFC
Questo prodotto è realizzato con materia prima da foreste gestite in maniera sostenibile e da fonti controllate
PEFC
PEFC/18-31-226
www.pefc.it

GRAFICA VENETA
GV CARBON NEUTRAL

Questo libro è fabbricato da Grafica Veneta S.p.A.
con un processo di stampa e rilegatura certificato 100% carbon neutral
in accordo con PAS 2060 BSI